班组安全建设方法 100 例

第二版

崔政斌　著

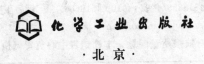

化学工业出版社

·北京·

本书是《班组安全建设方法 100 例》第二版。是在第一版的基础上重新整理、调整、扩展、编制而成。本书从班组安全建设的主题出发，共阐述了 100 多个班组安全建设的方法。全书共六章。主要包括班组长安全工作之道、班组安全工作方法、班组安全生产激励、新任班组长如何做好安全工作、班组安全教育、班组安全文化建设。这些方法是针对班组安全工作实际，在实践中不断总结、归纳、提炼出来的。具有一定的理论性、实践性、指导性、实用性和超前性。本书对企业的班组长以及班组安全管理者在工作中有一定的指导作用，对班组的安全建设和安全发展有一定的指导作用。

本书可供企业领导、安全监管人员、有关工程技术人员特别是班组长在工作中参考，也可作为班组安全培训教材。

图书在版编目（CIP）数据

班组安全建设方法 100 例/崔政斌著 . —2 版 . —北京：化学工业出版社，2011.5
ISBN 978-7-122-10570-7

Ⅰ. 班… Ⅱ. 崔… Ⅲ. 安全生产-生产管理-基本知识 Ⅳ. X925

中国版本图书馆 CIP 数据核字（2011）第 024801 号

责任编辑：杜进祥　周永红　　　　装帧设计：周　遥
责任校对：王素芹

出版发行：化学工业出版社（北京市东城区青年湖南街 13 号　邮政编码 100011）
印　　装：北京市兴顺印刷厂
850mm×1168mm　1/32　印张 9　字数 237 千字
2011 年 6 月北京第 2 版第 1 次印刷

购书咨询：010-64518888（传真：010-64519686）　　售后服务：010-64518899
网　　址：http://www.cip.com.cn
凡购买本书，如有缺损质量问题，本社销售中心负责调换。

定　　价：20.00 元　　　　　　　　　　　　　　版权所有　违者必究

前　言

2004 年 5 月，化学工业出版社出版了拙作《班组安全建设方法 100 例》。此书的出版，受到了广大读者的厚爱。截至 2008 年 7 月，在短短的 4 年间共重印 9 次。这是对作者的鼓舞和鞭策，也是对作者的肯定和期望。在此种情况下，出版社要求作者重新整理、修改出版该书第二版。经过认真思考，作者对该书进行了重新整理、修改、提炼、调整、归纳，将该书第二版呈献给广大读者。

班组是企业的最基层组织，是安全生产的第一道防线。班组长是企业安全生产工作一线的直接指挥者和组织者。加强企业班组长安全培训工作，是全面提高从业人员安全意识和操作技能，规范作业行为，杜绝违章指挥、违章作业、违反劳动纪律的"三违"行为，从根本上防止事故发生的有效途径，也是当前进一步强化企业班组安全生产基础建设，提升现场安全管理水平，促进企业安全生产的一项重要而紧迫的任务。

当前，我国一些企业特别是中小企业班组安全管理仍然薄弱，班组员工的安全素质、安全操作技能和安全管理水平与企业安全生产工作要求有很大差距，"三违"现象大量存在，给安全生产带来很大风险。企业一定要从切实维护人民群众生命财产安全，推动科学发展、安全发展的战略高度，充分认识加强企业班组安全工作的重要性，增强责任感和紧迫感，加大工作力度，采取有力措施，切实抓紧、抓好、抓出成效。

班组生产现场和生产过程是企业安全管理的前沿阵地，班组的安全生产又融入班组生产作业的全过程之中。班组生产现场的安全与否直接决定着班组员工的安全与健康，直接影响着企业的经济效益和稳定运行。由此可见，班组安全管理是企业安全的重要组成部分，企业的各项工作需要通过班组去落实，特别是安全生产的各项管理制度的具体实施和各项安全措施的执行，均需要通过班组去承担，正所谓"上面千条线，下面一根针"。

面对日益复杂、严细的班组安全工作要求，班组员工倍感安全生产工作责任重大，倍感安全生产压力巨大。如何能使班组的安全工作走上平安、稳定、可持续发展的道路，班组安全建设方法起着关键作用。本书作者在《班组安全建设方法100例》第一版的基础上，通过班组安全生产实践，从多角度、多层次、多思维、多侧面、全方位对班组安全建设方法进行了一定的研究和探索，归纳、提炼、总结出100多个班组安全建设方法，供企业广大班组员工在安全工作中参考，或许能有一定的帮助，或许能受到一定的启发。

国务院安委办［2010］27号文下发了"关于贯彻落实国务院《通知》精神加强企业班组长安全培训工作的指导意见"，对班组安全建设和班组长安全培训作出了具体的规定，是今后一个时期班组安全工作的行动指南，我们一定要认真贯彻落实。

本书内容包括：第一章 班组长安全工作之道；第二章 班组安全工作方法；第三章 班组安全生产激励；第四章 新任班组长如何做好安全工作；第五章 班组安全教育；第六章 班组安全文化建设。本书是班组安全生产实践的总结，具有一定的理论性、实践性、指导性、实用性和超前性。本书对企业的班组长以及班组安全管理者在工作中有一定的引导作用，对班组的安全建设和安全发展有一定的指导作用。

本书在写作过程中得到了石跃武、崔佳、李少聪、石翠霞、章磊成等同志的大力支持和帮助。在此书出版之际，对他们表示谢意。本书在出版过程中得到了化学工业出版社有关领导和编辑的悉心指导和帮助，在此表示衷心的感谢！

崔政斌

二零一零年十二月

前　言（第一版）

　　班组是企业劳动分工中的最小劳动集体，是企业的细胞。班组安全建设工程是一项复杂的系统工程，也有人称之为"细胞建设工程"，班组安全建设不但直接关系到企业劳动生产率的提高，也直接关系着安全生产的成效。因为班组是企业现场管理的主要实施者，又是企业把可能的生产力转化为现实生产力的实践者。班组安全建设是企业安全生产管理工作的基础，从这个意义上讲，班组的安全素质决定着企业的安全素质。

　　本书从班组安全建设的主题出发，阐述了100个班组安全建设的方法，内容包括：班组长安全工作之道；班组安全工作方法；班组安全生产激励；新任班组长如何做好安全工作；班组安全教育；班组反事故活动；班组如何开展安全批评；班组安全谈话；班组安全文化等九部分。本书是班组安全生产实践的总结，具有一定的理论性、实践性、指导性和适用性。能对企业班组安全建设起到一定的借鉴作用。

　　作者曾在企业担任过十几年班组长，对班组的工作有切身的体验，又在企业从事安全管理、安全技术领导工作16年，对安全生产工作有一定的研究和探索。本书是班组工作经验和安全管理的有机结合，希望本书的出版会对班组安全建设起到一定的启发作用。

　　本书的出版得到了化学工业出版社有关同志的热情帮助和精心指导，在此表示衷心的感谢。

作　者

二〇〇四年二月

目　录

第一章 班组长安全工作之道

班组长处于班组的核心地位，对班组安全建设举足轻重，班组长安全工作的能力左右着班组安全生产的水平。班组长在班组安全工作决策、用人、协调等具体工作中，如何围绕班组安全建设、安全促进、安全发展等工作，保障班组的安全生产，促进企业又好又快的发展，是班组长的重要职责。

作为班组长一定要有高度的安全事业心和安全责任感。坚持"安全第一、预防为主、综合治理"的原则，一心扑在安全工作上。

作为班组长要努力提高自己驾驭班组安全生产全局的能力。在工作过程中要正确处理、研究安全问题，作出正确的各种安全工作决定。特别要善于集思广益、博采众长，集中正确意见。这样作出的安全工作决定才不会走偏。

作为班组长要努力提高自己的人格影响力。榜样的力量是无穷的，班组长要指挥好班组员工，不仅要靠权力的影响力，而且也要靠人格的魅力。班组长一定要做到为人师表、率先垂范、行为端正、正视弱点，那么，班组的安全工作一定会好起来，班组的安全建设一定会顺起来，班组的安全发展一定会快起来。

本章中共给出 38 个班组长安全工作方法，从多角度、多思维、多层次、多途径、多侧面探索班组长安全工作方法。它旨在为企业的班组长们提供一些安全工作的思路和方法，在具体的班组安全工作中，每个班组的条件、环境、人员、装备不尽一致。因此，不一定死搬硬套，只是引导和开拓思维，进而使班组长们在实际安全工作中，结合自己班组的情况有所发现、有所发明、有所创造、有所前进。

1. 班组长提高危机处理能力初探

班组长担负着重要的安全生产任务，具体到岗位操作、作业过程。就是要应对和处置多种危机事件，而要圆满完成安全生产任务，最关键的是要拓展班组长的指挥素质，提高其应对和处置多种危机的能力。

（1）充分认识提高班组长危机处置能力的重要性和必要性　危机处置，历来是班组长指挥素质的重要标志和试金石。古代兵书《六韬》中讲，识别将帅德才有"八征"，其中，"穷之以辞，以观其变"、"告之以难，以观其勇"这两条讲的就是指挥员应对和处置危机的能力。美国管理专家诺曼·奥古斯丁认为："一次危机既包含了导致失败的根源，有蕴藏着成功的种子。"决定危机发展结局的中心环节就是指挥员的危机处置能力。在新的形势下，企业的班组长就是班组安全生产工作的指挥员，他们在生产作业操作过程中危机处置能力的重要性和必要性更加凸显，可以从四个方面来看。

其一，班组安全生产中危机处置趋向多样。如在化工生产的班组工作中，因化工生产的特殊危险性，使危机处置呈现多样性，既要防火灾、爆炸、中毒，又要防高温、高压、深冷、负压造成的危害，还要防止粉尘、噪声、热辐射等职业危害，需要班组长进行认真的思考和研究。

其二，班组安全生产中危机处置趋于常态。随着现代化的推进，在企业的生产过程中越来越呈现出大型化、集群化、智能化的规模，越来越多地使用新工艺、新技术、新方法、新材料。在现有条件下，由于班组成员的安全素质、安全文化、安全认知没有跟上，由于受科学技术发展的约束和装备的限制，由于班组安全生产管理的滞后，危机和事故已经逐步呈现常态化的特征。应对危机事件的现场——班组，已经成为班组长指挥、组织、处置能力的特殊战场。正如美国前国防部长麦克纳马拉所说："今后，战略可能不复存在，取而代之的将是危机管理"。

其三，班组安全生产危机处置更加复杂。随着经济全球化进程，科学技术的迅猛发展，安全问题的综合性、关联性、整体性和突发性明显上升，加大了危机处置的复杂程度。如化工生产中，防止中毒的问题就不仅仅是简单地使用防毒面具，而是涉及装置的稳定运行、设备的可靠性、管道阀门的严密性、自控仪表以及DCS的准确性、供电用电的安全性等诸多问题。这对班组长危机处置的韬略、艺术等，都提出了新的更高的要求。

其四，班组安全生产危机处置成为重要职责。班组在安全生产中应对多种事故威胁，完成多样化安全防范任务，确立了班组安全生产能力建设的新标准。但在以往，班组更多地或者习惯于把生产以外的各项安全工作当成一项义务来看待，当作是特殊情况来处理。在新的安全发展的年代，班组要从履行安全生产使命的高度，把安全工作纳入班组的重要职能范畴，把提高多种危机处置能力作为班组长的职责所系和分内之事。在大力提高应对各种事故隐患、指挥生产的同时，还要注重研究各种安全生产危机处置的特殊性要求，进一步拓展指挥素质，提高处置多种危机的能力。

（2）准确把握班组长处置危机的能力素质要求　应对和处置班组安全生产中的危机，对班组长的能力素质要求是多方面的。从当前的情况看，有以下六条要着重把握好。

一是要着眼于政治，把握全局。安全生产危机的出现从来不是孤立的，它与政治、经济等有着不可分割的关系。因此，必须着眼于政治把握全局，从安全稳定的大局入手，这样才能登高望远，从大看小。同时，作为中国特色社会主义的企业，对生产中出现危机处置的本身也带有较强的政治属性。班组长在危机处置中，要始终站在政治层面和战略全局的高度来想问题、定决心、做安排。凡事多想稳定问题，多想酿成的后果，多想造成的影响，准确把握和坚决贯彻党和国家"以人为本，安全发展"的决策意图，确保政令畅通，确保人的生命安全。

二是心中有数，快速反应。在班组安全生产的危机事件中一个共同特点就是事发突然，不动则已，动则至急，对展开行动的时效性要求高，可以说，快速反应就是能力，争分夺秒就是胜利。尤其是一些突发事故、灾难事故和公共卫生事件等，无先兆、不确定、难预料，必须随时准备，以备应变，一有情况即能快速反应，快速处置。

三是敢于负责，果断决策。敢于负责是班组长在突发事件面前必备的基础素质，是忠诚使命的集中表现，也是处置危机、果敢决策的前提条件。"用兵之害，犹豫最大；三军之灾，生于狐疑"。班组长要本着对党和人民高度负责的精神，临危而不乱，以稳重、稳妥的风范和智慧稳定局势，稳住人心；临乱而不草莽，准确判定形势，科学分析态势，迅速理清应对处置的思路办法；临难而不畏缩，勇于承担责任和风险，简化程序、特事特办，敢于拍板；临险而不迟疑，行动坚决，迅速有效地控制事态，防止危机扩大、升级或转化，牢牢掌握危机处置的主动权。

　　四是拓展知识，科学指挥。现代危机处置的专业化、协同化要求很高，知识的作用越来越突出，指挥协调的任务越来越重。如化工生产中突发的爆炸事故，就综合了爆炸、燃烧、有毒有害气体泄漏和工艺处置等多门专业知识，涉及企业的消防部门、安监部门、职业健康管理部门、环境保护部门以及工艺技术管理部门等多方面的协作。因此，作为发生爆炸事故班组的班组长必须注重拓展知识结构，学习掌握处置多种危机所需要的相关科技知识，注重发挥专业队伍的作用，为危机处置提供科技和知识支撑；注重量情用人、科学用人、科学协调、随机协调、随时周密部署和精心组织，确保危机处置行动统一、有序、高效。

　　五是广纳信息，掌握局面。情况是决心的依据，情况明才能决心大。掌握局面必须了解情况，有了情况才能掌握局面。班组长掌握局面，一要了解企业的安全方针政策和上级的安全决策意图。准确把握危机处置的原则要求；二要了解当时当地当班当岗的情况，时刻关注事态的发展变化；三要了解员工的愿望，始终掌握舆论信息。要按照上级统一口径及时公布事实真相，让真相跑在谎言前面，主动报道危机处置时的进程、面临的困难等，争取员工的理解和支持；加强信息管理，防止涉密信息泄露，防止负面信息扩散，防止个别媒体不负责任的报道，使整个危机的局势始终处在掌握之中，并以此作出正确的判断、决心和处置。

　　六是站在一线，模范带头。处置危机，班组长必须深入一线，靠前指挥，身先士卒。这样做，一方面有利于掌握情况，随机决策，正确指挥；另一方面也能够以自身的良好形象来感召员工，激发士气。

（3）提高班组长危机处置能力意识

一是强烈的危机意识。危机意识是一种前瞻意识，也是一种忧患和责任意识。居安思危，才能保持头脑清醒；未雨绸缪，才能防患于未然。班组长在安全生产工作中要始终保持对危机的敏锐和警觉，善于观察、见微知著，对可能面临的各种危机，要想得多一点、重一些、难一些，提前做好相应的准备，确保一旦有事，能够快速反应，不辱使命，避免仓促上阵，"临时抱佛脚"。

二是勤于学习研究的意识。学习是提高能力的基本途径。"兵之有法，如医之有方，必须读习而后得"。班组长要进一步提高危机处置能力的责任感、紧迫感，深入钻研安全工作创新理论，努力提升思维的层次；全面了解本班组、本岗位的实际情况，研究判断可能出现的危机；准确掌握有关的法律法规，严格依法办事，提高处置危机的政策水平，抓紧学习安全科技知识和相关的专业技能，补齐安全科技短板，改善知识结构。

三是加强实践磨练的意识。实践出真知、长才干。在处置危机所需的多样化能力中，指挥素质具有基础性、通用性和主导性。班组长要利用平时工作中处置一般性危机和组织指挥抢修、重大操作活动的时机，强化意识，自我磨炼，着重搞好"四练"：练意识，处变不惊，遇险不慌；练作风，谨慎从事，坚毅果断；练指挥，随机应变，掌控局势；练协同，顾全大局，密切配合。还要善于从"战争"中学习"战争"，注重总结反思，达到举一反三，不断提高的目的。

四是搞好预案及其演练意识。"凡事预则立，不预则废"。所谓预，一是有预案，二是要训练。作为班组危机处置指挥员的班组长，要根据可能面对的危机，结合班组的职责特点，制定科学的危机处置预案。要坚持一种情况多种方案，一个方案多种措施，使预案具有较强的适应性和灵活性。同时，还要按照预案切实搞好真练实备，不断熟悉预案，加强协同，完善预案，不断提高班组长危机处置的综合能力，增强班组执行危机处置任务的快速应变能力。

2. 班组长在安全建设中"压担子"的艺术

在企业的班组里，每个成员都蕴藏着巨大的安全生产潜力和能量，都希望能遇"伯乐"而成为"千里马"。但在现实的生产、生活中，班组经常有人因为自身作用得不到充分发挥而抱怨生不逢时，自暴自弃，整日一副落魄的样子，而一旦被委以重任，就会变了个人似的马上精神抖擞起来。由此可见，在班组安全建设中，善于"压担子"对于人才的成长和进步，对于盘活班组，推动安全生产工作向前发展意义重大。笔者认为，作为担负着班组安全建设重任的班组长，要发挥好员工的作用，必须掌握"压担子"的艺术。

(1) 在权力的自由度上多"放" 在班组安全建设中，班组长用人就要用到"实处"，既要给部属适当的职务，更要给其相应的权力，这样才能使其充分发挥才智。被用者最大的愿望就是能够得到领导的赏识和器重，使所怀才技得到最大程度的施展。班组长如果紧抓权力不放，大事、小事都去过问，甚至包办代替，员工的安全工作积极性就不会很高，这是班组长用人的大忌。我国春秋时期巫马期和宓子贱先后出任单父这个地方的地方官。巫马期执政时，披星戴月，废寝忘食，昼夜不闲，亲理各种政务，政绩不错。宓子贱执政时，就没有那样繁乱，经常弹琴唱歌，把单父治理得也很好。当巫马期向他讨教时，他说：我的做法是善于把权力下放，依靠人才；你的做法是亲自劳作，只靠自己的智力。只靠自己当然辛苦，而依靠人才当然安逸。这就是历史上著名的"鸣琴而治"。由此可见，在班组安全建设中，班组长应该学会"劳于用人，逸于治事"的辩证法，不要紧抓权力不放，走入事必躬亲的误区。

(2) 在责任的明晰度上划"细" 在一个班组，从班组长到每一位员工，都要岗位明确、具体，达到有其人必有其岗，有其岗必有其责，人人有任务，层层抓安全，使安全生产真正成为"千斤重担大家挑，人人头上有指标"。这种阶梯形的责权细化与监督模式，可以让每个人都从自身职责出发，发挥自身能量，把安全建设中的困难和问题化解在萌芽状态，实现合二为一或一分为二的辩证法效应。这样做，很多安全问题等到反馈到班组长那里时，往往都成了捷报，而且能更好地发挥班组每个成员的主观能动性，为班组长的安全管理提供便利。

（3）在工作的难易度上近"高"　在班组安全建设中，高难度的安全工作往往更能激发员工的内在潜能。许多科学家的成功经验证明，一个人碰到高难度的事情并下定决心做成时，他的精神会更加亢奋，神志会更为清醒，精力会更加集中，凭借着意识的驱动和潜意识的力量往往能够跨越前进路上的重重障碍而达到最终目的。可见高难度的安全工作，不但有利于磨炼人的心智，而且有利于提升人的工作水平。因此，班组长在班组安全建设中，任何一项安全工作都要做到高标准、严要求，从而激发班组全员齐心协力，高质量地完成安全生产任务。

（4）在开展工作的衔接上趋"频"　趋"频"不是打疲劳战，让员工永无休闲之日。趋"频"是指在有张有弛、劳逸结合的前提下做好各项安全生产工作的衔接。有些班组一年四季围着车间部署干工作，车间叫干啥就干啥，车间没任务就休息，安全生产工作没有一点创新，员工没有一点成就感。这样的班组长在员工的心目中是没有威信可言的。因此说，保持班组安全工作的衔接度，鼓励创新，让班组全员总有安全工作可做，比让大家闲着没事干要好得多，有些即使忙得有些过头，班组员工也会精神抖擞。

要想使以上"压担子"的举措达到预期效果，要遵循以下几项原则。

① 刚柔并济原则。古人说，聪明的将帅总能刚柔并用，懂得软硬兼施的艺术。这也是高明的班组长必须掌握的处事原则和领导艺术。事实证明，在班组安全建设中，班组长威严和温和的态度交互使用，能使班组员工的心态发生很大变化，刚柔并用往往能使部下焕发出旺盛的安全工作斗志，挑着担子也虽苦犹甜。

② 赏罚分明原则。先秦兵书《六韬》指出"凡用赏者贵信，

用罚者贵必"。意思是说奖赏要坚持信用，惩罚要坚决执行。班组安全工作的奖与罚，实际上都是对人的一种处置，直接关系到下属的荣辱，不能有半点马虎。公正的评判，能让下属看到成绩，找到差距，让人服气，受到激励，促进安全生产良好竞争氛围的形成。因此，班组长必须严格依据安全生产规章制度，奖所当奖，罚所当罚，把工作做深做细，把安全生产道理讲清楚，真正使奖罚对象和广大员工心服口服，把安全工作中奖赏的激励和惩戒的功能充分发挥出来。

③ 公平公正原则。在班组安全建设中，作为班组长，在处理与下属的关系时，要一视同仁，同等对待，不分彼此，不分亲疏。不能因外界或个人情绪的影响，表现的忽冷忽热。一定要坚持公平公正的原则，让下属感到人人都是平等的，机会都是均等的，只有这样，他们才会在安全生产中奋发努力。这样做，对做出成绩的人来说，有助于他们戒骄戒躁，不断进取。对成绩平平的人来说。有助于他们学习先进，迎头赶上。

3. 班组长管好班组难管之人三策

在企业的一个班组，都会有个别特殊之人，是班组长比较难管之人，这些人就像烫手的山芋，弃之可惜，但是不弃，又会经常让人难堪，甚至影响班组的安全生产，如何管好这些人成了班组长一个头痛的问题。

在班组难管之人身上，有以下共同特征：一是他们都有一定的安全工作能力和经验，并在班组有一定的资历；二是他们在小范围内有一定的号召力和影响力，有一定的群众基础；三是个性使然，他们经常会和班组长公开顶嘴，甚至散布一些消极思想和言论，产生极为不好的影响；四是爱表现自己，自由散漫，眼高手低，不拘小节，讲义气，认人不认制度。

分析一个班组出现难管之人的原因，主要有以下几个方面：其一，前任或前几任班组长一再迁就，任其骄横，养成了习惯；其二，班组超级管理现象严重，高层领导（车间）对其有重用之意，让其像有了"尚方宝剑"一样，目空一切；其三，自认为自己属班组中流砥柱一样，班组没人敢动他；其四，曾经当过班组领导，但却不能客观认识自己的不足，对班组某些安全问题的处理很有意见，心中不服，认为升职无望，不求上进，破罐子破摔等。

在管理学中有一句名言：永远没有不好的员工，只有不好的领导。一个班组永远不可能没有一点不同的声音出现，否则，就只会是一言堂，少数负面的反对声可以让班组长适度地冷静，避免极端个人主义，但作为班组长，绝不能让难管的员工肆无忌惮，对他一点办法都没有，否则，自己的领导威信就会受到影响，安全生产工作成绩就会大打折扣。班组长在适当的时候必须给他们念一念安全工作的"紧箍咒"，让他们始终处于你的管控之中，然后慢慢引导、交心、沟通，促其发展和进展。只有这样，才能让其服从你的管理，为你所用。在具体的"对阵"过程中，班组长可以从以下三个方面入手。

(1) 在使用他们时，辨其志、用其能　按照社会心理学的性格论分析，班组难管之人多属"理论志向型"，他们擅长理性思维，对事物好坏的辨别一般比较敏锐，喜欢挑毛病，并且一旦看出来就会毫不留情地讲出来，常常使人丢面子；他们即使得到班组长某种程度的赞扬，也不会像一般人那样受宠若惊，并对班组长感恩戴德；他们对事物一般不轻信，很少有盲目崇拜心理，更喜欢的是求实、较真、平等。所以，在班组安全生产工作中，要管理好难管之人，班组长首先在安全工作的某一领域或某些方面是行家里手，这样可以在心理上获得他们的认同。其次，以德才兼备、技有所长为基础，诚心诚意地对待他们。班组长要多为他们提供服务，多替他们着想，从思想上、工作上、学习上、生活上关心他们，维护他们的正当权益。他们在安全生产工作中即使有差错，在情况弄明白之前，也要暂且视为"无辜"，尽量多表扬，少指责；如果真的出了差错，即使责任都在他身上，班组长也要主动做出检讨，切不可推过诿责，甚至抓他们的"小辫子"。再次，尊重他们，多向他们请教。班组难管之人大多有自己独立的见解，自尊心较强，不喜随声附和，这就要求班组长应有良好的民主意识和开明的作风，在作某一项安全工作决策时，尽可能地与他们多交流，并虚心向他们咨询，广开言路，不耻下问。尤其要注意尊重他们的首创精神，即使他们所提意见有偏激之处，甚或完全错误，也应采取积极的态度，耐心倾听后再作取舍，切不可不加分析地予以"封杀"。最后，合理配置，使他们人岗相适。要根据他们的性格、专业、爱好等不同特点，将他们合理配置起来，以便使他们之间相互补充、相得益彰，以更好地发挥班组安全工作整体最佳效应。

（2）在批评他们时，顾于情、达于理　班组难管之人大都对批评比较在意，他们很爱面子，一些人还有较强的虚荣心，这就要求班组长在批评他们的时候要掌握一定的艺术。概言之，一要点到为止。班组难管之人一般都比较敏感，在很多情况下，批评他们只需旁敲侧击即可，而不能直截了当，否则往往适得其反。二要选择场合。批评最好在私下、单独的场合进行，切不可在大庭广众之下揭其短处，指其不足，这样只能引发他们的逆反情绪。三要语言缓和。最好用协商的口吻，摆事实、讲道理，拿出充分的依据来证明他的所作所为是不妥的，而不能暴跳如雷、生硬指责，这只会使其从心眼里瞧不起你。对于如何更具体地批评班组的难管之人，美国时代——沃纳公司前总编辑多诺万曾提出过一个总的原则，他说："成功地批评单位难管之人必须使其感受到你的三点意思：第一，你能干得更好，事实上有些工作你已经干得很好了，我只是希望你能将其余的工作干得同样出色；第二，对你的同事也是以同样的标准来衡量的；第三，希望你和其他人都以这些标准来要求自己。"当然，对于班组安全生产中的大是大非问题、原则问题，也不能排除"爆发式"或者"冷处理"的解决办法，此当别论。

（3）在评价他们的工作时，得之理、处之公　班组难管之人的劳动成果是不好明确量化的，这与他们所从事的工作性质有关。因此，在评价他们的工作时要尽量注重公论、着眼实绩，避免主观臆断和偏颇，以使评价结果及过程科学公正，让他们心服口服。此外，在评价方法上也要有所讲究，一般来说，采取民主与个人鉴定相结合，定性与定量相结合，研究成果与实际效果相结合的方法，多方位、多侧面、多层次地进行考评，有利于衡量班组难管之人的安全工作成效。对在班组安全工作中做出重大贡献的难管之人一定要予以重奖，使他们受重视的心理得到极大的满足，从而主动配合班组的安全生产工作。

总之，在知识经济、低碳经济、可持续发展日新月异的今天，真正的财富和资源是人的知识和创意，毋庸置疑，要管理班组难管之人，无疑从素质上、业务上以及管理方法上对班组长都提出了更为严格的要求。与难管之人和谐相处并把他们管理好，并不是一件轻松的事。但正如我国古代思想家墨子所言："良弓难张，然可以及高入深；良马难乘，然可以任重致远；良才难令，然可以致君见尊"。因此，班组长感到班组有难管之人或管之不好的时候，应先问一问自己，是否具备了管难管之人的能力和素质，是否找到了管难管之人的有效方法？如果答案是"否"，那么班组长应从这些方面入手，切实提高自己的安全管理水平。

4. 班组长要善于预防失意者拆台

所谓失意者，一般指在一个团体内意见不被重视和采纳，要求得不到满足，职务上没有得到重用的人。常规思维认为，失意者是受害者，是弱者，因而人们除了对失意者同情之外，很少会去关注。事实上，失意者还有可能是潜在的不合作者、拆台者甚至是破坏者。因此，班组长如果漠视失意者，对其不能给予很好的安抚，不能公平公正地对待他们合情合理的要求，不能对其加以妥善的任用和制约，那么，他们郁结的怨愤一旦爆发，拆台行为一旦发生，将极有可能颠覆班组长苦心经营的良好安全工作局面，甚至导致班组长从云端跌入陷坑。

在班组安全工作中，失意者通常还有其他一些表现。如：心理消极、责任心降低、对工作敷衍了事；破罐子破摔，不思进取，我行我素，对班组的规章制度和奖惩措施漠然置之；发牢骚，说怪话，生造和传播一些不负责任的话，使班组长难堪，毁坏班组长和班组的形象，泄同事积极工作的士气；利用工作机会为班组长安全决策的落实制造障碍，阻挠班组长安全生产意图的实现等。

任何一个班组都是一个充满竞争性的利益团体，有成功者就有失败者，有得意者就有失意者，而且风水轮流转，得意者和失意者还有可能不断地换位，因而失意者的产生就有着必然性和普遍性。失意者的存在，也是诸多班组严重内耗的诱因，是一种不和谐的表现。因此，班组长必须尽量减少班组内的失意者，而一旦失意者不可避免地产生后，就要未雨绸缪，对其可能产生的拆台行为进行有效的预防。

（1）正当地获得权力，公正地使用权力　诱发失意者拆台的强力因素有两点，一点是班组长在获得领导权力的过程中有不正当的行为，其素质和能力等条件与其所获得的班组长职位不相匹配，竞争失利者内心不服、强烈不满，因而通过拆台来宣泄内心的极度愤怒，表达不合作的心理；另一点是班组长用权不公或使用权力不当，导致失意者认为班组长不值得信任、不值得尊重，因而就通过拆台来表达对班组长的不满和不屑。因此，班组长要减少和避免失意者的拆台行为，首先，在竞争班组长职务的过程中，一定要坚持公平竞争，不能为达目的不择手段，否则，即使侥幸得到了班组长职位，也会当不安闲。其次，一定要敬畏权力，不要认为获得了领导职位，就自然地拥有了领导权威。如果以权谋私，或者滥用权力、用权失误，不合作的人甚至反对的人就会增多，自己即使风风光光上了台，也可能被灰头土脸赶下去。

（2）注意不可忘形，位高尤需谦卑　古之善为政者言："惟富贵者不可骄人，富贵者骄人必失其富贵"。班组长有职位、有实权、有荣誉、有面子，往往占尽风光。因此其中有些人往往会情不自禁地产生飘飘然的感觉，有的甚至得意忘形，趾高气扬。这种做派容易强化失意者的反感情绪，导致他们的拆台行为。他们会找机会甚至设一些小圈套，让班组长下不了台，甚至使绊子，让班组长想干事都干不成。因此，当你有幸成为班组长，切记不要有意显摆，不要乱施权威，而要克己让人，礼贤下士，虚怀若谷。否定别人的意见，一定要有根有据，以理服人，不能挟威自重；拒绝别人的要求，哪怕是不合理的要求，也要尽量做到婉转温和，解释清楚，做到仁至义尽，不可颐指气使；尤其对待竞争班组长职务的失意者，更要谦和尊重，诚恳地向他们请教一些自己不擅长的东西，重视支持他们的积极作用。总之，要尽量避免使他们心生忌恨和心理失衡，从而有效减少或消除拆台行为。

（3）对得意者要奖赏，对失意者要补偿 在企业班组，公平竞争是保持效率与活力的重要机制，优胜劣汰、奖优罚懒是班组长实施有效领导的常用方法。但是，这一领导方法在保障效率的同时，既能造就一批赢者通吃的得意者，也能产生一批输则万劫不复的失意者，导致不和谐的状态发生。按照以人为本、构建和谐的理念，班组长既要重视效率、激发员工在安全生产中的创造活力，又要注意公平、重视人文关怀，对那些优胜者根据企业制度规定给予充分的奖赏和激励，但同时对于那些失意者给予人格尊严和利益保障，防止班组内部出现得意者和失意者的利益和心理对立，有效避免失意者的拆台行为。

（4）设身处地地体会失意者的心理痛苦，真心诚意地加以抚慰 班组长一般自身条件都比较好，成功之路比较顺畅，与其他人尤其是失意者相比，得意的心理体验比较高，而对于失意的心理体验则相对较少或较弱，因而一般情况下容易漠视失意者的心里痛苦，或者体会不是那么深刻和细致。但是，正如常言所说："世上但闻新人笑，几人听得旧人哭"。职场失意，或因真知灼见不被采纳，或因良苦用心被枉费，或因充满期待的利益要求被轻易否定等，这些都会给失意者造成精神上的打击、利益上的损失、心理上的挫折和尊严上的损害，其痛苦是别人难以体会的。如果班组长对其缺少真诚细致的关心和抚慰，失意者在产生心理自虐的同时，也极有可能产生针对班组长的拆台行为。因此，班组长对于失意者切忌显露心理优越感，而要有恻隐之心，付出真情，伸出援手，帮助失意者从失意的阴影里走出来，这样做也有利于消除因失意者的存在而潜藏的不安全因素。

（5）建立公平竞争的得意者与失意者地位互换的流动机制，营造相互善待的宽松和谐氛围。班组失意者的产生既有必然性也有其积极的作用，关键在于这种产生机制要体现公平、合理、竞争、优胜的原则，尽量避免劣币驱逐良币现象的发生。同时，要防止失意者的地位固化，得意者恒得意，失意者恒失意。要在班组建立一种失意者通过发奋努力、积极进取而改变失意者身份和心态的机制，保持得意者与失意者通过正当竞争进行相互转换和流动的健康有效状态，并努力营造得意者和失意者相互尊重、相互接纳、同心协力干事业的和谐局面。

（6）多给失意者工作和发展机会，防止失意者心理边缘化和行为逆反化。人们对于雪中送炭的感受要远远比锦上添花强烈。班组长对失意者除了要进行真诚的尊重、关心和心理安抚之外，还要有实际行动和切实有效的扶助办法。对在安全工作中建言献策的，要倾心听取，从善如流，不能因人废言；对竞争班组长失利的，要给予鼓励和指导，为其提供和创造展现其才能的机会，为其抓住下一次晋升的机会搭建坚固的阶梯，而不能以异己视之，有意打击或刻意冷落，对要求和期望没有实现者，在坚持统筹兼顾、多方平衡、前后照应的基础上，要进行某种形式和程度的替代性补偿，使其失之东隅，收之桑榆，从而使其对现实尽可能保持心理平衡，对未来保持信心和希望，最大限度地消除可能产生的边缘化心态和逆反心理，有效减少可能发生的拆台行为，保持班组安全生产工作的和谐稳定。

5. 班组长要善于开发和获取安全信息

现代社会已进入信息社会。一个称职的班组长，必须树立强烈的信息意识，善于开发和获取信息，才能提高领导水平和工作效率。那么，在新的历史条件下，班组长怎样才能开发和获取安全信息呢？

（1）班组长要把安全信息工作列入重要议事日程　作为班组长，要在班组制定一套制度和方法，对安全信息工作要经常过问、指导，并做调查研究，获取安全生产的第一手资料，以便取得领导班组安全工作的主动权和发言权。要特别注意收集那些与本行业、本企业安全生产密切相关的信息，把握全方位安全信息服务的机遇，既要重视纵向的安全信息传递，也要加强本行业、本企业横向的安全信息联系，尽可能捕捉和收集创见性的安全信息、超前性安全信息，以便指导自己班组的安全工作。

（2）开发和获取安全信息要掌握科学的方法 班组长在开发和掌握安全信息时，要尊重事物特征的客观性，反映事物变化的真实性，一切从实际出发，不人为地夸大、缩小或过分地修饰。要从不同的角度和侧面看出问题的实质，多层次多侧面地显示事物，增强安全信息的可信度。紧紧抓住收集、加工、筛选、反馈四个环节，使安全信息迅速转化为生产力，转化为财富。

（3）班组长要把握信息现代化的机遇 科学技术的迅猛发展，给信息工作带来了新的机遇。国家安全生产监督管理总局安全信息网，各省、自治区、直辖市安全生产监管部门均已开通安全信息网，各市、县安监部门也及时通报各种安全信息，为班组长掌握现代安全信息提供了机遇。开辟了施展才华的平台。掌握和获取安全信息正是最佳时期。

（4）要广开安全信息源利用信息载体获取安全信息 员工的安全生产实践是安全信息的资源，社会舆论是安全信息的蕴藏地，安全书报、杂志、资料、广播、电视、网络等都是安全信息的载体，图书馆、资料室、展览会、网路间等场所是安全信息的积存地。这些都是班组长开发和获取安全信息的重要渠道。

在一定意义上讲，班组长在工作中安全决策的过程实质上就是安全信息收集、加工、利用的过程。因此，班组长在获取并利用安全信息的过程中，还要注意以下几点：

其一，去"假"。从信息的特征看，它可以传递、转换、再生、压缩、扩充。在这诸多环节中，往往容易出现失真现象，班组长要善于辨别其中的真伪，防止鱼龙混杂，以假乱真，对安全信息尤其如此。

其二，弃"旧"。信息的使用价值会随着时间的流逝变得一文不值。班组长要善于在变化中摄取新鲜的信息，掌握主动权。

其三，忌"多"。当精确的信息和模糊的信息混在一起，真实信息和失真的信息聚集在一起时，那些劣质信息有时反而容易掩盖真实有益的信息。因此，班组长在开发和获取安全信息时，绝非多多益善，而要突出为"我"所用。

总之，安全信息是安全活动所依赖的资源，安全信息是反映人类安全事务与安全活动之间的差异及其变化的一种形式。安全科学的发展离不开信息科学技术的应用。班组安全管理就是借助于大量的安全信息进行管理，现代化水平决定于信息科学技术在班组安全管理中的应用程度。班组长只有充分地发挥和利用信息科学技术，才能使班组的安全管理工作在社会、生产、现代化的进程、全面建设小康社会中发挥积极的指导作用。

6. 班组长怎样抓住协调安全工作关系的结合点

班组安全工作主要是人的工作，做人的工作要靠良好的人际关系和严格的科学管理，两个方面缺一不可。在现实的班组安全管理工作中，有的班组长只注重严格的科学管理，不注重人际关系的培养；而有的班组长片面追求人际关系的协调，漠视严格的科学管理制度的落实，认为只要"关系融洽"就"一切好办"，使人际关系庸俗化，这是企业班组长们在安全工作中应该走出的两个误区。笔者结合工作实践，认为关键在于把握好事物发展的"度"，寻找科学管理与人际关系这对矛盾的最佳结合点。

（1）大事小事讲原则，小事小节讲风格　作为班组长，掌握着一个班组的生产、安全、质量、环保、消防、卫生等工作，因此，必须制定一套严格的科学管理制度来约束人们的行为，使每个人都有相应的职责和权力，围绕一个共同安全生产目标努力工作，这是大是大非的原则问题。谁不按原则办事，就要按照制度处罚谁。但对于那些非原则性问题，只要不影响全班组的安全工作，就应宽宏大量，允许存在不同意见和做法，能让人处且让人。在大的安全问题上要严格把握，而在具体工作上大胆放手，为部下创造一种开放、和谐的安全工作环境，这样才能调动人的积极性。

（2）管理之中讲服务，服务之中讲管理　班组长是领导，领导就是服务。班组长具有一定的管理权，但管理权要与责任、服务有机地统一起来，寓管理与服务之中。班组长抓安全工作也是服务，在服务内容上要因人而异，针对各人的不同需要，提供不同的服务内容，从工作上、生活上、精神上满足员工的合理需要。只有在优质服务中，班组长的权力才会得到巩固，权威才能树立起来，管理才能高效有序，安全生产才能得到保障。

（3）工作之中讲理智，工作之余讲情趣　班组长不仅应是班组安全工作的专家，而且也应是处理人际关系的高手。如果一个班组长成天忙于工作，缺少生活情趣，那么他在员工心目中就是一个只知道工作的"机器人"、"工作狂"，而不是一个有血有肉的"社会人"、"情趣人"，员工会尊重他，但绝不会喜欢他。因此。在紧张的工作之余，要处理好人际关系，重要的一条就是要富有情趣，有人情味，让下属喜欢你，做到工作时严肃、紧张，工作之余与员工打成一片，与员工交朋友关心员工的成长与生活和心理变化。

（4）执行政策讲坚定，具体操作讲策略　在班组安全工作中，班组长经常碰到一种情况比较难处理。一方面，要执行上级的安全工作政策；另一方面，如果执行不当或有欠缺，极易遭到一些员工的反对。为了协调好这对矛盾，就必须在坚持原则的同时，讲究策略。因为上级制定的安全工作政策一旦确定，就是对下级的行为指令，下级必须无条件贯彻执行，否则，政策就难以落实。这就要求班组长在贯彻实施上级的安全工作政策时，要善于根据实际情况，提出创造性的方法策略，以避免产生矛盾冲突。

总之，班组长在实际安全工作过程中，协调安全工作关系的结合点很多，只要勤动脑子，多谋善断，就一定能把全班组的安全工作关系协调好，从而取得安全发展的佳绩。

7. 班组长如何对待下属的"老毛病"

一个作业班组，其个别成员由于受工作和作业环境中不良习惯的影响，日积月累，便会形成一些老毛病。诸如：在安全工作中，办事粗心、拖拉现象严重；为图省事不戴安全帽；高处作业不挂安全带；电工不穿绝缘鞋等。一般情况下，这些"老毛病"虽然说不上是什么大的安全原则问题，不会在较短的时间内很明显很直接地给班组带来什么大的影响和损失，但天长地久，也会无形中影响到一个班组的安全形象和整体安全工作效率，产生不良的后果。因此，班组长在对待这一问题上，既不能听之任之，也不能过于苛求，而要宽严适度，正确对待。

（1）暗语相示巧点醒　在一个生产作业班组，每一个下属都有自身的优缺点。而有些缺点在很多时候不会引起人们的注意，或者是习以为常，认为是无伤大雅的正常现象，属于那种上挨不着违反安全原则的边，下靠不着犯安全错误的沿的问题。对待这一问题，班组长如果予以苛求，或者是采取"高压"政策来迫使下属改正，那样往往会被下属认为是小题大做，是班组长借故找茬儿，成心和自己过不去，从而产生安全逆反心理和安全不良情绪。在这种情况下，班组长可以采取暗语相示的办法，不失面子和威严地点醒下属，引导他们去改正。一是可以给那些下属一个失望的眼神，一声无声的叹息，让他们察言观色，反思自己的行动，然后进行自我反思和改正；二是可以通过一些幽默的解嘲或调侃来对待那些办事拖拉、粗心大意的下属，既给他们施加一种无形的思想压力，同时也给他们一个台阶下，使他们去认识和改正自己的"老毛病"；三是可以采取"放一放"式的冷处理，让那些因"老毛病"经常影响安全工作的下属尝尝被冷落的滋味，让别人暂时替代他们的工作，然后迫使其改正。

（2）直言相告善批评　既然是"老毛病"，有时候就具有较强的反复性，如果班组长点醒后不能促使其提高觉悟或改正，那么就应该采取批评的办法来解决，但前提应是一个"善"字。因为，善意的安全批评可以更好地使下属认识到自己在安全工作中的不足，进而增强安全工作的积极性和主动性。如果不是这样的话，一味地认为批评是公事公办，那么就不易把握分寸。安全批评不到位，无济于事，安全批评重了，容易引起反感，出现事与愿违的结果，挫伤下属的安全工作积极性和自尊心。因此，班组长在进行安全工作批评时，首先开诚布公、直言相告。通过"老毛病"说安全工作，分析利害，动之以情，晓之以理，并热情地为其指明改正的方向；其次抓住要害、有的放矢。对那些安全生产中所犯错误性质比较严重的下属，可当众点名批评，限期改正，以观后效，但不能泛泛而批，影响整体情绪；再次要把握分寸、适可而止。不能因为下属有"老毛病"就大会"批"、小会"点"，那样不仅不利于班组长正确处理与下属的人际关系，而且会让下属认为班组长度量狭小，不能容人，进而影响班组长的形象和工作。

（3）强化管理严奖惩　俗话说"千里之堤溃于蚁穴"。如果下属在安全工作中的"老毛病"长期得不到有效的改正，那么就极容易引起新的安全矛盾和问题，最后铸成大错发生事故，影响到整个企业的安全生产。这一问题存在的根本原因，很大程度上与班组长的管理不善有着密切联系。因此，强化班组安全管理是解决这一问题最直接最有效的固本之举。一是要根据本班组的实际情况和现状，建立健全各项安全工作制度。只有靠制度来约束下属，消除"老毛病"存在的温床，才能有效防止"老毛病"给班组安全生产带来的危害。二是班组安全管理要有针对性和灵活性。可根据班组实际情况和职责任务，明确指出在安全生产中禁止什么，反对什么，提倡什么。紧贴实际，让下属能自觉接受，但也不能过于宽松，让有些人钻空子，以致达到不可告人的目的。三是要制定适当的奖惩措施。在班组安全工作中给予那些顽固的下属一定的经济处罚，让他们体验到另一种切"肤"之痛，并记住教训，更好地去干安全工作。

总之，班组长在安全管理中，对下属的"老毛病"以及习惯性违章的纠正，要讲究方式方法，巧点醒、善批评、严奖惩实为可行之道、得力之法，班组长们不妨去实践一下。

8. 班组长应学会不要面子

面子在一定意义上代表了人的尊严、地位和名誉，爱面子、保面子、甚至争面子本是人之常情，但在特定的场合和时机也往往要为求全、求存而不得不丢掉面子。班组长在班组中因其位高权重更视面子为生命。但为了班组的团结、为了班组的安全生产顺利进行，也不能一味为了面子而去保面子、争面子，而要适时学会不要这个面子。

（1）不为争面子而排斥批评　班组长为了维护尊严或保护威信往往喜欢别人服从自己，一旦有人提出与自己不同意见或对自己进行批评时，就会表现出一种不满，甚至排斥的态度。尤其是一些班组长已经习惯了批评别人的角色，更听不得别人批评自己，即使是上级的批评，也会让他们想到有失面子，接受不了。他们甚至会为挽回一点点薄面而按捺不住火气，出言反驳，为自己辩护。如果这时上级领导也不够冷静就有可能争吵起来，使矛盾或误会加深。这种争面子的行为不仅保不住自己的面子，还会使上级丢面子、下不了台、丧失威信。因此，在上级领导批评时，特别是上级怒火中烧的时候，班组长一定要保持沉默，即使有理也不要给予争辩，避免火上浇油，激化矛盾，从而为事后进一步向上级领导陈述理由和辩解留下余地。这就要求班组长在批评面前要不为自己争面子，要懂得听的艺术、沉默的价值和冷处理的实效，不急于争辩，不为争面子而强出头，要有海纳百川、豁达大度的气量和宠辱不惊的修养。能够为保护上级的权威和班组的安定而牺牲自己的一点点面子。

（2）不为保面子而回避矛盾　对于班组同事之间的矛盾和分歧，一些班组长却为了保面子，总是认为："大家都是一样的班组长，凭什么让我低头退让，向你认错。"还有一些班组长认为："自己的妥协就等于自己的失败、怯懦和耻辱，会遭到外界的指责和嘲笑，这种丢面子的事情是千万不能做的。"因此，发生了安全工作矛盾就消极地坐等对方先退一步，结果在对方不退让的情况下使形势陷入僵局，致使安全工作矛盾越积越深。不仅严重影响班组内部的团结稳定，而且使班组成员无所适从，无法正常开展安全生产工作。因此，在矛盾面前，班组长不要为保面子而故步自封，要有维护大局的意识，要有容人之量和虚怀若谷的将帅风度，不相互猜疑，不相互为难，出现矛盾诚恳交谈，及时化解，并做自我批评，不能坐等他人道歉。只有出了问题开诚布公，有了矛盾及时化解。才能增强班组安全工作的凝聚力和创造力。

（3）在下属面前淡化面子 班组长不要在下属面前摆谱，要时时尊重下属的人格和尊严，放下架子，及时与下属沟通。一方面，利用一切可利用的时间和场合与下属同工作、同娱乐，缩短与下属之间的心理距离，建立健康和谐的上下级关系，减少误解产生的机会；另一方面，在班组安全工作决策前后，采取座谈会或个别交流的方式认真听取经验丰富的下属的意见，诚恳地接受下属的批评，避免安全决策失误的发生。这就要求班组长做到虚怀若谷，容得下下属的牢骚和批评，不要为面子而丢人心。

（4）不为面子工程而搞虚伪政绩 有些班组长为捞取个人的名利地位，视政绩为个人升官发财的捷径，为早出、快出、多出政绩，不择手段，在班组成员面前大搞面子工程。这种虚伪的政绩只能在一时给班组长的脸上贴金或带来仕途上暂时的顺利，但终究经不起实施和时间的考验。那时，不但你的仕途会受到影响，而且你还会成为历史的罪人。因此，政绩只能是班组长靠真才实学、勤奋苦干创出来的，不是靠虚报浮夸、瞒上欺下搞出来的。在政绩面前，班组长只有心系员工、体恤民情，全心全意地为企业的经济发展服务，为员工的安全健康服务，才能有所作为。

（5）在错误面前不护面子 有的班组长在安全工作中犯了错误，第一反应就是没有面子，懊悔不已。往往会为了保面子而遮遮掩掩、躲躲闪闪，不向上级和下属说明情况、讲明原因、隐瞒事实和结果，或者因没有勇气承担责任而把本应由自己承担的责任推给下属。但是"纸终究是包不住火的"，一旦真相大白，不仅会引起上级和下属的反感和不满，而且会造成周围的人对其人品的怀疑和鄙视。因此，在安全工作错误面前，班组长不能为一时的面子满足而丧失长久的领导威信，以至于得不偿失。应该开诚布公地向上级和下属说明情况并勇敢地承担责任，这样不仅会得到上级和下属的理解和原谅，而且还会令大家更加敬佩。

俗话说："小不忍则乱大谋"、"忍一忍风平浪静，退一步海阔天空"。在班组安全工作中，没人愿意和架子大的人交往，无人甘心和心胸狭窄的人为伍。因此，班组长要长久地赢得别人的尊重和拥护，要营造团结向上的氛围，必须懂一点"忍"学，有一点宽阔的胸襟，适时放弃一些要面子的思想。这样班组的安全生产工作就会顺利进行，安全发展的步伐就会加快。

9. 班组长应巧用"发火"的艺术

班组长一般是在企业第一线工作的最基层领导干部，特别是在班组安全生产工作中经常会遇到各种各样不顺心的事，而对这些事情，有些班组长能够保持清醒的头脑并采取冷静的办法妥善处理；有些班组长则因难于控制自己的情绪而大动肝火，采取强硬的态度，结果事倍功半，既失去了自身的威信，又失去了人心。由此可见，能否使用好发火的艺术，适时地控制自己的情绪，以慎重的态度处理各种安全生产问题，是班组长磨炼领导技巧的一个重要方面。那么，班组长怎样才能使用好发火的艺术，使班组安全工作更有成效呢？

（1）不怒而威，冷静面对　班组长要时刻控制住局面，沉着冷静，适时调整自己的情绪，使自己不受周围环境的影响。冷静息怒是班组长安全工作之本，也是为人处世之道。不怒而威是班组长安全工作之要领。

（2）抓住关键，因情而异　对于下属无意造成的安全工作失误，班组长最好不要轻易发火，否则只能使下属更加慌乱，把事情办得更遭。班组长发火应针对那些不应该发生的、下属屡教不改的、如果不及时解决有可能给班组或个人带来更大损失的事情。即使对这类事情发火，也应抓住问题的关键，不能任性而为。特别是当班组长怒火旺盛时，如果不加以遏制地任意发泄，必然会出言不逊，产生一些负面影响。这种不冷静的行为，往往会给自己的人际关系带来难以弥补的影响。

（3）避免越级发火　原则上，班组长不能越级发火，这是因为班组长越级管理，打乱了企业安全管理体系的正常运行秩序，容易造成安全管理混乱。同时，班组长的越级发火也会令被批评的下属不明就里，摸不着头脑，收不到批评教育的效果。

（4）控制自己，适时发火　针对那些胡搅蛮缠、无事生非、无理取闹的人，班组长应理智地抑制住自己的情绪，如"火"势在必发时，也一定要发在点子上。当下属在安全工作中的所作所为令大家非常气愤异常，班组长对其说服教育无效时，不妨适当发火，或许能产生一些意想不到的效果。此外，班组长发火时，还要注意自身的特殊形象，力图通过适时发火，塑造令人敬畏的领导者形象。

（5）即使发火也要留有余地，不能把话说死　当面斥责，不给下属留一点面子，特别是当着下属的徒弟的面斥责下属，往往会严重地挫伤下属的自尊心。这样不但不利于促使下属认识错误、改正错误，而且还有可能导致下属产生强烈的安全逆反心理，一味地跟班组长硬顶硬拼，不予配合，使班组长的发火达不到应有的目的。所以，班组长发火要掌握好度，给下属留下反思的余地，切忌一味训斥而不顾下属的心理承受能力。

（6）注意善后处理　班组长与下属之间除了工作上是上下级关系外，在人格上是平等的。无论什么原因、什么问题，班组长发火总是会伤人感情的，有时甚至会影响到班组内部的团结。为此，班组长在发火后，首先要注意使用刚柔相济的工作方法，及时进行善后处理，与下属进行必要的感情交流。进行善后交流应区别对象，因人而异，一定要看准时机。一般情况下，要选择对方情绪稳定时进行交心和劝导。

根据性质特点来分，下属不外乎三种。第一种是大大咧咧、事过即忘型，这种下属的情绪往往能及时稳定下来，不快的心情很快就会烟消云散，能一如既往地投入到安全生产工作中去；第二种是心细谨慎、通晓达理型，这种下属相对来说能正确认识班组长发火的原因，也能正确对待，与他们交流也能正常进行；第三种是量小气盛、软硬不吃型。这类下属就必须采用日久见人心的战略，逐渐感化他。

班组长对自己的发火进行善后处理时，也必须注意分寸。必须明白发火后的感情补偿不等于班组长低三下四、无原则地退让，也绝不是什么悔过改辙，不能推翻自己所维护的安全工作内容；必须明白班组长发火后与下属进行谈心是一种必要的感情融合，而不是安全政策松动或安全措施的让步。因此，在这个过程中，班组长必须掌握好一个适当的度和明确的界限。另外，班组长要加强自身安全素质的提高。协调人际关系是班组长安全工作的主要内容之一，班组长与下属的感情交流最忌平淡无味。有发火、有批评、有交心、有沟通才能真正体现出刚柔相济的领导艺术，而这种领导艺术在班组实际安全工作中的成功运用，离不开班组长自身安全素质的提高。一个善于稳定情绪，能够应对各种事件，不断磨炼自己安全工作领导技巧的班组长，才能团结下属共同面对各种考验，才能发挥班组集体的智慧和力量，这样在班组安全工作中就能无往而不胜。

10. 班组长要善于给下属留面子

在一个班组工作，人人都想受到同事的尊重，得到班组长的认可。下属处于被领导的地位，其面子一方面要靠自己挣，另一方面还要靠班组长给。班组长在安全工作中要善于给下属面子，不但能给下属带来莫大的鼓励，使下属更加奋发工作，而且还会增加自身的非权力影响力，使下属更加敬重班组长，从而投桃报李，还班组长的面子。那么，班组长怎样恰到好处地给下属面子呢？

（1）在放手使用中给面子　领导科学研究认为，如果班组长能在安全生产工作中放手让下属开展工作，充分给职给权给责，特别是在关键时刻能把下属作为重点对象点名使用。下属通常会产生一种受到领导信任和肯定甚至认为自己最重要的感觉，从而感到自己脸上很有光彩。确实，班组长放手、放权、给下属压担子、交任务，一方面是对其安全工作能力素质的充分肯定，另一方面也是对其本人的一种信任和赏识。同时，下属在挑安全工作重担的过程中，不但能增强自己的安全责任意识，也可以提高自身的安全能力素养。

当然，班组长在向下属交代安全生产任务、给下属面子的同时，还应注意以下几点：一是加强对下属的培养。古人云："养兵千日，用兵一时"，要在"一时"有人用，首先还得平时多"养"，全面提高下属各方面的安全工作能力；二是加强对下属的了解。平时在班组日常工作中要注意观察下属在哪些方面有特长，在哪些方面有不足。只有对各个下属的特点了如指掌，在用人时才能做到使下属各得其所、游刃有余；三是要充分用其长。只有用其所长，才能用得其所。

（2）再适时推介中给面子　每一个有上进心的下属，都希望自己在班组树立起良好的形象，得到班组长和同事的认可。所以，如果班组长能在公众场合对下属的优点长处加以宣传推介，不但能让更多的人了解下属，而且一定会让下属觉得领导很给自己面子。

在公众场合推介下属，其前提是要善于捕捉下属的闪光点。在充分发挥下属的优点和长处的同时，推介还要努力做到以下几点：一是毫不吝啬地推介。不要担心充分肯定了下属的优点而会遮盖自己的光辉。因为，一方面，下属与班组长本身所处的地位不同，他人不会拿下属与班组长作比较；另一方面，"强将手下无弱兵"，人们普遍认为下属安全素质好是班组长安全能力强，会带兵的结果，所以推介下属不但不会贬低自己，反而会给自身的形象增色。二是实事求是地推介。如果大家都了解某一下属不具备某一方面的优点，班组长偏偏说某下属在这方面如何如何出色，就容易给人以溢美之嫌，不但弄得下属难堪，而且会给自身的形象带来负面影响。三是充满感情地推介。只有在对下属真正赏识的基础上的推介，说出来的话才会有感染力，才能取得他人的认同。

（3）在尊重关怀中给面子　心理学研究表明，每一个人都希望得到别人的尊重。班组长在安全工作中若能尊重下属，与下属平等相处，不但能营造积极向上、团结和谐的人际关系和安全生产环境，让下属心情愉快地工作，而且还会让下属觉得有面子。班组长对下属的尊重、关怀具体体现在以下几个方面。

① 虚心听取下属的意见。在班组安全决策过程中，要主动征求下属的意见，让下属有平等参与安全决策的机会。因为当下属的意见和建议受到班组长的重视时，他会产生一种受到了班组长的尊重、自己的价值得到了体现、脸上很有光彩的感觉。所以，班组长对下属提出的安全生产意见要慎重对待。一忌自己的视野、固有的思维格式、有限的安全知识和经验来判断下属的安全意见正确与否，二忌下属的安全工作意见和建议不符合自己的口味而置之不理，甚至蔑视、排斥；三忌把下属提意见和建议当作是与自己作对，从而耿耿于怀，甚至粗暴地以言治罪。

② 鼎力帮助下属解决困难。当下属生活上遇到困难时，班组长要能对其给予深切的同情和安慰，并亲自前往提供帮助；当下属受到挫折，精神委靡不振时，班组长要能主动找其谈话，帮助其总结经验教训，鼓励其梳理工作和生活的信心和勇气。这些往往能使下属感到班组长兄长般的情谊，感到班组长对自己的关注。班组长鼎力帮助下属解决困难，不但能给下属以很大的激励，而且会让下属觉得很有面子。

③ 在生活和工作中给下属面子。比如碰到下属的父母或其过去的同事和朋友，班组长要先敬几分；在众人面前，特别是在下属的徒弟面前，即使是下属有过错，也应当另找单独场合进行批评教育，不要恶语指责，无视下属的承受能力和人格尊严；在下属遭到尴尬时，班组长要以自己特有的身份帮其圆场；当下属受到众人的误解、遭到非议时，班组长要出面说清事实的真相，力排众议。

总之，班组长在安全生产工作中给下属的面子是多方面的，班组长在放手使用中给面子，在实施推介中给面子，在尊重关怀中给面子，不失为有效的方法和手段，每一位班组长都应为此而努力。

11. 班组长如何强化安全控制力

在一个班组中，班组长处于领导权力的塔顶。班组长能否在全力运作中有效行使用控制力，特别是安全工作的控制力，关系到政令能否畅通，班子是否具有战斗力、凝聚力。所以，强化班组长的安全控制力，增强班组长驾驭班组、处理复杂安全问题的能力，具有十分重要的意义。那么，班组长怎样强化安全控制力呢？

（1）一个好汉三个帮，从班组安全建设中强化控制力　其一，构建气质互补、结构合理的班组领导班子。要通过各种有效形式，抓住有利时机，尽可能调配成精诚团结、密切协作的班组领导班子，形成富有生机和活力的班组领导层。当然，有时对班组领导成员的构成，班组长在一定程度上可能没有决定权。那么，怎样把气质各异、特点有别的班组成员团结在一起，驾驭班组安全生产全局，则是班组长需要认真研究的。其二，建立良好的权力分工与集中机制。在班组安全建设中，要实行集体领导、分工负责，班组长负总责。要坚持重大安全问题、重要安全工作，班组长要敢于决策、善于决策。班组长当然不能独断专行，但也绝不能强枝弱干，使班组班子成员权力过大，更不能让分管副职把分管的业务当成自己的小天地，使班组长形同虚设。其三，求同存异、善于扬弃。班组长要有较强的包容精神和识才用才的气度，调动一班人、使用一班人，在保持安全生产大目标的前提下，使勇者尽其力、智者尽其谋、谏者尽其言，思者逞其辩，并力求从安全思想观念上做到不求全责备，用其长、避其短，并能化短为长，最大限度地发挥每个成员的安全生产积极性。其四，对那些安全素质较差、明显不配合的成员及时调整。苗有良莠、人有贤愚。班组领导班子中出现在志趣、性格、思想上格格不入，或者出现极个别安全素质不高，拉山头、搞内耗、谋私利，甚至侵权枉法者，就要运用有利的时机，把其分离出去。宁思一时之痛，不受百日之痒。

（2）分清主次抓重点，从工作运转中强化安全控制力　其一，要胸怀全局、一张蓝图绘到底。要分清班组安全工作的着重点，合理使用人力、财力和精力。对重要的安全工作，要敢于大手笔做大文章；对面上的安全工作，也要合理谋划，不能掉以轻心。其二，要注意热点、难点、突发事件的处理。要慎重适时地处理解决这些安全问题，防止矛盾激化、焦点烧热、热点烧煳，影响全班组甚至企业的安全生产。因此，对一些敏感安全问题必须高度警惕，绝不可麻痹大意，应时刻掌握着安全控制权。其三，要注意从班组安全生产薄弱环节抓起，从易见成效处突破。对一些长期难以奏效、不易控制的安全工作领域，要认真分析形成的原因、存在的症结，从最薄弱的环节去突破，渐进式地控制局面，增加安全工作影响力。其四，要适当运用放权艺术。安全控制，并不是死抓。班组有些安全工作有抓有放、有所控有所不控，才能收到最佳安全效果，有时抓住了，但不懂得放，可能就抓死了。所以，抓和放是辩证的统一，班组长应娴熟掌握运用。

（3）善聚众智巧运筹，在安全决策过程中强化安全控制力 其一，事前协商，寻求共同点。事前协商是一个长期酝酿、隐性微妙的过程，班组长要善于协商。借上级的安全工作指示精神予以贯彻；借上级领导的鼎力支持，减少阻力，增加优势；借全班组员工的拥护，夯实基础。对有明显安全意图的安全决策，班组长在协商时，应该提出实施安全决策的依据，选择安全决策的合法性、合理性；如果同时还有其他安全决策可供选择，则要明确选择安全决策的独特性、优胜性、排他性。对没有明显意图的安全决策，则必须充分听取各方面的意见，博采众长、达成共识。不管是什么样的安全决策，班组长都要注意协商气氛的融洽，态度的诚恳，在协商中强化感召力、控制力。其二，事中决断、追求瓜熟蒂落。事前协商多是幕后的、非正式的；事中决断，则是正式的。如果事前协商是春风化雨的话，那么，事中决断就应是沛然雨下了。所以，班组长在安全决断时要尽可能做到水到渠成、瓜熟蒂落。当然，安全决断时各抒己见是民主集中制原则赋予每个成员的权力，也是班组安全工作追求的一种集思广益、科学决策的理想效果。班组长绝不能扼杀这种民主，决不能搞个人专断、唯我独尊。但是，能形成一致安全决策，仍然是班组长追求的最佳效果。其三，事后沟通，坚决不留后遗症。不管安全决策时是春风化雨还是电闪雷鸣，安全决策后的沟通都至关重要。有些班组安全决策形成了，但很难避免一些成员有异议。他们虽然在安全决策时附和大多数，或持保留意见，但心里的想法并未消除。所以，班组长要把握有利时机，做好疏导、解释和安抚工作，避免因一次安全决策的意见相左或思想不同而留下后遗症。那些自恃高人一等，不把其他成员当回事，不把班子成员的不同意见或心理感受当回事的班组长，看似抓住了控制权，实际上丢掉的是控制的基础。其四，未兆先谋，增强安全工作的预见性。对很多安全问题，班组长应该比一般成员先想一步甚至几步，把安全工作问题解决在初始阶段或萌芽状态，增强安全工作的前瞻性，班组安全生产工作早部署、早运筹、早决断、早解决，做到防患于未然、治之于未乱，从而避免矛盾加深或冲突加剧，以此增强安全控制力。

12. 班组长如何驾驭"摆老资格"的下属

在班组安全生产工作中，总能看到有那么一些人，因为种种原因，加之仗着在班组工作时间长，混得人人脸儿熟，生活上懒散疲沓，安全工作上勉强应付，话语中夹枪带棒，行事上不明不阳，交往中拉帮结派，动不动就与班组长讨价还价、提要求，个人利益稍微受损，就撂挑子、闹意见。这种人在班组中习惯上称之为"摆老资格"。搞好对"摆老资格"下属的安全管理，可以增强班组的凝聚力和战斗力。反之，则会一粒老鼠屎坏了一锅粥，牵扯班组长的工作精力，影响班组安全决策的贯彻落实。那么，班组长如何驾驭"摆老资格"的下属呢？

（1）要积极靠近，大胆管理　班组中"摆老资格"的下属，应该说是一种很正常的现象。"摆老资格"的下属大都在一个班组工作的时间比较长，常常自以为见多识广，对任何事情都满不在乎。对班组长的安全工作指令、要求、安排等往往是听归听、做归做，个别的还会变着法儿给班组长出难题，与班组长唱对台戏。有时候还因其资历较深而自然产生的感召效应，影响班组其他员工的言行。因此，班组长必须以积极的态度，对"摆老资格"的下属积极靠近，大胆管理。切不可因为不愿管、不敢管、不会管等，而对其疏于管理。当然，管理"摆老资格"的下属，会牵扯班组长部分工作精力，但管理好了他们，不仅教育转化了其本人，还会产生连带效应，教育引导其他下属。

（2）要保持相应的距离 "摆老资格"的下属拗劲很大，一部分是仗着在本班组待得时间长，上上下下人都很熟，碍于面子，大家都不愿意撕破脸皮给他难堪。因此，班组长在日常生活和工作中，要有意地与"摆老资格"的下属保持一定的距离。与他们讲话要语调严肃，无论是向其交办安全工作公事还是个人私事，都不可靠太近，更不可轻易接受他们的馈赠。只要首先在心理上让其感到班组长的一身正气、一派威严，才能在以后的安全生产工作中使其在安全行为上有所检点。

（3）对其批评要做到有准备 "摆老资格"的下属由于经历较丰富，对班组的情况比较熟悉，因而无论是有意给班组长出难题，还是无意中做错了事情，往往都会抢词夺理。寻找种种理由为自己的过错辩解。如果班组长不管三七二十一地对其进行批评，没有抓住其错误的要害和关键，往往很难达到批评教育的理想效果，甚至有时还会造成自己安全工作上的被动。因此，班组长在对他们进行批评的时候，一定要事先对批评的方式、言辞、内容、场合等做好准备，切不可在气头上冲动地作出决定。一定要做到批评得有理、有据、有力，只有用重锤敲才能使他们警醒。

（4）及时培养班组的安全骨干 "摆老资格"的下属对班组长还有一个常用的招儿，就是给班组长撂挑子，以为自己在安全这一块儿业务没有人能替代，以此来要挟班组长，提出不合理的要求。因此，班组长必须在安全工作业务上各方面注意培养一些骨干，迅速提高他们的安全业务能力，以便其在执行重大安全任务等关键时刻能召之即来，来之能胜任。这样，一方面有利于提高本班组的安全业务工作水平，提高班组的整体安全工作效益，另一方面又能使"摆老资格"的下属撂挑子的招法失去效用。

（5）对其难处要动之以情 在安全工作和个人生活上遇到难处，是班组每一个人都会有的经历，这个时候，也是他最需要人伸手援助之时，"摆老资格"的下属当然也不例外。作为一名班组长，觉悟应该高人一筹，应该有容人之过的度量。因此，当"摆老资格"的下属遇到困难时，班组长应该对其与对其他下属一样，及时伸出热情之手，帮助他顺利渡过难关。切不可因为以前的事而记恨下属，对困厄之中的下属不闻不问、不理不睬。"摆老资格"的下属也是讲感情的，自然能够体会到班组长的真诚和关心，以后在安全生产工作中自然会有好的表现。

13. 班组长要善于影响和改造"老油条"

在企业的班组中，"老油条"多指那些玩世不恭、油腔滑调、不求进取，且具有一定资历的人。多数班组都有那么几个"老油条"，班组长不可能置"老油条"式的下属于不顾，不与他们打交道，因为他们虽是少数，但他们的能量却不小。班组长在安全工作中如何与"老油条"们打交道，往往会在班组形成一种导向。如果关系过于密切了，容易被"老油条"同化；过于迁就了，容易影响班组绝大部分成员的安全生产积极性；过于苛求了，又容易激起"老油条"们的强烈反感。由于"老油条"们在班组里有一定的资历，有的人缘还比较好，有一定的影响力，如若与他们的关系处理不好，很可能成为班组长行使领导权力时较难跨越的绊脚石。笔者认为，班组长与"老油条"们打交道，应当从以下三个方面努力。

（1）要容得下"老油条" 一个班组里之所以产生"老油条"，自然有其滋生的适宜土壤和环境；他们之所以称得上是"老油条"，自然是经过长时间"油炸"，具备了"弃之不能、食之无味"的资历。因此，班组长在与"老油条"们打交道时，先要有容人之量，切忌操之过急。首先，要容得下他们独特的为人处世习惯。表面上"老油条"们对所有人都很恭敬，但实际上，他们往往对班组长不够尊重，对同事玩世不恭，对安全生产工作不够重视，对生活也懒懒散散，内心深处是对班组长权威的漠视。对此，班组长要明白，班组长对下属只不过是分工不同，不能要求下属都必须对班组长唯命是从、恭敬有余，尤其是对"老油条"们更是如此。因此，作为班组长要有良好的心态和宽大的胸怀，容纳"老油条"们独特的为人处世习惯。其次，要容得下他们的缺点。人无完人，每个人或多或少都有缺点，不同的是，绝大多数人尽量遮掩或者抑制缺点，"老油条"们却放任缺点或有意放大缺点。其结果是，绝大多数人的缺点被隐藏了，而"老油条"们的缺点却毫无遮掩地凸现在班组长面前。假如班组长特别在意这些缺点，真正要上岗上线地当作问题去处理，却又多半查不出相关依据。否则，他们就不能算作"老油条"了。因此，班组长要正确对待"老油条"们的缺点，只要不是原则性安全生产问题，就要多包容。

（2）要积极影响"老油条"　容得下"老油条"是班组长改造"老油条"的基本前提，但真正要改造"老油条"，还需要一个循序渐进的过程。这个过程中必不可少的一环是：以班组长的人格魅力影响"老油条"。一是要放下班组长架子，真心实意地与他们交朋友。"老油条"们本身就不是很在乎班组长，对班组长权威提出了挑战或"软抵抗"的架势。作为班组长，放下领导架子，主动与他们交流，真心实意地与他们做个好朋友，就会起到事半功倍的效果。"老油条"们虽然表面上圆滑、世故、无所求，但绝大多数还是重友情、讲义气、讲原则、讲大局的，只要班组长真正做到以心换心，以真情对待他们，在政治上、工作上、生活上对他们给予真正的帮助，不摆官架子，不耍领导威风，就一定会赢得他们的认可。二是要适当保持距离，树立班组长权威。要容得下"老油条"并不等于对"老油条"们的缺点和不良习惯表示认可，与他们真心实意交朋友也不等于可以放弃安全生产原则，完全融入到"老油条"队伍里面。譬如"老油条"们可以不拘小节，可以犯一些小的错误，但是，班组长绝不能"同流合污"，而要与他们保持一定的距离，使"老油条"们在真切地感受到班组长的真诚、亲切的同时，也感受到班组长的威严。三是要积极修身养性，处处以身作则。"其身正，不令而行；其身不正，虽令不从"。班组里产生"老油条"，虽然有"老油条"们自身的原因，但也与某些班组的班组长不能以身作则有关。"上梁不正下梁歪"，班组长都是那个样子，下属又怎么能不"油里油气"呢？因此，班组长要有坚定的政治修养修炼、良好的安全道德品质、严格的安全纪律观念和较强的安全工作能力，要求"老油条"们不做的，自己首先不做。不揽功、不诿过，以良好的人格魅力去影响"老油条"。

（3）要善于改造"老油条" "老油条"与道德品质低下、生性顽劣者不同，道德品质低下、生性顽劣者难以在班组内长期立足，而"老油条"在班组里却如鱼得水、进退自如。因此，聪明的班组长要不遗余力地改造"老油条"。一是分析"老油条"的成因，从根本上去改造。成为"老油条"的原因很多，有的是因为自认为仕途无望、感到成就一番事业很难，有的是因为遭受了多次挫折的打击，有的是因为长期在一个班组工作产生了惰性，有的是因为思想认识问题等。班组长要认真分析他们之所以成为"老油条"的原因，多教育、多帮助、多关心、多理解、多支持、对症下药，从根本上给予帮助。二是铲除"老油条"生长的土壤，从环境上改造。在一个班组中，"老油条"毕竟是少数，班组长除了以身作则影响他们以外，还要善于团结和激励大多数员工，弘扬正气、打击歪风，形成积极向上的安全生产氛围，利用身边的同事帮助和改造"老油条"。三是去除"老油条"的条件，从制度上改造。班组建立相应的安全生产规章制度、安全工作责任追究制、安全奖罚激励制等。在制定这些制度时，要广泛征求班组员工的意见和建议，特别要征求"老油条"们的意见和建议，充分发扬民主。安全制度一旦确定下来，就要坚决执行，绝不手软，使"老油条"们在严格的安全制度管理下，增强安全生产责任感和紧迫感，自觉去掉身上的"油气"。这样，班组的安全工作就顺理成章了。

14. 班组长怎样使用有个性的下属

在一个生产班组，总有些有个性的下属，有个性的下属通常是指那些有棱有角、个性较强、不大好驾驭的人。这些人由于具有某一方面的能力或优势，往往不太驯服，容易与班组长"较劲"，甚至偶尔给班组长制造点"麻烦"，令班组长颇感棘手。在班组安全生产工作中，班组长如何驾驭有个性的下属，扬其长、避其短，使他们服从管理、听从召唤、为班组所用、为安全发展所用，是摆在每个班组长面前的一个难题。那么，如何破解这个难题呢？

（1）把握个性，给有个性下属一片天　有个性的下属在安全生产工作中，优点和缺点都比较明显，一方面他们很少人云亦云、言听计从，另一方面又具有一股傲气，往往表现为我行我素、自以为是。当班组长的一定要摸准有个性下属的性格、脾气，洞悉他们的心态、情感，明确他们的愿望、要求，在此基础上采取相应的对策。一要尊重顺应。有个性的下属往往服软不服硬，在他们不驯服时，当班组长的不能训斥压服，颐指气使，要注意"顺毛"。安排安全生产任务时多用商量的口气，给他们以尊重感；平时多沟通交流，密切安全思想感情，掌握他们的安全思想脉搏，有的放矢地做好安全生产工作。而要宽容、包容。对有个性下属的"冒犯"要有容忍之心，对他们的安全工作失误要有宽容之心，对他们在安全生产中的缺点有包容之心。要有惜才、爱才之心，重才、用才之量。用信任感化他们，用真情打动他们，用人格赢得他们的尊重和信任。三是多加帮助。有个性的下属由于性格上的原因，在安全生产工作、班组内的人际关系上可能会遇到许多难题，产生诸多的麻烦。作为班组长要关心、体贴、爱护他们，主动帮助他们克服性格上的缺陷和心理上的障碍，多为他们说话、作解释，使他们拥有融洽的人际关系。四是积极引导。对有个性的下属既不能以权势使他们屈服，也不能一味迁就，由着他们的性子来。要做好诱导工作，属于脾气上的问题要尽量容忍，属于性格上的问题要引导他们克服，属于品性上的问题不能迁就，该批评时绝不含糊，但要注意方法，把他们的性格脾气与人品区分开来。

（2）用其所长，让有个性的下属多露脸　有个性的下属在安全工作上往往有一手，思想上有主见，对上不唯唯诺诺，渴望有用武之地。作为班组长，要善于用其所长，为他们施展才干创造机会、提供平台。一要大胆放手。有些班组长因担心有个性的下属捅娄子而把他们晾起来，因害怕他们不服管而冷落他们，这是不明智的，也是导致许多有个性的下属"怀才不遇"，对班组长产生抵触情绪、埋怨心理的重要原因。作为班组长，要排除非议重用他们，多给他们压担子，放手让他们独当一面，出了问题要勇于替他们担担子，使他们无后顾之忧，从而增强他们的配合意识和服从观念。二要量才使用。班组长要根据有个性下属的性格、脾气、特长把他们放到合适的岗位上，让他们崭露头角、各显身手。三要留足面子。有个性的下属大都争强好胜、好发表见解，难免在工作上、为人上、说话上出现一些纰漏。作为班组长，要保护他们的安全工作积极性，不能因为他们在安全工作中爱提意见、发牢骚、"顶牛"而疏远他们。要做到在工作上信任、生活上关心，多鼓励、少指责，多正面引导、少动辄训斥、以增强他们的安全生产自信心。

（3）满足要求，使有个性的下属有盼头　班组的每个成员都有自己的欲望，但欲望有合理和不合理之分。对有个性的下属提出的要求，班组长既不能置之不理，也不可一一答应。要认真分析，区别情况，尽量解决。一要关怀爱护。有个性的下属最大的愿望是渴望成才，发挥自己的才干，实现人生价值，得到企业的认可。班组长要在成长上帮助他们，在待遇上关照他们，在提拔上想到他们，使他们感到有奔头。二要解决问题。帮助下属解放思想、工作、生活上的实际问题，既是班组长的应尽之责，也是赢得下属信赖的重要因素，更是驾驭下属的"润滑剂"。对他们的正当合理要求要尽量予以满足，以激发他们的安全工作热情；对一时解决不了的要做好解释工作，消除他们的怨气；对无理的个人要求理直气壮地拒绝，断绝他们的非分之想。三要铺平道路。有个性的下属一般不愿意与班组长套近乎，有时甚至经常与班组长的意见相左，有些班组长便认为他们不听话、不服管而让他们坐冷板凳，这是非常有害的。当班组长的要消除偏见，为有个性的下属当好铺路石，搭好成才的台阶，使他们感到干工作有盼头。四要经常敲打。对有个性的下属要及时提醒，防止其忘乎所以，使他们时刻保持清醒的头脑，从而正确对待自己和他人，摆正自己的位置，增强服务意识。

总之，班组安全生产工作中，班组长使用有个性的下属是一门很大的学问，要想方设法使有个性的下属能够扬其长、避其短。把握个性，给他们一片天；用其所长，让他们多露脸；满足要求，使他们有盼头。是比较切合班组安全生产实际的方法，班组长们不妨一试，在安全工作实践中检验其效果。

15. 班组长要有效调控成员之间的纷争

班组成员是班组长开展安全生产工作的主要依靠力量。但是，由于各种原因，班组成员往往容易产生一些纷争，这种纷争如果得不到有效的控制，很容易使班组成员之间的安全生产力量相互抵消，影响安全工作目标的实现。这种情况是班组长不愿意看到的。因此，班组长必须采取各种方式有效地调控成员之间的纷争。纷争产生原因的复杂性，决定了调控纷争方式的多样性。班组长首先应掌握调控纷争的一些基本原则，再通过对这些原则的具体运用，从而达到调控纷争的目的，为班组的安全生产打下坚实的基础。

（1）产生纷争的原因　班组成员之间的纷争从总体上看对班组的安全工作是不利的，但从一定意义上讲，适度的纷争并非一件坏事。一方面，它可以使班组长通过纷争观察到班组各个方面；另一方面，它可以使成员在纷争当中相互启发，激发出成员的某种安全工作创新。但是，班组长也应该在成员之间的纷争面前保持清醒。因为纷争一旦激化为安全工作上的冲突，就会破坏或阻碍安全生产的正常运行。因此，班组长要有效地调控成员之间的纷争，要想成功地调控纷争，就必须对其产生的原因作客观的分析。一般来说，班组成员之间产生纷争的原因有以下两个方面。

① 主观原因。班组成员之间的纷争主要是通过安全认识上的分歧表现出来的。这种认识上的分歧如果得不到有效控制，最终会演变成为一种安全工作上的冲突。那么，安全认识上的分歧是怎样产生的呢？一是由成员的既得利益的不平衡和对利益的期望引起的。当班组成员认为彼此之间的安全利益存在不合理差异的时候，就会产生追求利益平衡的愿望，而这种愿望往往会转化为成员在安全认识上的分歧。二是由个人经历、知识、经验、位置的差别引起

的。这些差别会使班组成员对同一个安全问题的看法出现天壤之别，而且这些看法站在自己的角度来讲都是有一定道理的。这样，在安全认识上的分歧就不可避免。三是班组成员在性格、生活习惯、安全价值观等方面的差异也会造成认识上的分歧。

②　客观原因。班组成员之间的纷争，主要是由客观原因引起的。主要有：一是班组内部安全工作分工不明确，事实上存在着任务、权利和责任的交叉。在这种情况下，成员之间一遇到问题，就可能出现彼此推卸责任甚至相互指责的现象；二是班组长在工作中不能公平地对待自己的下属。人都有追求公平和希望得到别人尊重的欲望。班组长如果不能客观地评价和公正地对待自己的下级，厚此薄彼，不仅会引起班组长与成员之间的冲突，还会使成员之间发生纷争；三是班组安全信息渠道不畅通。安全信息问题是人们之间相互信任和相互理解的桥梁。在班组内部，如果安全信息渠道堵塞，或者部分畅通部分堵塞，就必然会造成班组成员之间的相互猜疑和分歧，从而导致纷争的产生。

（2）控制纷争的原则　班组长要有效地调控成员之间的纷争，重要的不是对具体方法的思考，而是要对一些重要原则进行思考。因为原则是解决问题的准绳，是具体方法赖以产生的理论依据。探讨调控纷争的原则有一个重要的前提，就是班组长对班组成员之间的纷争要进行适度调控，即把纷争控制在合理的范围内，以成员之间的纷争不能对班组安全生产目标形成严重障碍为准，而不是企求纷争的完全平息。因为纷争是客观存在的，旧的纷争平息了，还会产生新的纷争。那么，班组长要有效地调控成员间的纷争，主要应掌握哪些基本原则呢？

①　求同存异的原则。求同存异的原则源于矛盾的同一性。矛盾是斗争性和同一性的有机统一。斗争性是事物发展的动力，而同一性则为矛盾双方提供了由此及彼的桥梁。班组长要有效调控成员之间的纷争，重要的不是看他们之间的分歧是什么，而是要看他们之间的共同点是什么。如果着眼于他们之间的分歧，班组长很有可能陷入他们的矛盾之中，导致纷争的激化；如果班组长着眼于他们

之间的共同点，就能有效地协调好他们之间的矛盾，使纷争得以化解。那么，纷争双方的共同点是什么呢？最根本的就是共同的班组安全生产目标。只有纷争双方立足于共同安全生产目标来思考问题，才能消除纷争对安全生产目标的实现所可能产生的消极影响。

② 双赢的原则。所谓双赢，就是指班组长在调控成员之间纷争的过程中，要以纷争双方都能接受的方案作为思考问题的出发点。因为，成员的纷争大多数不是因为原则性问题，而是在根本利益一致的基础上产生的，是对一些具体利益或认识的分歧。这一特点决定了纷争双方存在着一定的协调空间。班组长要坚持双赢的原则，就是指对这个空间的公平而充分的利用，并借此达到调控纷争的目的。如果班组长不是这样来考虑问题，而是把立足点放在维护一部分人的利益上，肯定会导致另一部分人的不满，挫伤其安全生产积极性，结果会使纷争演变成为工作冲突，影响班组安全生产目标的实现。

③ 换位思考的原则。坚持这一原则，就是要求班组长在调控班组成员之间纷争的过程中，不仅站在自己的角度考虑问题，而是要分别站在纷争双方的立场上、站在纷争双方对对方的要求上考虑问题，依次来确定纷争可否调控和究竟采取什么样的方案或方法才能使纷争双方接受自己的调解以达到最好的效果。否则，班组长就很容易把自己的意志强加于成员，即使成员勉强接受了，也会引起他们的不满，造成班组安全工作上的被动。

④ 选择关键调控点的原则。班组成员之间的纷争可能是有多种原因造成的，纷争的范围也很广。因此，班组长要有效地调控成员之间的纷争，不可能也没有必要对造成纷争的原因及纷争的范围进行全面的分析，只要能够准确地选择出一些关键点进行调控，就可以达到调控纷争的目的。关键调控点的选择：一是在时间上，要尽量把纷争控制在萌芽状态，不给它蔓延的机会。当然，还要看调控纷争的条件是否成熟，不能急于求成；二是在空间上，要抓住纷争双方争论的焦点问题或薄弱环节，不能面面俱到，以免分散精力；三是在纷争所涉及的人员上，要关注有一定影响力的人员，先

做好他们的工作，或削弱他们的支持力量，促使他们的认识朝着有利于调控纷争的方面转化。

（3）控制纷争的对策　班组长要有效地调控成员之间的纷争，在掌握基本原则的基础上，还必须对具体的调控对策进行探讨和选择，笔者结合工作实际，主要从调控纷争的过程来探讨这一问题。

① 把安全文化转化为班组成员的价值观念。调控纷争首先要从班组成员的思想上进行调控，而良好的班组安全文化在这方面有着不可替代的作用。班组安全文化的内涵是很丰富的，在这里主要是指班组的安全生产目标、安全价值观念、安全管理理念、安全管理制度、安全行为规范等。班组安全文化的建立及其在班组成员中的渗透，是形成优良团队的基础，它一旦成为每个成员的自觉意识，就会使班组成员的安全思想和安全行为自觉地服从于企业安全发展的大局，尽量减少或避免纷争的产生。所以，班组长为了使班组成员之间的纷争减少到最低限度，或纷争一旦出现，成员就能自觉地自行解决，就一定要着眼于企业安全发展大局，积极构造班组安全文化，并运用各种手段使之转化为成员的安全价值观念。

② 构建控制纷争的机制。构建班组安全文化能够使班组成员之间尽量不发生纷争，其作用是使班组成员之间不愿发生纷争。如果把它看作是调控纷争的"软对策"的话，那么，就必须与之配套的"硬对策"，使班组成员之间不敢发生纷争。要做到这一点，班组长就必须从建立科学的调控纷争的机制入手。这个机制应该是一个系统，并且能够封闭。主要应包括两个方面：从作用上讲，它包括激励和约束两个方面，使顾全大局的成员得到褒扬，使制造纷争的成员受到惩罚；从程序上讲，它包括各个环节上的责、权、利，使成员做到在其位、谋其政、行其权、尽其言、获其利。

③ 建立有效的安全信息沟通机制。有效地调控班组成员之间的纷争是班组安全稳定和发展的重要前提。任何纷争的加剧和扩大都会严重制约班组安全的稳定和发展，现代社会的一个重要特征是信息量的不断增多和信息交流速度的不断加快。能否保证安全信息渠道的畅通已经成为人际关系是否密切的基础。一方面，班组成员

间的很多纠纷与信息的无法交流、沟通不无关系；另一方面，班组长能否有效地调控成员之间的纷争，也与安全信息沟通是否及时准确密切相关。如果安全信息沟通不及时、不准确，成员之间的纷争就势必加剧。因此，班组长要积极构建安全信息沟通机制，疏通安全信息沟通渠道，使安全信息的有效传输成为调控班组成员之间纷争的重要手段。

④ 营造在合作基础上的竞争氛围。合作与竞争是矛盾的两个方面，没有合作的竞争，就会使班组安全工作陷入无序状态，发生无谓的纷争；没有竞争的合作，则会使班组安全工作失去应有的活力，存在着潜在的危机。由此看来，如何通过合作竞争的相对平衡保证班组既有活力又有秩序，是班组长有效调控纷争必须面对的两难问题。如何实现合作与竞争的相对平衡呢？一方面，班组长要把竞争限制在合作的范围内，凡是不利于合作的竞争，都要加以规范和限制。否则，竞争越激烈，对班组合作的破坏就越大；另一方面，合作要以竞争为保证，竞争实质上是个人优势得以发挥的动力，只有个人优势得以显现，才会使班组在扬长避短中优势互补，在这个基础上的合作，才是真正意义上的合作。

16. 班组长如何驾驭顶牛的部属

在班组日常安全工作中，不少班组长都遇到过与自己顶牛的部属。面对这种情况，如果处理欠妥，很容易把班组长与部属的关系搞僵，甚至激化矛盾，影响正常安全生产工作的开展。如果班组长讲究一点策略，对顶牛的部属采取先"观"后"引"再"牵"的方法，则很容易驾驭他们，并能进一步赢得他们的信任。

（1）观"牛"——看清顶牛部属的来势，辨明其顶牛的原因，以便对症下药。造成部属与班组长顶牛的原因是多方面的，作为班组长，对此一定要头脑冷静、仔细观察、认真分析。一是查找班组长自身的原因。不管是安排安全生产任务还是总结安全生产工作，班组长都可能在不注意中伤害个别部属的自尊心或者引起个别部属的误解，甚至班组长在某种场合漫不经心的态度、表情和言谈举止都会引起个别部属的不满而导致与班组长顶牛。二是查找部属的原因。部属与班组长顶牛是由于对某个问题有看法，从而想与班组长理论；有的是由于对某事有特殊的要求，但没有达到目的，而故意找茬；有的是由于在家中或社会上受了委屈，无处发泄，与班组长谈话时恰恰是话不投机，从而与班组长顶牛；有的是性格使然，部属本身就有一张刀子嘴。如此种种，都很容易使部属与班组长顶牛。这就要求班组长在遇到与自己顶牛时，首先要反躬自省，仔细检查一下自己处事是否有失公正、工作态度是否倨傲、语言表达是否欠妥。其次要认真听取部属的陈述，冷静、客观地分析一下部属与自己顶牛是出于何种心态。再次要换位思考，把自己置于部属的位置去考虑问题，分析一下顶牛的部属是怎么想的。这样一来，就不难找到降"牛"的办法了。

（2）引"牛"——避其锋芒，减缓对方的狂躁情绪。使之逐渐平息怒气，为其接受自己的安全教育和工作安排创造有利条件。首先，要负责不指责，即使与自己顶牛的部属出言不逊、言辞激烈，也不要突然打断他的话或者不让其把话说完，更不要冷嘲热讽，进行过分的指责，而要以自己认真的态度给顶牛的部属一个负责任的印象。其次，顺气不赌气。对顶牛部属的不良表现和故意顶撞行为，班组长不要太在意，与之赌气；相反，要善于运用沉默艺术，让顶牛的部属先宣泄一番，否则，针尖对麦芒，势必两败俱伤。只要宽容地对待顶牛的部属，先顺其气，才能有效地进行规劝和引导。再次，要耐心不灰心。作为班组长，要有博大的胸怀和足够的信心，对顶牛部属的合理建议要予以肯定，正确的意见要表示予以采纳，以便尽快缩短与他的感情距离，通过自己耐心细致的工作为下一步的"牵"打好基础。

（3）牵"牛"——抓住最佳时机，针对顶牛部属的不同态度和存在的思想问题进行教育，使之转变认识，提高觉悟。一是动之以情。对由于班组长自身原因而导致部属顶牛，班组长要勇于承认错误，要尽快讲明情况，消除误解。对由于部属的原因而导致其与自己顶牛的，要弄清情况，区别对待。譬如，对在家庭中或社会上受了委屈而与自己顶牛的，班组长要予以理解和同情，甘当出气筒，以自己的满腔热情引起部属感情上的共鸣，从而感化顶牛的部属。二是晓之以理。对由于在对自己有片面的看法和不正确的认识而与自己顶牛的部属，要对其摆事实，讲道理，剖析其思想根源，并有针对性地进行教育而不能一味迁就。要使其明白，有一定的想法可以理解，但要梦想成真，必须靠骄人的安全生产业绩，从而使其认识并改正错误。三是导之以行。面对顶牛的部属，作为一名班组长要以坦荡的胸襟、高尚的情操和模范的言行在具体的安全工作中做出表率，使顶牛的部属对自己的行为有所悔改。对待顶牛的部属，班组长不但不能挟嫌报复，而且还应以采纳其正确意见、广开言路的方法变被动为主动，化解与部属之间的矛盾。

总而言之，班组长面对顶牛的部属这把"锁"，开启的"钥匙"就在班组长自己手中。只要班组长在冷静观察、泰然处之中认真分析、巧妙对待，就一定能驾驭各种各样的"犟牛"，使班组形成一个团结战斗的集体，班组的安全工作一定能搞好，并为企业的安全发展注入新的活力。

17. 班组长激发下属安全工作潜能的方法

潜能是一个人潜在的能力，它需要一定的环境和条件才能充分释放出来。高明的班组长不仅把下属的显能用足用好，而且还善于通过各种途径发现和开发下属身上存在的各种安全潜能。是否善于激发下属的安全潜能成为衡量一个班组长领导艺术水平高低的重要因素。而要激发下属的安全潜能，就需要班组长掌握激发下属安全潜能的几个必要条件。

（1）提供合适的位子　俗话说"有为才能有位"。但"有为"也需要"有位"。班组长要激发下属的安全生产工作潜能，首先要为下属选择合适的位子，把下属放在最能发挥其特长的岗位上，通过岗位锻炼去激发下属的安全工作潜能。有的员工平时在班组里是个不起眼的人，看不出有什么能耐，但在被选到了一定的岗位、担任了一定的职责之后，某一方面的安全能力就会得到充分的展示，安全工作开展得有声有色。平庸多半是被放错了位置。班组每个员工都有各自的长处和不足，关键是班组长如何扬其长避其短，通过平时的接触了解，发现下属在某些方面的安全潜能，并根据每个下属的特长安排合适的位子，把其放到最能发挥安全生产能力的岗位上去。另外，一个人在一个岗位待久了，势必产生惰性，其思维方式和工作思路容易模式化，创新的激情会下降。这时，班组长要适时把下属放在新的工作环境中去磨炼，用不同的岗位锻炼下属的安全工作能力，从而激发下属安全创新意识，也为班组培养一专多能人才创造条件。

（2）设置明确的目标　用安全工作目标激发下属的安全潜能就是经常给下属压担子、交任务、提要求，通过设置阶段性的安全工作目标，使下属工作有压力、奋斗有目标。适时给下属下达安全生产任务，提出安全工作思路，规定完成的时间和质量标准，下属就会感到有事干、工作满负荷，有一种充实感。不过，设置的安全生产工作目标要适当、要切合实际。目标过高，下属经过努力还是达不到，就会产生放弃努力的想法，要制定的目标应该是"跳起来能摘到桃子"；如果过低，就起不到应有的激励作用。班组长的职责是出主意、用好人，要善于调动下属的安全生产积极性，不能什么事情也"一竿子插到底"，抢了下属的"活儿"。班组长要有意把一些该放手的安全工作交给下属去办，比如，请下属代替自己主持"安全活动日"，让下属出面解决某个棘手的安全问题，由下属独立完成某项安全操作任务，故意设置一些难题考验下属解决实际安全问题的能力等。在企业里经常发现这么一种情况：有些班组长一天到晚忙忙碌碌，下属却闲得要命，班组长自己累不说，下属也变成"传话筒"、"留声机"，也有怨言。如此班组长，又怎么能充分发挥下属的安全工作潜能呢？

（3）创造宽松的环境　一个人安全潜能的发挥主要靠主观努力，但也离不开外部条件的激发，而信任、理解和宽容是最好的激励措施。班组长要开明，善于放手，充分信任，多让下属放"单飞"，为下属提供更多的自由空间，有创新就会有失误，对下属在安全生产工作中的某些不足，班组长要持宽容态度，要有为下属揽过的胸怀，让下属针对班组安全工作现状大胆发表真知灼见，鼓励下属冒尖，宽容下属某些不违反安全生产大原则的失误。对有关针对下属的不当非议要及时给予说明和抵制，以消除下属安全创新的后顾之忧。班组长的信任能激发出下属持久的安全生产工作热情，使他们心甘情愿地为班组的安全生产效力。有的班组长对下属这也不放心，那也不满意，总是担心下属干不好、干不了，那样，下属就永远不会有发挥安全工作潜能的机会。

（4）营造竞争的氛围　在班组安全工作中，其实，下属之间也需要有竞争对手。班组成员之间在和对手的竞争较量中，沉睡的安全工作潜能更容易发挥出来。班组长要善于为下属培养安全生产竞争对手，营造竞争的氛围，让下属在安全生产工作中既有压力，又有动力。有些班组由于缺乏竞争的氛围，下属长期处于"衣食无忧"的环境之下，慢慢滋生了一种依赖和惰性心理。随着岁月的流逝、时间的推移，不仅许多安全工作潜能未能发掘，就连一些显能也渐渐消磨掉了。这不仅仅是班组成员的悲哀，也是班组长的悲哀。

（5）巧用逆境之招　有人做过这样的试验：把青蛙放在沸腾的水中，青蛙立刻跳出来逃生了；但把青蛙放在冷水中，然后慢慢加热，青蛙开始在温暖的水中无动于衷，但等到感受到水热难耐时，已经丧失了跳跃的能力，直至最后被活活煮死。这个试验形象生动地启示人们：在许多时候，人的潜能是在遇到逆境、遭受挫折之后才激发出来的。在逆境中更容易锻炼人的品质、磨炼人的意志、增长人的才干、显露人的本色、考验人的品格。班组长要善于运用逆境来培养下属，有意识地把下属放到条件艰苦的地方去打磨，放在安全工作难度大的岗位上去锻炼，以此来开发下属的安全工作潜能。如当下属打开安全工作局面、取得一些安全生产成绩时，不忙于表扬，而要适当进行低调处理，看一看下属的思想情绪反应；就是有意把下属放到安全工作条件艰苦，如环境污染大、工艺过程复杂、安全控制要求严格的地方去工作，以检验下属的适应能力等。

不过，用逆境来激发下属时一定要掌握好"度"，以不给下属造成思想负担、心灵伤害、信心丧失为前提和原则。

（6）建立赏罚机制　现在企业中的班组普遍存在着这样一种情况："干与不干一个样，干好干坏一个样"，这样的机制只会培养庸才和懒汉。班组长要激发下属的安全工作潜能，必须建立一种有效的赏罚机制。做到：赏罚分明、赏罚及时、赏罚到位、赏罚公正。当下属取得安全工作成绩时，班组长要毫不吝啬地在众人面前夸耀自己的下属，在精神和物质上给予奖赏，以增强下属的安全生产自信心和自豪感。当下属出现安全工作失误时，班组长要认真分析缘由。属于客观方面的原因，班组长要及时进行安慰，主动为下属承担责任，帮助下属走出失败的阴影；属于主观方面的原因，班组长也不能一味地批评，而必须区别对待。若是安全素质问题，班组长要帮助下属找准症结，多方面进行鼓励，少责怪挖苦，以重新燃起下属的信心，避免其犯重复性的错误。对那些不思进取、做一天和尚撞一天钟、失职渎职的下属则要给予处罚，甚至是重罚，绝不能姑息迁就，以起到"杀一儆百"的效果。这样，久而久之，下属就会产生强烈的荣辱感、紧迫感和事业心，而这也是下属发挥安全工作潜能的必备条件。

18. 做一名善于沟通的班组长

班组安全工作中，班组长与下属之间存在地位、语言、心理、认知、环境和文化水平等方面的差距，这些都可能造成一定的沟通障碍，影响到方方面面的关系，并且使安全生产工作受到损失。因此，班组长一定要提高沟通能力，掌握沟通艺术，做一名善于沟通的班组长。

（1）调整心态，以诚相见　人与人只有在互相尊重、互相信任的基础上，才能做到真正意义上的沟通。班组长要明白自己与下属之间虽然有职位高低、权力大小的差别，但在人格上是平等的，都有维护自尊的强烈心理需求。因此，决不能在沟通中摆出一副"长官"的架子，否则，必然会招致下属的不满，对你敬而远之，甚至恨而避之。沟通时要做到坦诚相见、说真心话、用真感情，决不能说那些言不由衷的空话、大话、套话和假话，更不能用不冷不热、矫揉造作的伪感情对待下属。只有这样，在沟通中才能叩开下属的心扉，达到沟通的目的。

（2）换位思考，求同存异　要准确地理解他人，采取换位思考的方式极为重要。只有站在对方的位置和立场上来思考问题，才能够更准确地理解对方的想法和心理状态，才能真正找到沟通的结合点，增强沟通的针对性。班组长若只强调自己的感受而不体谅下属的想法，就很难走入下属的内心世界，很难被下属接纳。另外，在沟通过程中，要善于发现双方的共同点，以这些共同点作为谈话的切入点，并不失时机地加以强化，一旦达成了共识，双方便容易产生亲近感，沟通就容易达到一个新境界。当然，这里的换位思考和求同存异并不等于迁就错误，坚持原则是搞好沟通的前提。

（3）注意态度，控制情绪　班组长在沟通时一定要注意情绪的控制，不要将自己的不良情绪带到沟通中来。要尽可能地在平静的情绪状态下与下属进行沟通，这样才能保证良好的沟通效果。同时，要注意莫误用体态语，要把握好身体语言的尺度，尽可能不让下属感到紧张和不舒服，让其在轻松的状态下说出真实感受。身体语言在沟通过程中起着非常重要的作用，有50％以上的信息可以通过身体语言来传递。班组长的眼神、表情、手势、坐姿等都可能影响沟通，班组长专注凝视、低头皱眉或是左顾右盼都会造成不同的沟通效果。因为不少下属在与领导沟通的过程中注意力都非常集中，善于从班组长的一言一行、一颦一笑中捕捉信息，揣摩班组长的心思，因此，班组长不当的体态语必定会对下属产生误导。

（4）主动询问，善于倾听　在沟通中，班组长要做好引导工作，当下数默不作声或欲言又止的时候，班组长可用询问的方式引出下属真正的想法，了解其对此项安全工作的立场、需求、愿望、意见和感受，这样一方面可以为要说的话铺路，另一方面还可以营造比较自然的说话氛围。除主动询问外，班组长还要乐于倾听。班组长积极的倾听，给下属以自我表现、成就自我的机会，可使下属产生一定的归属感，配合意识和参与沟通的积极性便会明显增强。同时，在沟通过程中，下属在意的不是班组长听了多少，而是听进去了多少。因此，班组长不仅要乐于倾听，还要善于倾听，要让下属知道你真的在意他说的话，否则，沟通效果甚微。

（5）注意细节，莫辞小善　班组长与下属沟通中的很多细节往往会影响到下属对班组长、对班组以及对具体安全工作的看法，如果班组长忽视了这些细节，往往会影响沟通的效果。班组长在与下属的沟通与接触中"莫因善小而不为"，因为下属有时会非常在意一些小事情，常常会从一些细节和小事上来评价班组长、分析班组长，来确定自己的位置。如果班组长能够勤于在细小的事情上与下属沟通感情，经常用"毛毛细雨"去滋润员工的心灵，最终必然会结出丰硕的果实。

（6）把握时机，情理交融　时机是影响沟通效果的一个非常重要的因素。班组长在同下属沟通之前要选择好恰当的时机，对沟通的内容、时间、地点等要有一定的计划，尤其是对批评教育等针对性比较强的沟通活动一定要慎重。那些不讲场合、不讲对象、不选择内容的沟通是失败的沟通，不但达不到预期的效果，甚至会事与愿违。同时，谈话是沟通的桥梁，一定要注意谈话的艺术。在谈话时，班组长要根据谈话对象的文化素养、性格特点、习惯爱好等，使用不同的语言，做到情理交融。对性格内向的，使用的语言要柔和一些，使话语像春风细雨那样句句入心；对直爽开朗的，要一针见血指出问题；对文化层次高一点的，语言可以文雅一点；对文化层次低的，语言应该朴实一点；对工龄长、资历深的员工，谈话时哲理可以深一点，以理说事；对年轻识浅、思想单纯的员工，可以多用朴实、通俗的语言，深入浅出，以理明事。

19. 班组长如何巧治部属的懒散作风

目前，在企业的一些班组中，得过且过、懒散懈怠、办事效率低下、做一天和尚撞一天钟、打发时光混日子的某些员工，在安全工作中表现的较为突出。那么，班组长如何巧治下属的懒散作风，做到有令必行、有禁必止，有效地开展安全工作呢？笔者根据班组现状，提出如下工作方法。

（1）定岗位　一个班组，如果岗位设置不合理、不科学、职责不明确，尤其是在安全工作上互相扯皮、互相推诿，好事抢着干，难事无人问，或者干好干坏一个样，就会极大地伤害下属的安全生产积极性。因此，班组长在精简人员大趋势的基础上，根据实际设置工作岗位，因事设岗、因岗择人、一人一岗、一岗一责、一个萝卜一个坑，做到岗岗不虚设、人人有事干、事事能干好。班组长在班组设置工作岗位时，切忌心血来潮，凭意气办事，要在深入调查研究、广泛征求意见的基础上，果断决策、慎重行事。要注意把握几个原则，一要总揽全局，岗位设置科学合理；二要减政精兵，讲求实际工作效率；三要因事、因人而异，既要扬长也要避短；四要分合适度，讲统筹、讲兼顾；五要立足长远，具有前瞻性眼光。

（2）明职责　没有规矩不能成方圆。班组在科学设置工作岗位的基础上，要因岗定人、因岗定责、责任到人。对安全生产工作职责要力求明晰、细化、量化，其安全目标、安全要求、安全考核、安全奖罚等诸要素做到一目了然。其指向性、针对性要做到明确到位。安全生产工作职责明确了，就大致规定了下属工作的范围、内容以及完成此项工作的时间和质量要求等，使之有章可循、目标明确。

（3）勤督查　"秋后算账"尽管痛快淋漓，但到那时班组成员的许多差错，欠缺不足已成事实，且无法扭转。因此，班组长要想医治下属在安全生产工作中的懒散作风，最好的办法就是对他们实行跟踪控制、实行过程管理、随机管理、做到警钟长鸣、勤于督查，把问题消灭在萌芽中。班组长在勤于督查的过程中，可以见微知著，及时发现下属安全工作中各个环节上的成绩或纰漏。好的要加以肯定，及时通报表扬，或给予奖励；错的要及时提醒，善意地帮助下属改进，避免出现重大失误，真正体现班组长对下属的关心和爱护。在班组的成员中，人总是有惰性的，这种懒散懈怠如田间的杂草，潜滋暗长、纵容不得。事实上，不同个性的人在不同的阶段、不同的环境中都会产生不同形式和程度的懒散懈怠行为。因此，班组长要突出重点、有的放矢地开展督查工作。一要靠以身作则，率先垂范的人格力量感染下属；二要靠营造班组良好的安全生产小气候影响下属；三要靠岗位安全责任制的督查，及时纠正偏差；四要靠行政手段的制约，让安全生产激励机制发挥作用。但更重要的还是要因人而异，做好细致的安全思想教育工作，敲开每个下属的心灵之锁，使每个下属都能放下包袱，心情舒畅地、创造性地开展安全生产工作。

（4）重奖罚　每个班组在安全生产工作中都执行奖勤罚懒制度，班组长在执行这个制度中要不折不扣，坚决兑现，决不能敷衍了事。班组长要有"曾子杀猪"的一诺千金，也要有孔明挥泪斩马谡的义无反顾。安全工作奖罚要多形式、多层次、各有侧重。如在评选先进、入团如党、岗位调整、职务晋升、奖金分配、晋级加薪、休假疗养等诸方面可不同程度地有所体现，论功行赏、视过施罚、赏罚分明。班组安全生产工作中，奖勤罚懒是一个复杂的过程，要严格把关、不出差错、不出纰漏。其基本要求是：一要建立和健全科学的考核评估机制，坚持实事求是，让大家心服口服；二要以发展的眼光看问题，特别是对班组中少数懒散懈怠者根据"惩前毖后、治病救人、循序渐进、循之善诱"的原则，做好引导工作；三要善于总结经验教训，不断完善安全生产考核评估机制，减少偏差、减少纰漏，做到科学、合理、公正、公平、公开。

总之，班组在安全生产工作中，成员的懒散作风是存在的，要消除或杜绝这种作风，关键在于班组长的工作方法。班组长们如能很好地运用"定岗位、明职责、勤督查、重奖罚"这十二个字的方法，班组成员在安全生产工作中的懒散作风是可以克服的。

20. 班组长如何赢得下属的支持

班组长主要是依靠下属的支持和具体工作来实现安全工作目标的。赢得下属支持的方式方法很多，但核心问题是赢得下属在安全智慧和安全感情方面的支持。这不仅可以使下属给班组长安全工作的领导提供智力支持，还可以使下属对班组产生归属感，这两个方面是相辅相成的，归根到底表现为下属心甘情愿地干好安全生产工作。因此，班组成员在安全生产工作中必须着眼于安全工作目标的实现，通过各种方式，在下属安全智慧得以充分释放的同时，不断增强班组对下属的安全工作凝聚力。

（1）让下属充分地表现自我　每一个人都有表现自我的欲望。究其原因，就是下属试图通过施展才能，在证明自己的价值的同时，得到社会、企业和领导者的认可。同时，下属也只有在表现自我的过程中才能使自己的智慧转化为推动安全工作的力量。但是，下属表现自我需要自身的主观努力，更需要各级领导，特别是班组长为其提供施展才能的舞台和机会。

为下属提供自我表现的条件主要包括三个方面：一是建立合理的用人机制；二是努力挖掘下属的安全工作潜力；三是给予下属适度的安全责任和权力。

下属自我表现的过程实际上就是帮助班组长实现班组安全工作目标的过程。因此，班组长在主观上要有为下属创造条件的自觉意识。一是要有正确的用人意识。班组长只有把班组的每个成员都当做人才来对待，才会积极地去发现每个人的长处并使之得以发挥。二是下属努力工作就是对班组长的最大支持。班组长只有借助于下属的力量才能把安全生产工作搞好。三是着眼于班组持续安全发展的大局意识。伴随着班组进一步安全发展的要求和下属安全素质的不断提高，下属对扩大自我表现的空间也日趋强烈。班组长只有从班组安全发展的大局考虑这一问题，才会主动地为下属制造施展才能的空间。

（2）满足下属的合理要求　人的行为是动机支配的，而动机是由需要决定的。从这个意义上讲，人的需要就是人的行为的动力，而需要的满足则成为其工作的重要目的。班组的安全生产工作亦如此。因此，班组长必须对下属的安全需要有准确的了解和把握，并努力满足其合理需求。

在如何满足下属合理安全需要的问题上，班组长应注意以下问题：一是把对下属的安全需要和对下属的安全激励有机地结合起来。人的需要具有多样性和层次性的特点，并不是所有需要的满足都对人有激励作用。在有些情况下，对下属某些需要的满足并不能调动其安全工作积极性。因此，班组长在充分考虑下属需要的同时，更应该考虑哪种需要的满足能最大限度地对下属起到安全激励作用。只有做出正确的判断和选择，才能达到安全激励的目的。二是班组长不要轻易对下属许诺，许诺的一个重要特点就是必须兑现，只有这样才能对下属产生安全激励作用。因此，班组长的许诺必须适度，即在现在或将来的条件下能够兑现。如果超过了一定的限度，一旦兑现不了，就会挫伤下属的安全生产积极性。三是要善于在沟通过程中取得下属理解。在任何条件下，下属的需要不可能都得到完全满足，虽然这其中有些需要带有合理的成分，但现实不具备满足的条件。这就需要班组长给予解释和说明，使下属理解班组长的难处，并放弃某些需求。

（3）公平地对待每个下属　公平是人际关系的黏合剂。特别是班组长对下属公平与否直接关系到下属的情感因素能否转化为积极的安全工作动力。从下属比较普遍的心理来看，既希望班组长坚持公平原则，同时又能偏爱自己。这就给班组长提出了要不要坚持公平和如何坚持公平的问题。作为班组长固然知道坚持公平的重要性，但是，在现实的班组安全活动中，有些班组长受下属这种心理的影响，往往会将感情因素带进工作关系中，自觉不自觉地偏爱部分下属，结果会使另一部分下属感到不公平，由此导致他们对待安全工作的态度不积极，甚至逃避安全工作。特别是在下属之间发生安全生产矛盾的时候，班组长如果不能坚持公平，不仅会加剧下属之间的矛盾，而且班组长和下属之间也会产生矛盾。在复杂的矛盾关系中，人际关系紧张，班组安全生产的凝聚力和向心力就会大打折扣。因此，班组长要使下属心甘情愿地安全生产，就必须公平地对待所有的下属。只有这样，下属才会形成安全工作合力，安全生产目标才能顺利实现。

从班组长对待下属的态度来说，公平主要指班组长在客观评价下属的基础上，对安全生产工作的安排和利益的分配都能依据下属的能力和贡献的大小，做到一视同仁。具体说，一是对下属安全生产工作岗位的安排有利于其安全能力的充分发挥，即因岗设人，而不是因人设岗。二是为所有的下属提供平等的安全工作条件，使他们能够在同一起跑线上进行竞争。三是利益的分配要依据下属对班组安全生产的贡献，体现出应有的差别。

　　班组长坚持公平应注意以下问题：一是把下属作为相互联系的群体来对待。二是让下属在成员差别的前提下感受公平。公平是相对的，不公平是绝对的。因此，班组长坚持公平，不是要否认下属之间的差别，如安全工作能力、安全生产贡献等，而是要使他们看到和承认差别。只有这样，下属才能通过主观努力缩小差别，实现公平。三是班组长要特别严格对待自己身边的人（在情感上或工作上关系较近的人）的要求。客观地讲，班组长和下属之间的感情并不是毫无差别的。但为了实现公平，班组长决不能以感情作为评价和激励下属的依据，尤其是对自己身边的人，更要严格要求，否则，一旦陷入感情的误区，就会加剧不公平，导致部分下属产生消极的安全行为，贻误班组安全生产工作。

　　（4）适度承担下属安全工作失误的责任　一般来说，下属都有干好安全生产工作的良好愿望。但是，由于主客观条件的限制及其复杂性，下属在安全工作中难免出现这样或那样的失误，使安全工作结果与主观愿望和安全生产目标之间存在一定的差距。安全工作失误本身会给下属带来巨大的心理压力，甚至会使下属丧失干好安全工作的信心。在这种情况下，班组长如果能够及时地帮助下属查找失误的原因，并适度承担一定的责任，不仅会使下属在比较宽松的环境里对失误进行认真的反思，还会使下属感到班组长的关心与爱护，更加积极地做好安全生产工作。

　　所谓适度地承担下属安全工作失误的责任，并不是让班组长承担全部责任，而是指班组长从领导的角度去分析下属安全工作失误的原因。这就是说，下属的失误固然有下属自身的原因，但作为班组长是否存在着工作不到位的问题呢？这包括在安全决策上有无不科学的方面，如安全决策目标是否符合安全工作实际；安全作业方案是否切实可行；在安全工作指导上是否为下属提供了应有的帮助；特别是下属在安全工作中遇到困难时，班组长能否为其排忧解难，提供指导；在下属安全工作过程中班组长是否实施了安全监督和安全检查，做到了发现问题并及时地解决问题等。班组长如果能够认真地从自身进行检查和反思，不仅不会损害班组长的威信，反而会使班组长更具有凝聚力和向心力，也会使下属在减轻心理压力的状态下，以更加努力的安全生产工作回报班组长。

但是，班组长适度承担下属安全工作失误的责任，应该注意以下问题：一是避免错误归因心理的影响。这种心理主要表现为把安全工作的成功归因于主观能力和努力，把安全工作的失败归因于客观环境的不利。班组长在帮助下属分析安全工作失误原因时，只有避免这种心理的干扰，才能查找到真正的原因，以便对症下药。二是帮助下属制定解决问题的方案措施。安全工作失误肯定会给班组安全生产带来消极影响，为了使影响减小到最低程度，班组长要针对安全工作失误原因帮助下属制定切实可行的方案措施。但是，班组长不能越俎代庖，否则，会使下属因对方案措施理解的不彻底而出现新的安全工作失误。三是对下属安全工作失误要做出处理。班组长适度承担下属安全工作失误的责任，并不意味着班组长要迁就下属，或者为下属推卸责任找借口。为了使下属能够接受教训，班组长必须依据下属安全工作失误给班组安全生产造成消极影响和损失的程度对其做出必要的处罚。

（5）塑造下属信赖的领导形象 赢得下属的支持，班组长的形象是至关重要的因素。对于下属来说，班组长的形象就是班组的一面旗帜，它代表着班组的未来和希望。从这个意义上说，下属对自己安全工作的选择，就是对班组长形象的选择；下属对待安全工作的态度，取决于其对班组长形象的认可程度。这是因为，值得信赖的班组长形象，由于其接近下属的期望，对下属也就拥有凝聚力和吸引力，下属也就会心甘情愿地工作。如果下属不认可班组长的形象，安全工作热情就会大打折扣，甚至还会寻找其他的发展空间。

因此，班组长必须根据下属的期望来塑造自己的形象。

班组长必须把握值得下属信赖的形象的基本特征。概括起来主要有三个方面：一是责任心。班组长对班组和下属要有高度的责任感，让下属切身体验到班组长的每一项安全决策或安全决定都是从维护企业和班组利益及下属利益的角度出发的，而不是为了其他什么目的。二是可靠性。班组长要使下属在这个班组安全工作中有一种安全感，认为班组长不仅能够创造出和谐的人际关系，而且还能保持班组的稳定和发展。还会使下属产生安全感、幸福感，有了安全感、幸福感，就自然会产生归宿感。三是预知性。预则立，不预则废。班组长对班组未来安全发展的设想和规划，要体现出前瞻性，让下属十分明确他们所努力实现的安全目标是充满希望的，是能够带来巨大成功的。

那么，班组长如何塑造自己的形象呢？一是不断提高自身综合安全素质。安全素质是班组长树立良好形象的基础。特别是随着下属安全素质的不断提高，对班组长形象的要求也越来越高。班组长只有不断提高自身的安全素质，才能够使自身的形象日趋接近下属的安全期望。二是保持自己鲜明的个性特征。塑造班组长形象是班组安全活动主体（班组长）和客体（班组成员和活动环境）相互作用的过程。班组长固然要考虑下属的要求，但班组长如果完全放弃自己的个性特征，其形象同样不会为下属所喜欢。没有个性的班组长肯定缺乏应有的魄力。三是努力做到表里如一。班组长要塑造下属喜欢和信赖的形象，就应该做到襟怀坦荡、表里如一。如果班组长当面一套、背后一套，就会使下属产生被欺骗的感觉，其结果是不言而喻的。

21. 班组长被成员误解之后

近年来，在企业的班组，一些不负责任地乱告状现象比较普遍。一些本来没有什么问题的班组长，也可能一不留神被个别心术不正的员工误解。班组长被班组成员误解，尽管在人格和尊严上受到了一定的伤害，但却不能头脑发热、感情用事，否则，就可能在成员面前"输理",从而给自己带来更大的不利,同时还会使班组长与成员之间的矛盾进一步激化,把问题变得越来越复杂。那么,班组长应怎样去对待和处理这类问题呢?

(1)克制情绪,保持常态　被成员误解,对班组长来说无疑是一件难以接受的事情。一些心理承受能力较弱的班组长很容易在情绪上产生较大的波动,一旦头脑不冷静,很容易产生过激行为,如扬言报复、要去收拾他们、胡乱猜疑、工作撂挑子、不去管理班组等。这些过激行为容易在成员中造成一定的负面影响,导致班组长的信任危机。因此,当问题出现后,班组长一定要克服情绪,保持常态,该干什么干什么,以坦诚的心态去面对一些别有用心的成员的误解,甚至是诽谤。当被成员误解时,班组长要做到"三个不":一是不惊慌。俗话说:"身正不怕影子斜"。班组长只要站得正、行得直,就不应当被谎言所吓倒。要相信班组多数成员的眼睛是雪亮的,即使个别人用"污水"弄脏了你的形象,多数成员也会帮你擦干净,还你一个清白,所以,当"污水"向自己泼来的时候,要沉住气、不惊慌,用事实来证明自己的清白。二是不猜疑。被成员误解,要依靠企业各级组织和班组多数成员把问题澄清,而不能凭个人主观臆断对班组成员乱猜疑,更不能把不满情绪带到工作中去,特别是带到安全生产工作中去,要知道,带着情绪上岗是最大的安全隐患。任意对班组成员的发火和训斥都是班组安全生产的大忌。三是不报复。对恶意陷害自己的成员,可以开展批评教育,可以给予纪律处分,也可以依法进行惩办,但绝不能挟嫌报复。

(2)冷静反思,查找原因　任何事情都不是没有原因的,班组长被成员误解,虽然不排除有个别人无事生非、恶意为之的可能,但班组长在安全工作中言行不当,使成员对其产生不满也是一个重要的原因。因此,班组长看待问题不能片面、绝对,一概地归咎于成员,而无视自己存在的问题。正确的态度应是冷静反思,多从自身找原因。一般来说,应从以下方面去反思:一是安全生产工作是否做到了尽职尽责。想想自己在安全工作标准、安全工作作风、安全工作方法上有什么问题,通过与班组其他人员的比较,看看自己是不是一个标准高、作风实、能力强、干劲足和对班组安全建设负责的班组长。二是在安全工作中用权是否公道正派。想想自己在用权上是不是坚持原则、秉公办事；是不是发扬民主，公道正派，是不是严格自律、不谋私利，检查自己在行使权力上有没有问题和漏洞。三是做人是否品行端正。想想自己是不是一个讲道德、守信用、尊重人、关心人、心胸宽、有涵养的班组长，查找自己在为人处世上还有哪些不足之处。四是对成员是否关心爱护。想想自己队成员的态度如何、感情怎样，是不是心里装着每一个成员，是不是对他们真正地关心爱护；分析自己还有哪些方面做得不够好。只有认真地反思和查找自身原因，才能防止片面地看问题，从而给予成员宽容和谅解。

（3）贴近成员，加强沟通　班组长与成员之间缺乏思想交流和情感沟通，是导致成员误解班组长的一个重要原因。要避免这一问题重复出现，理智的班组长应当迅速摆脱烦恼，消除顾虑，主动贴近成员，与成员加强思想交流，用宽阔坦荡的胸怀和真诚友好的态度去获得成员的尊重。首先，要诚恳地征求成员对安全工作的意见。特别是在重大安全作业的项目，班组长要虚心接受成员的某些建议甚至批评，本着有则改之，无则加勉的态度。对成员给自己提出的问题要认真剖析原因，及时、认真地加以改正。其次，要广泛地与成员谈心、交心。班组长要敞开心扉、开诚布公地与成员交流安全思想、交换安全工作意见，在了解成员安全思想的同时，也把自己对班组安全工作、对人生、对事业的看法，真实客观地袒露给成员，从而拉近与成员的距离，增进彼此间的感情和友谊，让成员更加理解、信任和支持自己。再次，要真诚地关心成员。班组长在与成员的交流沟通中，要认真细致地了解成员的实际困难，并想方设法去帮助解决。班组长对成员作出的承诺，要牢记在心，并且要切实兑现，决不能向成员开空头"支票"，否则，不仅不能赢得误解自己成员的理解和支持，而且还会失去其他成员的信任。

（4）坚定信心，勇往直前　在企业安全生产这个崇高事业的征途上，人不可避免地会遇到这样那样的障碍和阻力。一个对安全生产工作认真负责、原则性强、敢抓敢为的班组长，容易遭到一些安全生产思想落后成员的误解和反对。当个别成员因受到安全批评、安全处罚或者个人目的没有达到时，往往会把原因归罪于班组长，以致采取诬陷的手段去报复班组长，发泄心中的不满。被误解的班组长，虽然需要在安全工作方法上加以改进，但绝不能因此消磨掉自己的锐气，更不能退缩不前。正确的态度和方法是认准目标，坚定信心，克服阻力，勇往直前。一是要大胆工作、敢于负责。一个有志向、有抱负的班组长要敢于蔑视困难和阻力，不怕闲言碎语，不怕恶毒攻击，以对班组安全工作高度负责的态度和开拓进取的精神，大胆工作，不畏艰难。二是要坚持真理、毫不妥协。凡被实践证明是正确的安全思想、正确的安全理论、正确的安全规章制度、正确的安全工作方法都要毫不动摇地坚持好、维护好、落实好，在任何人面前、任何情况下，都不能妥协让步。三是改进方法、减少失误。只有减少班组安全工作失误，才能得到成员更多的支持。而要减少安全工作失误，就必须加强学习，提高综合安全素质，经常不断地改进安全工作方法和领导策略，使之更加科学合理，更易于被成员接受。

22. 老班组长要防止三种不良风气

企业里有些班组长任职时间多则七八年，甚至更长。应该说，在一个班组任职时间较长的班组长，绝大多数都能讲原则、讲道理、履行自己的职责、充分发挥自己经验丰富的优势、认认真真地工作。但也有少数老班组长在一个班组任职时间一长，就放松了对自己的要求，忘记了身上的责任，一些不良风气也自觉不自觉地在工作生活中显露出来。

一是"老气"。一时一长、年龄增大，提职无望，于是"老气横秋"，特别是在安全生产工作中，凡事以老自居、倚老卖老、凭老经验、老办法办事，轻视年轻员工，对年轻人创新的思想和行动有抵触情绪，生怕威胁到自己的"老"地位，不去总结自己的安全工作经验教训，不去学习别人的长处，不去学习安全新知识，不注意改进自己的工作，嘴里天天喊"与时俱进"却没有行动；凡事当"和事老"，从保住自己的"位子"出发，对一些制约班组安全发展的痼疾和症结心里虽然清楚，但却不愿多说、不愿暴露矛盾、不愿下决心去解决，使班组的安全活动死气沉沉，没有活力。

二是"骄气"。一些班组任职时间较长的老班组长，自认为自己对本班组出了不少力、吃了不少苦，"劳苦功高"，于是，骄气顿生，图安逸，讲排场，比阔气，不愿再吃苦受累。一门心思放在利用权力谋取和创造舒适的工作、生活条件。当苦、脏、累的活儿分配到自己班组时，不带头组织，二是推给下属，当下发安全奖金时，自己总拿第一份；当危险性大的作业涉及安全问题时，总是能推则推，不能推就让车间创造安全条件，自己不去创造条件，甚至不过问安全工作，以致引发事故的发生。"骄气"的产生，使这些老班组长以工作忙为由不参加班组安全学习，不组织班组安全活动，也不认真研究部署本班组的安全生产工作，当下属提醒时，还打心眼儿里看不起他们，认为就他们"事多"、"无知"、"不懂事"。

三是"霸气"。班组长任职时间一长，自然就会关系熟、路子野。对上，能利用老资格从车间获取优惠的奖金，能把别的班组该得的荣誉争取来；对下，有一帮自己培养起来的、对自己俯首听命的嫡子，依靠他们，刻意打压"异己"，谋取个人私利。于是，他们的脾气见长，在班组里一手遮天、霸气十足。办事不按规矩、规程，不经民主协商渠道，想干什么就干什么，在安全生产问题上，想当然拍脑袋走捷径，该办理的安全票证不办理，该进行的分析化验不分析，登高该挂安全带的不挂，电工该穿绝缘鞋的不穿，不尊重下属，对持不同意见者轻则指责，重则横加打压，弄得班组人人自危、乌烟瘴气，其结果是事故频发，人心不稳，严重影响了安全生产，落了个"事故班组"、"事故大王"的称号。

事实证明，班组安全建设止于班组长的"老气"，事故发生始于班组长的"骄气"，安全发展毁于班组长的"霸气"。因为这些班组长任职时间长而在身上所形成的不良风气，不仅会危害班组、危害车间、还会危害企业，也会危害其班组长本人。由于这些不良习气是逐渐形成的，要防止和杜绝这些不良风气，除了老班组长们加强安全学习，严格要求自己外，最根本的还是企业各级组织要保持警惕，坚持安全督查，经常给这些任职长的老班组长"吹吹风"、"敲敲边鼓"、"拽拽袖子"，甚至适时地换换"位子"，争取把问题消灭在萌芽之中。如此，则是班组、车间、企业以及老班组长本人的幸事。

23. 副班组长要演好自己的角色

在班组领导活动中，副班组长这一角色是有其特定内涵的，也就是说副班组长的角色职能和行为规范是不以承担此角色的个体意识倾向和行为需要而转移的，无论谁来承担这一特定角色，其职能、权力、责任、行为规范及基本行为模式都是既定的。然而，在班组的实际安全生产工作中，同一副班组长角色由不同的个体承担，往往会产生不同的效果，有的甚至会产生角色错位。这主要是由身居副班组长的领导的主客观原因造成的。

（1）副班组长角色错位及行为不当的原因

① 副班组长标准模糊、角色难演。长期以来，正班组长的形象标准很多，而理论界对如何当好正班组长作了大量的探讨。但对于如何当好副班组长的理论研究却不够深入，没有形成清晰明确的形象标准。在具体的实际班组安全生产工作中，由于正班组长本人的素质、性格、工作方式等原因，有的正班组长希望副班组长有主见、有才干、能独立思考、独当一面；有的正班组长则要求副班组长忠诚、百分之百地理解正班组长，依正班组长而行。正班组长对副班组长要求的多样性，也容易造成副班组长标准模糊、角色难以扮演。

② 职权错位，角色转移。每个班组长都有自己的职权范围，然而，有些副班组长在班组实际安全生产工作中往往容易扩大或缩小自己的职权，甚至自褒或自贬自己的角色，造成角色的错位和对职权使用的不当。一是有些副班组长以正班组长自居，在安全生产工作中自觉不自觉地渗入正班组长的感觉，特别是在未接受正班组

长或上级领导委托的情况下，干预别的副班组长分管的工作，随意拓宽自己的职权范围，"荒了自己的地，种了别人的田"。二是一些副班组长不能正确对待自己的角色，没有正确理解副班组长之间只有分工的不同而没有重要不重要的区别。导致出现两种情况：一种是过分地褒扬自己的职位，过分地强调自己分管工作的重要性，同时贬低其他副班组长分管的工作，把工作中分工的不同作为衡量个人地位和威信的标准；另一种是过分地贬低自己的职位，对本来与别人平等的职位，因为分工的不同就感觉矮人三分，从而产生心理压力。其结果要么消沉，要么迁怒于分工的组织者和实施者，对车间领导和正班组长产生不满或对其他副班组长产生嫉妒，出现工作不配合消极怠工、闹别扭等现象的发生，这对班组安全工作十分有害。

③ 瞻前顾后，决策不力。有些副班组长处事总是瞻前顾后、没有主见，完全看正班组长的眼色行事，即使属于自己职权范围内的事，也不敢果断进行安全决策，甚至存在谨小慎微、怕担责任的复杂心理。副班组长拥有在班组集体领导下赋予的特定的权力空间，在这个权力空间内，对于分管的工作而言，副班组长应该承担着正班组长的角色。特别是在一些紧急安全生产情况下，或出现突发安全事故时，如果囿于传统僵化的副班组长概念的束缚，不能果断行事，必然会给安全生产工作造成严重的损失。因此，副班组长不能固守一种思维定式，要注意根据实际情况相应调整自己的角色定位，努力做到既不越位又不缺位。

④ 只唱主角，不当配角。班组安全生产领导工作中，有时一项重大的安全工作任务需要几个副班组长同时配合完成，作为副班组长，也常常因一时工作头绪较多、分不开身而需要其他副班组长代劳或者协作，这样就有了角色交叉的问题，因而副班组长之间的相互协调是极其重要的。而有的副班组长在这个交叉点上往往不能准确地把握自己的角色，不善于与其他副班组长协调，喜欢独来独往，与别人共同做一件事情时，也不愿意听取其他副班组长的意见。不甘于屈居"第二"，过分地强调自己的职位与分管工作的特

殊性和重要性，只能别人配合自己，他却不屑与其他副班组长配合，只愿唱主角，不愿唱配角。

（2）副班组长错位的校正

① 找准副班组长自身的角色位置。一是要正确认识与正班组长的关系，既要胸怀全局，又要按自己的分工脚踏实地做好本职安全生产工作，又不可目中无正班组长、我行我素、任意越权。二是把握好与其他副班组长的关系。每个副班组长都有相对明确的分工，同时，副班组长之间的分工又是相对的，有时相互渗透、相互交叉和延伸。因此，在班组安全生产工作中要主动配合，相互协作和帮助，既不能相互推诿，又不能越界工作，既要相互沟通，又要相互辅助，不计名利，从班组全局安全生产出发，体现集体领导的安全工作绩效。三是准确把握副班组长自身的职权范围。领导角色与其他职权范围都是相对应的。作为副班组长，必须熟悉自己的职权范围，也不可随意缩小自己的职权范围，要做到准确定位，做到没有"侵略"现象，也不留"真空"地带。

② 要有良好的个人心理素质。作为副班组长，不但应具有一般班组领导所必须具备的心理素质和道德修养，同时还特别要具有担任副班组长所需要的特殊的心理素质和个性品质。一是要自觉维护和强化班组领导集体的权威。副班组长在安全工作中无论分管哪个方面的事都应以班组领导一员的面目出现，代表班组说话，不能将班组集体安全决策变成个人意见，更不能把班组领导成员在安全决策过程中不同声音透露出去。否则会起到涣散班组安全工作凝聚力、战斗力的不良作用。作为副班组长，要牢固树立一种信念：拆班组的台就是拆自己的台，给正班组长抹黑就是给自己抹黑。二是要淡泊名利，期望值适当。作为副班组长无论是辅佐正班组长还是与同级副班组长相配合，都不能计较名利。形象是易碎品，一个副班组长长期努力树立起的威信会因过高地追求个人利益的愚蠢举动而毁于一旦。三是要不卑不亢，学会坚持有限度的忍耐与合理的斗争。作为副班组长为人处世要虚怀若谷，要有"大肚能容，容天下难容之事"的气度，但又不能当"好好先生"，没有原则，没有见

解。对正班组长的一些不正确的做法作出必要的忍让，给他一个纠正和弥补的机会是必要的，但同时要从维护安全生产原则、正常的安全工作关系和个人合法利益出发，对正班组长的某些错误做法和不合理的安全决策进行必要的策略性斗争。然而，这种斗争是有原则和分寸的，要在维护团结的前提下，通过批评和自我批评达到新的团结。

24. 善解人意：班组长一种重要的安全领导方法

善解人意是中国人优秀的传统美德。孔子说："仁者爱人"。孟子也说："仁者爱人，有理者敬人，爱人者人恒爱之，敬人者恒敬之。"这些思想对中国历史的影响十分深远。"爱人"用今天的话来说，就是尊重人、理解人、关心人，就是要善解人意。同理，在班组的安全生产工作中，班组长同样也要做到善解人意。这是春风化雨式的领导艺术，也是搞好班组安全思想教育工作的针对性、有效性的重要途径。做到善解人意要注意把握好以下几个方面。

（1）深入员工，理解人　"做官先做人，万事民为先"。班组员工的安全思想如何？最关心的安全生产问题是什么？只有深入员工调查研究方能知之。在我国企业转变经济发展模式和企业转型发展处于关键时期的新的背景下，经济成分和经济利益的多重性、社会生活方式多样性、社会组织形式多维性、就业岗位和就业形式多向性，给班组员工安全生产工作带来了大量的新情况、新问题、新挑战。班组长要时刻注意社会转型对班组员工安全思想的影响，善于从苗头中看到潜在的危机，从一些症候中料到可能产生的后果，从渐变过程中预料到突变的可能，从个别现象中看出带有倾向性的问题，从"正常"表现中发现不正常的安全思想动机。因此，班组长要经常置身于员工之中，通过广泛地与员工接触、交流，真正了解员工、了解班组安全工作实情。

（2）关心员工，体贴人　员工的安全思想问题相当一部分是由他们的实际问题引起的。善解人意就是要求班组长要设身处地地为员工着想，急员工之所急、帮员工之所帮、解员工之所困，关心员工生活，体贴员工疾苦。班组长要注意克服那种重安全思想教育轻解决实际安全问题，或者只注重解决实际安全问题而忽视安全思想教育的倾向。在班组实际安全工作中，要处理好讲道理与给利益的关系、大道理与小道理的关系。对员工安全生产工作中的实际问题还要具体分析区别对待。对于正当合理、亟须解决而又能解决的安全问题要尽快解决；对于应该解决而暂无条件解决的安全问题要及时解释原因，教育员工顾全大局，并积极创造条件，逐步加以解决。这样善解人意地关心员工、体贴员工、帮助员工，员工就会深切地感受到班组长是自己所在群体中的一员，而不是凌驾其上的"官老爷"；是自己的朋友，而不是外人；是自己的"靠山"，而不是"对头"。这样员工和班组长的关系越和谐，心理距离就越小，班组长所做安全生产工作的效果也就越佳。

（3）尊重员工，爱护人　每个班组员工都希望受到他人的尊重和理解。善解人意就是要尊重理解他人、平等待人。现在，企业里的一些班组长，往往用"我说你听，我指你干"的态度对待员工，有的在安全生产工作中甚至以罚代教、以罚代管、门难进、脸难看、事难办，粗暴地对待员工。这种做法不仅难以解决员工的安全思想问题，而且会伤害员工的自尊心，造成严重的情绪对立，失去员工的信任。这样一来，即使你的道理讲得对，他也听不进去。因此，班组长一定要增强平等待人的观念，绝不能用工作上的隶属关系代替人格上的平等关系；要努力做员工的贴心人、知心人，与员工建立起相互信任的关系，架起友谊的桥梁。在与员工相处时，要通情达理、以理服人、以情感人，在情理结合上求平等；在处理班组安全问题时，既要讲原则性又要讲灵活性，在循循善诱中求平等。特别是对有过安全工作过失和错误的员工，更要爱护尊重、直陈利害、促其觉悟。只有情真才能理通，才能提高班组安全生产工作的效能，才能促进班组安全发展的步伐。

（4）信任员工，帮助人　信任也是一种力量，它能引起人与人之间感情上的共鸣。善解人意就是要求班组长在与员工接触时，要坦诚相见、以诚待人、相信员工、依靠员工。毛泽东同志曾经说过

"待人以诚而去其诈，待人以宽而去其隘。"诚能如此，则苟非别有用心之徒，未有不团结一致。只有信任员工，才能使员工敞开心扉、袒露心迹，班组长才能掌握其安全思想动态，了解真实安全生产状况，班组安全工作才能有的放矢。

（5）依靠员工，激励人　善解人意就是要求班组长们必须树立正确的群众观，依靠员工、发扬民主、广开言路、真诚听取员工的安全工作意见，最重要的是要接受他们的意见，做到对合理的意见认真采纳，对偏激的意见不求全责备，对错误的意见能正确引导，使每个班组员工能按正常的渠道反映自己的意见和要求。对能讲真话、敢于直言的员工，绝不能打击报复，否则，员工在安全生产工作中有意见不能提、不愿提、不敢提，必然会伤害员工的安全生产积极性，失去员工的拥护和支持。

总之，善解人意要坚持以人为本，坚持疏导的方针，坚持以正面教育为主的原则。班组长在安全工作中，靠真理教育人，靠人格感染人，靠亲情关怀人，取得员工的信任，带领班组员工努力实现企业安全生产的总目标和班组安全发展的目标，实现安全建设的目标。

25. 班组长安全工作方法举要

班组长在安全工作这个问题上没有固定、统一的模式，只有在安全生产这一总的原则指导下，根据工作环境，结合班组实际，采取相应措施，不断探索，才能把本班组安全工作做好、做细、做实。

（1）要用制度管人，不要用"人"管人　用安全制度管人的特点是公平，制度面前人人平等，制度管人的效果是让人心服口服，安全制度定在前面，无论谁在后面违反了，都得到一样的惩罚，谁也说不出什么来。用"人"管人也能管得住，短期内也能调动班组员工的安全工作积极性，但班组员工也是人，同样有敏锐的思维和头脑，他们一旦识破了"人"所用的心计，就会产生被愚弄的感觉，进而产生反感和消极情绪。所以，班组长在安全管理上要心眼儿、玩权术是不能长久的，也是不可取的。

（2）要以身作则，不要搞特殊化　在做人上，班组长要为人表率，不断增强自己的人格魅力。在做事上，要求班组员工做到的，自己首先要做到，如上班下生产现场操作岗位穿戴好劳动护具，自己先做好了，他人就不敢不做，要求班组员工不做的，自己带头不做，如化工企业严禁烟火，自己带头不在厂里吸烟，他人也就不敢再吸了。这样才能做到有令则行，有禁则止，政令畅通，政通人和。

（3）用人之长，不求全责备　班组长做好安全工作中的作用主要是用好班组员工，让他们在安全生产中有事干，主动找事干，干好自己的事。尺有所短，寸有所长，每个员工都有他的长处和短处。班组长就是要在识人的基础上用其所长、避其所短，使人尽其才、才尽其用，这是一门学不完的艺术。一个班组的班组长，在安全生产工作中，如果看自己的下属哪个都不行，看谁都一无是处，满身毛病，那肯定就不是别人的问题了，而应该好好反省一下自己了。

总之，班组长安全工作方法用得好、用得准、用得灵活、用得自如，那样，该班组的安全建设就一顺百顺，安全发展就一发而不可收。

26. 班组长及其成员提高安全工作悟性之道

悟性是指分析和理解事物的能力。这种能力是一种善于见微知著的敏锐的洞察能力；是一种善于整合各种知识、信息，在综合、比较、演绎中触类旁通、融会贯通的独立思考能力；是一种善于运用科学理论指导实践，在实践中消化吸收、丰富发展理论知识的理论应用能力；是一种善于对事物进行由表及里、由此及彼的分析思考，透过现象把握本质的科学认知能力。悟性虽然与天生禀赋有关，但也并不是某些人所说的"与生俱来"或"虚无缥缈"的素质，而是完全可以通过努力在实践中不断提高的。对于班组安全工作来说，安全悟性的强与弱，不仅反映其班组安全综合素质的高与低，而且关系到其安全发展潜力的大与小。因此，班组长及班组全员要努力提高安全工作悟性。

（1）要在丰富学识中提高安全工作悟性　安全知识是安全能力的基础。一般的安全能力有其一般的安全知识素养作依托，特殊的安全能力有其特殊的安全知识结构和知识背景为支撑，无知者即无能力。因此，要提高安全工作悟性，必须打牢全面的安全知识基础。

当今时代，分工越来越细，知识更新越来越快，通过学好安全专业知识来提高安全工作悟性往往会事半功倍。班组长及班组全员在勤学的同时，要通过多思达到善悟的目的。古人用"业精于勤，荒于嬉；行成于思，毁于随""学而不思则罔，思而不学则殆"论述了勤学、多思与善悟的关系。学而不思等于食而不化；思而不学自然根基不牢。要做到安全工作善悟，安全知识勤学是前提，安全生产多思是保证。因此，班组长及班组全员要注重对所学安全知识进行消化、吸收、总结、升华，不断丰富自己的学识。只有这样，才能准确把握党和国家安全生产的方针政策、企业组织的安全工作部署安排。才能提高对安全理论问题和安全现实问题的领悟能力。

（2）要在加强实践中提高安全工作悟性　要始终关注改革开放和现代企业转型发展、安全发展、绿色发展、低碳发展、可持续发展的最前沿，准确把握时代脉搏，把握社会发展趋势，把握当前企业安全发展中的热点、难点、焦点问题，来感受时代气息，丰富"味觉"，提高安全思想的敏锐性。要在班组实际安全工作中慎待每一件小事，慎待每一个细节，在一点一滴的安全工作中积累丰富感性认识，提高判断具体安全问题、分析具体安全事件的能力。要尊重员工，贴近员工，从员工群众中汲取智慧，站在广大员工的角度办事情、想问题，增强认识安全问题，分析安全问题，解决安全问题的能力。

班组长及班组成员要把安全理论知识运用到安全工作实践中去，运用安全理论分析现实安全问题，运用科学方法解决具体安全问题，在理论与实践的结合上提高安全悟性；要把班组局部放到企业全局中去思考，着眼全局看问题，统筹兼顾办事情，在局部与全局的安全生产兼顾中提高安全工作悟性；要把具体安全工作事件放到普遍安全生产规律中去把握，在个性与共性的比较中提高安全工作悟性；要把个人得失放到班组利益乃至企业利益、国家利益中去掂量，重义轻利、舍利取义，在义与利的权衡中提高安全工作悟性。

（3）要在培养品行中提高安全工作悟性　安全工作悟性是有差别的，其差别不仅取决于安全学识与安全实践的差别，而且决定于人品、胸襟、志趣、意志的差别。提高安全工作悟性非一日之功，不仅是因为丰富安全学识、加强安全实践非一日之功，更重要的是因为培育品格、涵养胸襟、陶冶志趣、磨炼意志非一日之功。因此，班组长及班组全员要用水滴石穿的精神、磨杵成针的意志，在修身立德、培育品性中提高安全工作悟性。

要志存高远，站得高才能看得远。从某种意义上说，安全工作悟性就是一种高度。孙中山先生少年立志"努力向学，蔚为国用"，毛泽东同志青年时期"身无分文，心忧天下"。他们想的是民族安危，悟的是国家大事，其悟性已超出一般人。班组长及班组全员应当树立远大志向，培育宽广胸襟，摆脱物欲羁绊，在有所好有所不好、有所为有所不为中提高安全工作悟性。

悟无止境，唯有百折不挠、锲而不舍，才能在安全工作中有所悟、有所成。特别是想安全问题想在点子上，抓安全事情抓在要害处，或是在被车间领导或企业领导评价为"悟性一般""悟性比某某要差"之时，更要苦心励志，奋发求为。

要经常纠偏。班组长及班组全员应该静下来想一想，自己是把安全工作悟性的着力点放在提高安全意识素质和安全实际工作能力上，还是放在怎样对上级察言观色、投其所好上；应该常回过头来看一看，自己在安全学习和实践过程中是不断总结提高，还是长期停滞不前。如此，班组长及班组全员才能避免在安全生产中走弯路，在安全工作实践中逐渐提高安全工作悟性。

27. 直觉决策：班组长安全工作决策的重要方式

决策是领导者的重要职责。科学决策不仅需要程序化决策，也需要直觉决策。但在班组安全生产实践中，不少班组长偏爱程序化决策，认为只有依靠逻辑思维，按照一定的程序进行安全工作决策，才是科学可靠的；而对直觉决策缺乏应有的认知和重视，把直觉决策简单地理解为跟着感觉走，认为直觉决策缺乏科学性，自觉不自觉地排斥直觉决策，更不重视直觉决策能力，面对程序化决策解决不了的安全问题束手无策，影响了科学决策的质量，降低了班组安全生产工作领导效率。笔者认为，直觉决策是科学决策的重要方式，深化对直觉决策重要性的认识，把握直觉决策的本质特点，不断提高直觉决策的能力，是保证班组安全工作直觉决策效果，进行科学决策的必然要求。

（1）深化对直觉安全工作决策重要性的认识

① 直觉安全工作决策是科学决策的重要形式。决策是班组长对未来安全行动方案的抉择。人们在长期进化的过程中，不仅形成了利用逻辑思维对事物进行分析、判断，按一定程序决策的程序化决策能力，而且形成了不需要分析、抽象、归纳、推理，凭借自己的直觉、洞察力对事物进行准确判断，从而进行直觉决策的能力。班组长安全工作直觉决策能力的形成，是以人在进化过程中形成的右脑具有的直觉判断功能为基础的。班组安全生产的实践证明，直觉决策和程序化决策一样能够对事物进行科学准确地把握，是科学决策的重要形式。就其正确性而言，直觉安全工作决策并不亚于程序化决策。

② 直觉安全工作决策是解决紧迫安全问题的必然选择。在班组安全生产实践中，有些遇到的日常安全问题并不紧急。这些问题对班组发展中所起的作用比较缓慢，或经过一段时间后才会发生作用。对这些安全问题，今天可以解决，明天解决也不迟，不会因为拖延到明天解决就造成事故的发生。而有一些安全问题，对班组的安全生产影响是迅速的，对班组长来说必须立即解决，否则就失去了解决的时机，甚至发生事故给企业带来难以挽回的损失。对这些

紧急安全问题的处理，必须不失时机地适时决策。而程序化决策需要收集足够的信息，需要较长的时间。显然对于班组安全生产紧急事件来说，往往因为解决的时间紧迫而无法采取程序化决策方式来进行。而直觉安全工作决策可在瞬间或较短时间内作出决断，因此，班组解决紧迫安全问题运用直觉决策更具一定的优势。

③ 直觉安全工作决策是解决模糊安全问题的客观需要。班组长在安全生产中通常面临的问题有一些比较简单明了，有些事物内在本质的信息暴露比较充分，人们根据已有的技术、知识、经验可以掌握足够、准确的有关判断事物本质和发展趋势的信息。而有些安全问题错综复杂，人们对其认识还比较模糊。程序化安全工作决策需在充分把握信息的基础上，依据充分的信息推理事物的发展趋势，找出问题的症结，提出解决的对策。因此，程序化安全工作决策的前提是拥有充分全面地反映事物本质的信息。对于复杂模糊的安全问题，由于对其信息的把握不够充分，因此难以通过程序化安全工作决策进行分析决策。而直觉安全工作决策根据有限的信息就可以对事物作出直觉判断、作出决策。因此，直觉安全工作决策成为班组解决模糊安全问题的惯用方式。

④ 直觉安全工作决策是解决相似安全问题的快捷方法。在班组安全工作中，有些安全问题会经常出现、反复发作，也有些安全问题尽管不完全相同，但在本质上属相似的问题，由于这些安全问题属同一类问题，在本质上是相同的，在运行发展过程中，遵循基本相同的规律。因此，如果对相同或类似的安全问题再进行程序化决策，既没有必要，也是一种资源浪费。班组对于相同或类似的安全工作决策。对相同或类似安全问题采取相同或类似的对策本身就是一种直觉安全工作决策，直觉安全工作决策是班组解决相似安全问题快捷简便的有效形式。

（2）把握直觉安全工作决策的本质特点

① 直觉安全工作决策的特点。直觉安全工作决策是人们根据直觉进行行为选择的一种决策方式。直觉安全工作决策有如下特点：一是直觉安全工作决策是一种非程序化的直觉思维。是人们在

生产生活及社会实践活动中基于环境和经验的非理性思维方式。对直觉安全工作决策而言，我们感觉到的，只有直觉安全工作决策的结果，而不是直觉安全工作决策的过程。二是直觉安全工作决策基于经验。在班组安全工作过程中，人们积累的大量丰富的经验，成为直觉安全工作决策的前提和基础。三是直觉安全工作决策简易快捷。作直觉安全工作决策的人，在接收到需要解决安全问题的相关信息刺激后，能迅速快捷地作出决策反应。比如，一个人在面临突如其来的飞车时，会快速作出躲避反应，而不会也来不及考虑躲不躲，向那个方向躲等问题。四是直觉安全工作决策受情绪的影响。情绪与直觉安全工作决策同属意识运行的神经系统，其运行是自动进行的。情绪可以帮助人们无意识地对信息进行过滤。五是直觉安全工作决策获取信息的渠道比较多。可以获取事物包括气味、颜色、形状等信息。直觉安全工作决策不需要反映事物的全部信息，只要有反映事物的"片段"信息就可以产生直觉判断。

② 直觉安全工作决策的本质。直觉安全决策的机制是：人们通过内隐学习，将大量安全生产实践中"问题——对策"信息储存在大脑中，形成经验系统，一旦被需要解决安全问题的信息激活，就会根据以往"问题——对策"经验，对需要解决的安全问题进行判断，作出反应，提出对策方案。其一，内隐学习是直觉安全决策的前提。所谓内隐学习，是指员工无意识获得安全工作实践中的具体知识经验的过程。员工在安全生产实践中进行内隐学习的次数越多，"问题——对策"信息储存的便越牢靠。其二，经验系统是直觉安全决策的基础。经验系统是员工通过内隐学习，储存在大脑中的安全信息积累，是直觉安全决策的基础。直觉安全决策需要在问题信息的刺激下把经验系统激活，找回相应的"问题——对策"信息。经验系统储存的信息越少，经验越不丰富，就越不容易作出直觉安全决策。相反，经验越丰富，经验系统储存的信息越多，越容易作出直觉安全决策。其三，安全问题信息的刺激是直觉安全决策的条件。直觉安全决策与程序化安全决策一样，都是针对安全问题并解决安全问题的。相关安全问题的信息成为直觉安全问题的刺激

源。直觉安全决策针对什么安全问题作出决策，取决于安全问题信息。直觉安全决策的准确性同样取决于反映安全问题的本质的相关安全信息，取决于人们对这些安全问题的信息的认识。如果人们所掌握的反映安全问题的信息能反映事物的本质，对预测事物比较重视，人们就能作出较为准确的安全决策，否则，相关安全信息就可能被过滤掉。其四，通过经验系统对安全问题进行直觉判断是直觉安全决策的关键。我们已经清楚地知道，对安全问题的直觉判断与经验有关。经验让我们面对眼前发生的事能快速地做出应对。在直觉安全决策中，当安全问题信息出现后，储存在人的大脑中的安全经验知识被激活，人们便根据这些安全经验知识对安全问题进行判断，作出对策性选择。

（3）提升直觉安全决策能力

① 勇于实践，积累经验。安全经验是直觉安全决策的前提，直觉安全决策是源自安全经验的必然结果。勇于决策，善于决策，在安全生产实践中积累经验是提升直觉安全决策能力的重要途径。因此，班组的领导者一定要把平日的安全生产工作当成是锻炼而不是负担。安全经验来自于安全生产实践，只有勇于实践，敢于实践，把安全工作当机会，才能逐渐通过实践进行内隐学习，不断丰富自己的安全经验系统。班组长不仅要围绕安全工作提升自己的直觉安全决策能力，而且要围绕提升自己的直觉安全决策能力而工作。二要主动接受经验丰富的员工的指导。别人在安全生产实践中积累的丰富经验可以作为自己的间接经验。通过经验丰富的员工的指导，可以使自己少走弯路，尽快丰富自己的安全经验系统。三是在安全生产实践中形成的正反经验。分析这些典型的正反两方面的安全决策案例，可以丰富人们安全决策知识和经验。四是丰富阅历。直觉就是经历的汇总，丰富的安全工作阅历能使人们作出合理的安全决策。阅历丰富，能够提升人们在不同的安全工作领域发现相同模式的能力，这方面的阅历可能有利于为另一方面提供安全决策依据。

② 平衡情绪，增强自信。直觉安全决策反映了决策者的自信。直觉安全决策往往发生在危急关头，决策者没有时间权衡各种方

案、观点的得失，计算出各种结局产生的概率，仅凭自己的直觉进行判断，作出决策。因此，直觉安全决策不仅体现了决策者的自信，而且必须保证决策者拥有自信。一个人如果不相信自己的直觉，就难以利用直觉安全决策解决安全问题。所以，班组长要提高直觉安全决策能力，必须增强自信心，要相信自己的直觉，并通过直觉安全决策本身较小的出错率来培养自己的信心。同时，直觉安全决策容易受情绪的影响，过激的情绪和情绪贫乏都不利于直觉安全决策。因此，班组长要提高直觉安全决策能力，必须善于把握自己的情绪，控制自己的过激行为，避免在情绪激动时进行直觉安全决策。

③ 自我检查，经常反馈。一要自我检查，克服过度自信的倾向。没有自信无法进行直觉安全决策，但过度自信往往给直觉安全决策带来潜在的破坏性。有一项实验表明，有超过 90％的人对自己过于自信。许多调查都发现，人们几乎在一切事情上都高估了自己的能力，包括自己的直觉安全决策能力。为了防止过度自信带来的直觉安全决策失误，班组长们必须学会自我反省、自我检查，不断提高自我意识能力，力求对自己有一个较为客观的认识。二要集思广益，将直觉安全决策与程序化安全决策结合起来。由于受自身经验、学识、能力、角色、看问题的视角等的影响，班组长们个人的安全决策往往具有理性的局限性。为了减少直觉安全决策缺陷，必须征求他人意见，集中大家智慧，形成更加科学的直觉安全决策。另外，可以将直觉安全决策与程序化安全决策有机结合起来，对一些可能发生的突发性事件，利用程序化安全决策制定出预案，一旦突发性事件发生，在预案的基础上再利用直觉安全决策进行果断处置。三是及时反馈，不断对直觉安全决策作出调整。任何安全决策都是主观见之于客观的东西，都有一定的局限性，加之组织始终处于不断的变化之中，因此，班组长很快做出的直觉安全决策不可避免地会出现偏差，或直觉安全决策随时间的推移而过时。这就需要班组长根据事态发展的需要，及时对直觉安全决策进行反馈和修正，尽量避免失误出现。

28. 班组长安全工作"五看法"

班组安全工作的方法多种多样，没有固定的模式，各班组因各自的生产特点、作业因素、人员素质、环境条件等不同，安全工作方法也各异。但笔者认为，班组长在安全工作中实行"五看法"具有普遍意义。

① 点名看情绪。每个班组的员工在上班时，班组长都要点名，看人员到齐了没有，同时在点名的过程中，察看每个成员的情绪变化。看是否有不顺心的事，从情绪中发现危及安全生产的因素，进而在分配工作时，有针对性地对情绪低落的成员分配安全系数高的活儿；或者同情绪高的人员搭配干活儿，使情绪高的人起到安全监护的作用。

② 交接班看程序。班组长在检查交接班过程中，看交接班的程序是否有序、完好，主要控制指标是否交接清了，是否心中有数，是否危及安全生产。如发现交接班程序混乱、数据不清，就要特别关照接班的成员注意什么、调整什么、监控什么，这样有利于安全操作。

③ 班中看作业。班组成员在生产作业过程中，是否有"三违"现象，是否有隐患存在，包括心理上的隐患，是否有不安全的死角，这都是班组长安全监控的重点。如发现了"三违"现象，要及时制止，发现了隐患要及时消除，发现了不安全死角要及时采取措施。班中看作业是班组安全工作的关键，切不可放任自流、任其发展。

④ 班后看效果。本班工作结束后，要查看工作效果。比如工艺指标是否波动；设备运行是否平稳，是否给下班创造了良好的安全生产条件；对检修班组看检修工作是否做到了"安全第一、质量第一"，是否做到了工完料净场地清，是否做到了沟见底、轴见光、设备见本色，是否做到用户满意、试车良好。

⑤ 全程看控制。每个班组从一上班到工作结束下班，这个过程安全控制的好与坏，反映在工艺指标控制、质量产量高低、设备运行状况、故障发生情况、员工精神面貌等方面，体现一个班组的

安全生产水平。要求班组长在全程工作中按程序走、照规程办,全面预控、全程控制,不仅有利于安全生产,也是培养高安全素质员工队伍的重要途径。

总之,这"五个看"是班组长安全管理的重要手段,具有普遍的意义,如果每个班组长都能做到这"五个看",那么班组的安全工作就能走上快速安全发展的轨道。

29. 把失误变成成功的"酵母"

在班组安全工作中,失误在所难免。面对安全工作上的失误,班组长怎样才能变被动为主动,把安全教训变为安全财富,成为一名成熟的班组长呢?笔者认为,只有有效地解决失态、失真、冒失、失效问题,失误才会起到"酵母"的作用,成为一名班组长走向成功的催化剂。

(1)失误要防止失态,及时调整好心境 班组在安全工作中一旦出现失误,必然会使人们的情绪产生很大的波动,这是正常的心理反应,但不同的班组长在情绪迁延的过程中会有不同的表现。有的长吁短叹、束手无策、心灰意冷、一蹶不振;有的喋喋不休、对在安全工作失误的责任上推卸、怨张怪李;有的自责有加、深刻反思,及时找出对策加以弥补,并总结经验,以鉴今后。对班组长而言,必须具备后一种健康的心理行为,及时调整好心态,不能因为失误而失态,乱了方寸。一是要看到安全工作失误在班组正常工作中是不可避免的,防止灰心。一个优秀的班组长不会没有失误,但他能迅速地纠正失误并从那些失误中吸取教训,改正自己的行为,使之适合于安全生产规律。二是把安全工作失误看作是走向安全工作成功的铺路石,增强自信心。《伊索寓言》中有这样的话:"人们的灾祸成为他的学问"。爱迪生也说过:"失败也是我需要的,它和成功一样对我有价值,只有在我知道一切做不好的方法以后,才知道做好一件工作的方法是什么。"因此,在班组安全工作失误时,要看到失误对成功的意义和作用。三是要把经历失误堪称是完善自己人格的试金石。经过失误的不断磨炼,一个善于学习、勇于进取的班组长就会不断地反思，修正自身各种不正确的安全思想行为，并最终形成个人的高尚人格。

（2）失误要防止失真，尽快掌握实情　面对班组安全工作失误，情急之下，有的人不知该怎么办，急不出智。因此，面对失误，班组长首先在听、看、问、想四个方面下工夫，迅速掌握失误的实情。一是要迅速了解全面情况。安全工作发生失误后，班组长要迅速找到有关人员，听取汇报，了解失误发生的过程、分析各种主客观因素的影响。二是要坚持实地查看。失误的现场对班组长正确地判断有着极其重要的作用，可以增强感性认识和直观感觉，发现原先安全工作中遗漏的问题，培养自己务实、缜密的安全工作作风。三是对重大疑点及时询问。无论是在听汇报还是看现场时，对发现和思考到的问题要及时了解清楚，不放过一个疑点，不忽视每一个细节。四是总揽全局。在听、看、问的基础上，对应有的材料、资料进行全面的回顾和梳理，仔细分析原因，透过现象看清本质，把握失误的要害，切实找准对策，做到有的放矢，真正做到"四不放过"。

（3）失误要防止冒失，努力按规矩办事　班组安全工作中有了失误，班组长总想尽快弥补失误的影响，把失误造成的后果限制到最低限度，控制在最小范围。要达到这一目的，班组长必须克服不良心理障碍，理性地按规矩办事。一是要克服侥幸心理，防止以错纠错。有的班组长一旦遇到失误便开始害怕，怕传出去在员工中影响不好，在同事中丢掉面子，在上级领导面前难堪，影响政绩。因此，在处理安全工作失误时，急于纠正，而不管采取的措施是否合乎规定，合乎程序和法规。二是克服短期行为，防止拆东墙补西墙。有的班组长面对失误，一事当前，先从眼前着想，而不管长远，甚至"寅吃卯粮"，乃至竭泽而渔。在全班组安全工作范围内，一条线上出现安全工作失误，便采取"调控"的手段不计后果地从其他线上寻找补救措施。三是克服狭隘心理，防止以局部代替全局。为了消除安全工作失误带来的影响，有的班组长不顾大局，违反大局的总体安全要求，甚至以牺牲安全工作大局的利益来弥补局部损失。对以上三种不良行为，班组长们应当坚决予以克服和纠正。

（4）失误要防止失效，深刻总结检验教训　班组安全工作失误并不可怕，可怕的是对失误不能科学地总结，不能充分地吸取经验教训，这也是一个高明的班组长和平庸的班组长在日常安全工作中的一个重要区别。因此，要成为一名优秀的班组长，必须善于在安全工作失误中提高自己。一是善于总结，"吃一堑、长一智"，摔一跤，要回头看一下弄个明白。安全工作有了失误，一定要学会总结，在回顾中找准主客观原因，找出事物发展的规律以及解决矛盾过程中的主要做法。二是善于归纳，举一反三。不同的安全工作失误，有不同的安全工作教训，许多失误是有规律可循的。因此，要善于归类分析、分块总结、找出共性、提出对策。三是善于联想，把别人的失误当作自己的教训。别人的教训对自己来说是间接的经验，拿来为己所用是一种不花成本的东西。同时，班组长还要避免消极吸取"教训"，把安全工作失误总结为"多一事不如少一事"、"不干事不出事"的错误思想行为。

总之，在班组安全工作失误中，要把失误变成成功的"酵母"，是班组长的明智之举，智慧之策，为班组安全工作渗入理性的思想，实乃班组长安全工作之道。

30. 从成员中汲取安全工作智慧

一个班组长，即便优点再多、能力再强，在班组安全工作中也不可能毫无缺陷，样样都比成员强。所以，在教育成员和领导成员的同时，还要注意和善于学习成员的优点，以弥补自己的不足，从而不断丰富和提高自己，使自己成为一个让成员更加信任和敬佩的班组长。

（1）转变观念，正确对待成员的优点　在班组实际安全工作中，有不少班组长缺乏向成员学习的精神，其主要原因在于思想观念和根本态度不正确。有的班组长对自身估价过高，认为自己什么都比成员强，没有必要去向成员学习；有的班组长不能正确看待成员的优点，把成员在安全工作中的突出表现看成是"出风头"；还有的班组长对优点较多、能力较强的成员，不是以应有的尊重，而是嫉贤妒能，给以打击和压制等。由于种种不正确的思想和不健康的心理作怪，在一些班组，班组长与个别能力较强的成员之间就产生了较大隔阂。由此可见，班组长要增强向成员学习的意识，必须转变观念、端正心态。首先，应正确地估价自己。要克服高高在上、自以为是的思想，自觉把自己摆到成员中去，经常拿自己和成员比一比，看自己有哪些问题和不足，在哪些方面不如成员，哪些方面需要加强和提高等，从而居安思危，增强学习的紧迫感。其次，应正确对待成员。当看到成员的长处和优点时，要保持健康和良好的心态，既不要持轻视的态度，也不要有自卑心理；既不要盲目吹捧，也不要有嫉妒心理。凡是成员比自己强的地方，都应当积极主动地去学习借鉴。

（2）注意观察，善于发现成员的优点　由于每个成员的性格特点、处事方法、工作作风等各有不同，其自身的优点也有不同的表现方式。有的直率外露、便于发现；有的含蓄内敛、不便发现。班组长要想准确掌握成员的优点，就必须经常接近他们，用心去观察了解。一般来讲，应做到"三多"：一是多"看"。班组长要经常深入到成员中，观察其言谈举止，看其平时的表现；部署一项安全工作任务后，要注意观察每个成员在完成任务过程中的表现；与某个成员单独接触时，要注意观察其在班组长面前的表现等。通过"看"，了解每个员工的安全工作作风、安全工作态度、安全工作效率、安全工作实绩等。二是多"问"。要善于利用与成员谈心交流的机会，探测成员的安全知识理论水平、安全思想认识水平及分析判断安全问题的能力等；还可以通过个别交谈和会上发言，了解成员的口才及表达能力，了解成员的安全思想见解、安全工作思路、安全思想抱负等。通过多"看"、多"问"、多"听"，既可以全面了解每个成员的基本情况，又能够及时发现每个成员的优点和特长。这样，学习起来也就有了具体的目标。

（3）放下架子，虚心学习成员的优点　一是自觉向优点突出的成员看齐，班组长的缺点和成员们的优点都会随着时间的推移，在相互接触和了解中逐步暴露在对方的面前。当看到自己在安全工作的某些方面不如成员时，班组长应自觉地向成员看齐，要体现在行动上，并要让成员感到你在不断地贴近成员又不断地高出成员。二是虚心向安全工作经验丰富的成员请教。班组长在安全决策之前和实施过程中，要采取座谈或者个别交谈的方式，认真向阅历较深、经验较丰富和点子较多的成员请教，虚心听取并积极采纳他们的正确意见，不断改进自己的安全工作思路和方法。即使是某些方面毛病较多的成员，也要认真听取意见，而不能因其毛病多就否认了其优点。三是诚恳接受成员的批评。作为班组长，应当虚怀若谷、宽宏大量，能够容得下成员的牢骚，听得进成员的批评。当在安全工作中出现问题和失误时，要诚恳地接受成员的批评。不管是正确的批评还是错误的批评，不管是当众的批评还是私下的批评，都应当冷静对待、诚恳接受，而后认真反思，属于正确的意见就虚心接受，属于错误的意见就引以为戒。

31. 消除班组成员安全逆反心理的方法

许多人感叹，班组安全工作难度大，难就难在班组成员存在的安全逆反心理。而安全逆反心理产生的原因十分复杂，表现的形式五花八门，造成的危害也多种对样。如何消除班组成员的安全逆反心理，笔者谈几点工作方法。

（1）明理法 "理"是对客观事物本质规律的认识。人的正确思想不是先天就有的，班组长要将安全工作理论的灌输、思想上的引导和行为上的要求，用民主的方法、批评的方法、说服的方法，通过摆事实、讲道理、诉真情，使班组成员知道什么是错的、什么是对的，哪些事情该做，哪些事情不该做，应该提倡什么，应该反对什么，从而达到以理服人的目的。

（2）融情法 消除班组成员安全逆反心理，不是一件容易的事，它往往取决于班组长和成员之间的感情是否融洽，心理是否相容。在班组生活中常有这样的情况，同样的道理，不同的班组长去讲，成员接受的程度就不一样。所以，班组长要把关心人、理解人、尊重人、体贴人作为安全思想教育的感情基础，做到说理与关心相结合，教育与服务相结合，尽可能地帮助班组成员解决工作与生活中的实际问题。

（3）身教法 古人云："人不率，则不从；身不先，则不信"。做好班组成员的安全思想工作，一靠真理的力量，二靠人格的力量。从某种意义上说，人格的力量显得更为重要。诸多班组的实践已经反复证明，班组长的表率作用就是最有效的安全思想工作。因此，班组长要从自身做起，为人师表，用自己的人格力量感召员工，在员工中树立起遵章守纪、勤政为公的公仆形象，这样才有可能增强安全工作的说服力，才能以自身的模范行为实践安全思想教育工作的职责。

（4）适度法 只有坚持实事求是的原则，班组安全工作才有吸引力、说服力和生命力。班组长要力戒"假大空"，做到讲真话、讲真事、讲真理，不说绝话，不言过其实，更不能凭空捏造，虚构典型，尤其是批评成员时要注意时机和场合，能个别批评的尽量个别批评；能不批评的不过多指责；更不能为一些摆不上桌面的小事喋喋不休，以致引起心理隔阂。很多时候，班组成员的安全逆反心理是由于班组长说服教育的方法简单生硬造成的，只要注意改进方法，讲究技巧，就能有效地消除成员的安全逆反心理和抵触情绪。

（5）参与法 班组长在安全工作中，所进行的安全活动都要尽可能地让班组成员参与，并在活动中让他们唱"主角"。好多班组的实践证明，让班组成员自己提问题，自己解答问题，自己开展演讲、答辩等丰富多彩的群众性自我安全教育，最容易调动他们参加和接受的积极性，在潜移默化中安全逆反心理就会自动消失。

总之，防止和消除班组成员的安全逆反心理是一项艰巨复杂的工作，需要班组长不断探索，创造出更多更好的办法，每一个班组长都应为此做出积极的努力。

32. 班组安全工作要善于增强亲和力

班组安全工作主要是人的工作，而人是有思想、有感情、有丰富语言交流的高级动物，越是在民主和法制的社会，越是要求班组长具有较强的亲和力。班组安全生产工作中，班组长是否具有亲和力，是一个班组长能否为成员公认的一个重要方面。增强安全工作亲和力，以下问题值得注意。

（1）学会尊重　人常说："你敬我一尺，我敬你一丈"。尊重他人绝不能以获取别人的尊重为目的，更不能为获得尊重而故意讨好献媚。尊重是相互的，班组长与成员在安全工作上虽然有明确的上下级关系，但并不意味着相处时就可以压人一头、高人一等。要赢得成员发自内心的尊重，班组长必须首先尊重班组每一位成员。在现实班组安全生产工作中，人人都希望得到别人特别是班组长的尊重、理解和关心，班组长对成员的尊重就是对他们最好的奖励。因此，班组长一定要放下架子，不能人前摆谱，更不能在成员面前摆谱，要平易近人，时时处处尊重和维护成员的人格尊严和正当权益，切不可自高、自傲、自大，以"一览众山小"的态度蔑视人，让成员敬而远之。其实，只要班组长在日常安全工作中和生活中能对成员多一点宽容、多一点理解，有时甚至是一句善意的玩笑，就能拉近彼此的距离，融入彼此的感情，使成员多一份自尊。在日常安全工作和生活中，当自己的意见和成员发生分歧时，首先要尊重成员提出的意见，认真考虑一下成员的想法。否则，一是于己不利，因为如果成员的意见对了，可是你又没有听取，那就得不到正确的信息，也就无法获取正确的信息。二是伤害了他人，因为没有听取成员的意见，也就伤害了成员的自尊心，造成人际关系上的负面影响，更何况每个人都不可能时时正确、事事通晓。因此，一定要虚心听取成员的意见。如果确信是成员错了，也要得理让人，不可向其他人声张，应该像什么事都未发生一样，默默地巧妙地按正确的去做。

（2）学会关心　班组长要学会真诚地关心成员，只要你真正关心成员，才能赢得成员的注意、帮助与协作。关心成员要通过具体的行动表现出来。凡涉及班组成员关注的热点、敏感问题，不仅要关心，还要做到秉公办事、不徇私情、不搞特权，以自己的表率行为带动成员树立良好的安全道德风尚。关心成员同其他人际关系原则一样，必须出于真诚。不仅对付出关心的人是这样，对接受关心的人也理应如此，这是一条双向通道，两者兼受其益。因此，在班组安全生产工作过程中，班组长要达到激励人的目的，就必须坚持并恰当地运用情感，充分发挥情感的作用。

(3) 学会放弃　当你一直沿着向上的箭头前进时，你要学会放弃，放弃升迁的机会、放弃荣誉、放弃报复诽谤过你的人、放弃支配的欲望等。放弃了这些，就会得到成员的敬重与信任，就会得到成员的感激与报答，就会赢得人心，并展示出班组长为人的博大胸怀和做事的恢弘气度。这无形中也就把自己塑造成了具有高尚安全道德和品格的优秀班组长。作为班组长，要有容才之量，这是学会放弃的前程。宽容地保持缄默，远比怨天尤人、批评、责怪或抱怨有益得多。容人之量就是能容人之短、使长短各得其宜；能容人之长，甘为人梯，举荐更多栋梁之才；能容人之嫌，以德报怨，厚施薄望，吸引众多优秀人才；能容人之仇，用宽阔的胸怀、远大的眼光、高尚的品质以及对人的深刻了解，对成员产生极强的震撼力和感召力。放弃是把良机留给别人，放弃是把困难留给自己，但是不能放弃安全生产责任心、安全工作热情、安全生产开拓进取的信心，更不能放弃安全生产原则。

(4) 学会认错　"人非圣贤，孰能无过"。在与成员意见发生分歧时，有的班组长常自以为是，而有的班组长却先考虑一下成员的想法。作为班组长，如果有错就应该立即承认；如果存在分歧，及时承认考虑不周或认个错也不会导致麻烦。只有如此才能平息争论、争吵、甚至是告状，也才能使成员可能重新考虑存在的分歧。要敢于承认错误，不要为自己的错误辩护。认错不仅能使自己获得一种好的结果，而且也能给成员一个良好的印象，如果能在成员对你形成看法之前认错，就会收到很好的效果，并给人一种尊贵高尚的感觉，成员就会对你采取宽厚、原谅的态度。这是班组长宽容大量和高尚品格的体现。

(5) 养成良好的工作习惯　人并非生来就有某些恶习和不良习

惯，而是后天慢慢养成的。当然，良好的工作习惯也是在不断克服杂乱无序、不分轻重、懒散急慢、属于协调的过程中逐步形成的。首先，办公室要保持有序。办公桌上不能总是堆满文件、资料、报告、备忘录等，乱七八糟的办公桌时常令成员为你担忧，给人的感觉也总是万事待办却无暇办理，不仅让人感到你不可托付，还会让人感到你不能胜任目前的职位。其次，安全工作要分轻重缓急。这可体现在你有较强的独立思考能力和妥善处理问题的能力，每天都计划好当天要做的工作，让人相信你有果断处理突发事件的能力。再次，不要将安全问题搁置不理，而是马上解决或作出决定，这样能有效地提高安全工作效率。最后，要精于协调，会组织、会授权、会督导。这样能给人留下靠得住、有能力、会干事、想干事、也能干成事的感觉。

33. 被下属误解怎么办

受个人阅历、个性、思想方法以及角色的制约，班组长和下属之间对事物的认识会有一定的差距，班组长一时被下属误解也是难免的。能否成功地消除下属的误解，关系到班组长安全工作绩效的大小，也关系到班组长威信的树立。因此，班组长必须正确地对待下属的误解，尽快消除误解，建立和谐的上下级关系。

（1）冷静思考，弄清下属误解的原因　下属之所以误解班组长，并不是无缘无故的，都有自己的理由。总体来讲，不外乎以下三种原因：一是个别个人主义思想严重，凡事先替个人和小团体利益考虑的下属，对班组长安全生产决策中威胁到自身利益的地方不理解、不支持，认为班组长作出那样的安全决策是在搞亲亲疏疏，有意整自己，因而对班组长产生误解；二是当班组长的安全决策或意见不够完善、不够科学时，一些能力较强、较有主见的下属会根据自己的理解提出不同的意见或建议。如果班组长从个人角度出发，拒绝接受他的建议，下属就会认为班组长对自己不重视，自己没有施展才华的机会，从而产生了班组长不重视人才的误解；三是班组长在传达上级指示时，没有考虑到下属的接受能力，认为自己理解的东西下属也一定能理解和接受。忽略了耐心细致的安全思想工作，导致下属产生认识上的分歧和误解。无论何种原因导致的误解，都会造成下属与班组长离心离德，影响安全工作任务的完成和班组整体安全效能的发挥。因此，班组长必须对症下药，针对不同原因造成的误解，采取不同的对策，尽快消除下属的误解，营造积极向上的安全工作氛围。对待个人主义严重的下属，要注意加强引导，做好说服教育工作，要教育他们一切从安全生产大局出发，以企业利益为重，摒弃个人名利思想，从班组荣誉中获取更大的心理满足；当单纯的说服教育工作不能奏效时，要对其进行严厉的批评，促其警醒，使其认识到自己的错误，自觉地执行班组长的安全工作决策。对能力较强的下属，要尽量为他们提供施展安全才华的舞台，满足他们实现自我价值的需要；对因没有采纳他们的安全工作意见而使他们产生误解的下属，要向他们解释清楚不采纳其意见原因，属于自身认识局限的，班组长要勇于承认错误。在下属面前树起宽宏大量、知错能改的良好形象。对由于安全思想工作做得不够而造成的误解，要吸取教训，在今后的安全生产工作中避免发生类似的误解，对已经造成的误解，要寻找适当的机会，通过召开班组安全会议等形式与下属作进一步的沟通，消除误解。

（2）加强沟通，把准下属思想的脉搏　下属对班组长产生误解，有许多是由于班组长高高在上，缺少与下属的沟通，不了解下属的所思所想，一味地靠长官命令、权力实施而引起的。因此，班组长要经常和下属谈心，多听取下属的安全生产意见和建议，多了解下属安全工作和安全思想状况。作出安全决策时，要多考虑下属的承受能力，避免不切实际地盲目安全决策。即使一时被下属误解，也要避免面对面的冲突，而要在私下里与其进行沟通，弄清缘由，消除误会。有的班组长被下属误解时，心急气躁，认为下属扫了自己的面子，不问青红皂白，就对下属横加指责，这样只能加剧下属的对立情绪；有的班组长虽然认识到自己的失误，却碍于自己的身份和面子而不敢承认，一味地找理由为自己辩解，有的甚至在事后伺机报复、有意刁难，给下属穿小鞋。这样，不仅不能消除下属的误解，还会使问题更加严重。只有沉下身子、放下架子与下属主动沟通、坦诚相见，解开下属思想上的疙瘩，才能真正得到下属的支持和拥护。

（3）营造宽松的舆论环境，让下属的误解有处诉说　有时下属对班组长存在误解，班组长并不知道，还一如既往地按照自己的方式处理安全问题，结果导致旧的误解难以消除，新的误解又不断产生。之所以出现这样的问题，一方面是因为有的班组长心胸狭窄，容不得下属对自己有反对意见，时间久了，下属心中有看法也不敢告诉他；另一方面是因为信息反馈机制不完善，下属心中有意见难以通过正当渠道传达到班组长那里。常言说："不平则鸣"。下属对班组长有意见，当然要通过一定的渠道发泄出来，当没有正规的渠道可以发泄时，下属就会在私下里发牢骚，以表达心中的不满。这样的小道消息传的多了。不但有损于班组长的形象，不利于班组长威信的树立，而且在已经走样儿的消息传到班组长那里时，班组长将会迁怒于或许本无恶意的下属，不仅会使班组长对下属产生偏见，还会影响下属的前途和发展。因此，班组长一定要努力提高自身素质，培养自己海纳百川的宽广胸怀，建立上下顺畅的信息反馈机制，为下属营造宽松的舆论环境，用自身良好的形象和健全的机制来消除下属心中的误解，形成上下一致，齐心协力的安全工作氛围。

34. 做好岗位安全蹲点指导工作

安全蹲点是指班组长到班组某一岗位，参加实际安全作业工作，进行安全督导和调查研究。从广义上说，安全蹲点和安全调查研究是同一个问题的两个方面，安全蹲点是搞好安全调查研究的前提和基础，是安全调查研究的一种必要形式。从狭义上讲，安全蹲点是指导岗位安全工作的一种基本方法，是督促安全工作落实的一种有效手段，是密切班组长和班组成员的一条重要途径。

应该说，对于安全蹲点的必要性和重要性，每一位班组长的认识都是明确的。但在班组实际安全生产工作中，往往在落实和质量的要求上有打折扣的现象。下不去、蹲不住、看不出、抓不实的问题普遍存在。多数班组长喜欢跑面上工作，即使安全蹲点，也是身入心不入，乐当局外人。有的是正班组长靠副职，副班组长下，正班组长不下。结果是副班组长没有权威，下去解决不了安全问题。致使安全蹲点指导没有实际效果、流于形式。有的是下得去，却蹲不住。人是下去了，一有临时任务就抽回来了，实际在岗位待不了几天。有的班组长甚至打着安全蹲点的幌子，端着"领导"的架子，摆不正位置，弯不下身子，不仅起不到应有的作用，反而要特权，形象不好，岗位反映较大，不受欢迎。在去向上也是厚此薄彼，条件好的岗位去得多，条件差的，尤其是有毒有害岗位去的少，即使去了，也待不住、蹲不长、帮不实。这些问题都说明，强调班组长落实安全蹲点指导、提高安全蹲点质量，讲求安全蹲点实效是十分必要和紧迫的。

下去安全蹲点干什么？首先，要从打基础入手，端正指导思想，树立全局观念，把立足点放在传帮带上。客观地讲，岗位员工很辛苦，也做了大量的安全生产工作，但也存在不懂不会、遇到什么抓什么、干到哪步算哪步，主动性、预见性、计划性不够的现象。蹲点的班组长对此要少指责多指导、少批评多鼓励、少埋怨多传授。就是要传安全生产经验、传安全防范措施、传安全知识技能。要帮弱、帮难、帮急。具体讲要做到"十个帮"，安全指导思想有偏差，帮正位；安全工作思想不清，帮理顺；日常安全工作不扎实，帮落实；发现倾向性安全问题，帮治理；安全作业招数不多，帮传授；安全工作出现滑坡，帮"会诊"；安全争先劲头不足，帮鼓励；遇到安全棘手难题，帮解决；岗位成员有隔阂，帮疏通；岗位员工安全思想消沉，帮谈心。

其次，安全蹲点班组长要当好导演、参谋，起到引导和指导作用。安全蹲点班组长不能包办代理、乱插手、帮倒忙，不能干预岗位的敏感问题，不能随意否定岗位作出的安全决定，更不能轻易提出不成熟的安全意见和建议。

再次，要克服害怕艰苦、不愿动脑子做深入细致安全工作的思想。生产岗位条件相对来说比较艰苦，有的班组长怕吃苦，把到岗位安全蹲点当成苦差事，不愿蹲、蹲不住；有的硬撑了几个班，感情上还没有和岗位融为一体，就拔腿走了，导致安全蹲点之后，岗位没变化，面貌依旧，甚至前脚刚撤，后脚就发生事故。说到底就是安全蹲点班组长把蹲点当成出公差，没有做艰苦细致的安全工作，致使安全蹲点走了过场。因此，要提高岗位安全蹲点指导质量，就必须树立艰苦细致的安全工作作风，从感情上与岗位融为一体。

要从根本上解决班组长岗位安全蹲点指导绩效问题，必须建立和完善相关制度。一是建立派遣制度。要按照科学合理、精干高效的原则，派遣班组长。抽调有一定岗位安全工作经验、作风扎实的班组长进行岗位安全蹲点。蹲点的班组长既要能看出岗位的安全问题，又要会帮助解决安全问题，更要善于指导岗位安全工作。二是建立协作制度。要突出重点方向，以小、远、散、直和安全问题较多的岗位为主。坚持哪个岗位有安全问题需要解决就到哪个岗位，哪个岗位安全问题突出就到哪个岗位。并本着谁去蹲点谁负责的原则，针对岗位不同类型的安全问题，拿出解决安全问题的具体对策和办法，蹲下去面对面地指导，实打实地帮助，做到不解决安全问题不撒手，不见安全成效不收兵。三是建立培训制度。岗位安全蹲点班组长下去之前，要根据岗位安全蹲点指导实施方案和情况，进行必要的培训和安全生产政策法规学习，使班组长在掌握岗位安全蹲点指导的程序、步骤、解决安全问题方法的基础上，重点提高班组长按岗指导的能力，发现安全问题、解决安全问题的能力。四是建立汇报制度。岗位安全蹲点指导结束后，实事求是地向车间汇报，着重从帮助岗位发现和解决的主要安全问题、目前还存在哪些安全问题等方面写出岗位安全蹲点汇报材料，提出解决岗位安全问题的建议。对一时解决不了的安全问题，由车间集体研究解决、梳理归类，拿出具体的办法和措施。五是建立档案制度。班组长要亲自填写岗位安全蹲点指导档案，准确规范地建立岗位安全蹲点档案资料，确保岗位安全蹲点指导的连续性。六是建立责任制度。要把安全蹲点的岗位的变化进步与安全蹲点班组长的政绩、奖惩、晋升挂钩。蹲点期间或蹲点之后岗位发生安全问题的，应追究蹲点班组长的连带责任。班组长的岗位安全蹲点指导情况，要作为车间年度安全生产工作讲评的一个必要内容。

35. 优化班组成员执行安全决策的环境

作为一名优秀班组长，除了要重视安全工作科学决策之外，更要重视安全决策的执行环境和执行效果。班组的任何一项安全决策，在没有实施前，都是一种理想化的东西，与安全决策目标之间有着很大一截距离。因此，要想保证正确的安全决策能够顺利实现，并取得好的效果，优化安全决策执行的环境是非常重要的。优化班组成员执行安全决策的环境必须做到以下几点。

（1）授权要到位　权力是安全决策有效实施的保证，任何一项安全决策没有权力作保障是实施不下去的。因此，作为班组长一定要授予执行安全决策成员一定的权力，这样既能体现班组长对安全决策实施的重视，又能体现班组长对安全决策实行者的信任与关心，安全决策执行者也会满怀信心地充分发挥自己的能力和主观能动性，把安全工作做好。作为班组长，授权主要应体现三个方面，一是代表自己行使职权。任何一项安全决策的执行都要涉及多个人，要想使多个人都围绕安全决策实施开展安全工作，安全决策执行者必须能够进行有效的组织，这种有效的组织就是：安全决策实施过程中无论需要哪个人的支持，都要授予安全决策执行者权力，就是要保证在安全决策实施的关键时刻，任何个人都能像班组长在场一样，听从安全决策指挥者的指挥。二是临时处置权。在安全决策实施过程中，可能会遇到这样或那样的事情，有时是意想不到的突发性事件，如果按正常程序，一级一级汇报后再处理，可能会酿成重大事故。在这种情况下，要使安全决策能够继续有效实施，安全决策执行者应当有权作出应急处理，待事情得到妥善处理后再汇报。三是安全决策修订建议权。班组任何一项安全决策，即使经过科学的论证，在实施的过程中也可能发现它的一些缺陷，此时必须对安全决策进行进一步的修改和完善，以保证达到预期的目的。因此，安全决策执行者要拥有对安全决策的修改和完善发表个人意见的权力。

（2）舆论要强大　班组任何一项安全工作的开展，舆论都应是先导。没有舆论的支持是很难汇集各方面的力量，组织各方面的人士对安全工作的开展进行有效的支援。尤其是在一项安全决策实施初始阶段，更应当积极宣传安全决策的实施目的及制定过程，以求得各方面人士的理解和支持。这不仅是安全决策实施的需要，更是对安全决策执行者的支持和鼓励。作为班组长，给班组成员执行安全决策提供舆论上的支持应着重体现在三个方面：一是善于造势。就是能够把握住时机，对安全决策进行及时有效的宣传。既要宣传该决策的重要性，更要讲清实施该决策的目的，同时还要讲清会收到一个什么样的效果，让与决策执行相关的人感到这是一项好决策，利民、利己、利企，从而主动支持决策的实施。二是善于借势。即就某项安全工作失败的教训，或某些安全生产过程中存在的问题，给予深化宣传。从事情的另一方面说明现在的安全决策的现实重要性，使员工感到执行此项安全决策很有必要，应从各方面给予支持和援助，从而使安全决策得以顺利实施。三是善于论证。主要是在两个阶段进行，首先是安全决策考虑阶段，通过有目的的"跑风漏气"，进行一种无声息的民意测验，看班组员工的反应；其次是在安全决策实施前一两个阶段，就安全决策的正确性、科学性、实用性，再进行一次公开的民意测验，看班组员工的反应，看安全决策执行的难度和最终的效果。

（3）措施要得力　班组中任何一项安全决策的实施都有风险。要确保安全决策顺利实施，一定要制定科学合理的实施预案。预案一般包括：备用方案、应急手段、应急人员组织、应急物资储备等。就安全决策的风险来讲，一般有两种：一种是可预见性的。这种可预见的风险主要来自安全决策本身，可能是理论上的缺陷造成的。对于这种风险，安全决策者和安全决策执行者都应当有所准备，就是要针对理论缺陷，事先制定一些应急补救措施。另一种是不可预见性的。这种风险主要来自安全决策实施的环境，如人文因素、地理因素、政策因素等，都可能使一项班组安全决策的执行发生变化。如何应对突变，安全决策者班组长也好，安全决策执行者班组成员也好，都要做到"不怕一万，就怕万一"的思想和行动准备。就是要针对安全决策实施过程中可能出现的意外问题，事先制定一系列应对措施。这些措施对于安全决策的执行来说，是保证，是保障，更是一种有利的环境。此外，作为班组安全决策者的班组长，在优化班组成员执行安全决策的环境时，还要考虑安全决策风险的责任，出了问题要勇于担责任、不推不卸，以使安全决策执行者真正卸掉思想上的包袱、轻装上阵。

总之，优化班组成员执行安全决策的环境是搞好班组安全生产工作的重要一环，班组长们要努力做到授权到位、舆论强大、措施得力，那么，班组的安全工作决策就能落到实处。

36. 巧妙调整部属的不良安全工作情绪

在一个班组总有人会因主观或客观原因，在搞好班组安全工作中产生思想消极、情绪懈怠，在安全作业中"只是推磨，不是出面"，甚至悲观失望、自暴自弃，不仅影响他人，影响班组安全生产，也影响到其个人的前途。因此，班组长平时要善于把握部属的各种心态，当有人出现不良安全情绪时，要能及时洞察，并巧解其思想疙瘩，帮助其理顺情绪，化消极为积极，变阻力为动力。

（1）多谈心，弄清原委　部属在安全工作中出现懈怠情绪总是有原因的，有的是受到了不公正的待遇；有的是年龄偏大，认为自己船到码头车到站，工作没有了动力；有的是认为自己没能被放在适合自己发挥特长的岗位上，有一种怀才不遇的感觉；有的是在一个岗位上干的时间太长，产生了混日子的思想等。对此，班组长首先要通过谈心，搞清楚下属产生不良安全情绪的原因，然后，对症下药，理顺其情绪。在谈心时要做到以下几点：一是要放下架子，平等相待。班组长要以平等、和蔼、商量的口气与部属谈话，让其在被尊重的感觉中消除隔阂。二是要态度诚恳，注意倾听。班组长只有抱着对部属负责的态度，诚恳实在、愿听真话、真心解决问题，才能赢得部属的信任，听到部属的心声，弄清问题的原因。三是要有的放矢，以理服人。弄清了部属安全情绪消极的原因，班组长就要在适当的时间、适当的地点、选择适当的方式做好安抚工作。对受到不公正待遇的，要还其一个公道，或给予适当的补偿；对认为自己船到码头车到站的，要进行说服教育，使其认识到自己的职责，站好最后一班岗；对在一个岗位工作时间太长产生混日子思想的，要晓以大义，阐明利害，做好安全说服教育工作。

（2）多关心，消除症结　在班组安全工作中，存在懈怠情绪的部属，不少是因为得不到班组长的重用，长期受到班组长的冷落所致。对待这种情况，要调动他们的安全工作积极性，班组长只有多给他们一点关心照顾，拉近与他们的距离就够了。具体来讲，就是在政治上多关心、生活上多照顾、感情上多亲近。政治上多关心就是要关心部属的政治生命和政治前途，该推荐时要鼎力推荐；该提拔时要及时提拔；有锻炼的机会时要将其放在合适的岗位上进行锻炼，促其成才。生活上多照顾就是对部属的生活困难、家庭难题要心中有数，能解决的及时帮助解决，能照顾的多给点照顾，能调解的出面进行调解。总之就是要把关心和爱护渗透到部属生活的方方面面。部署一旦觉得班组长对自己关怀备至，自然会在心理上产生亲近感，也会对班组长言听计从，为班组安全生产倾力工作。

（3）树信心，给其动力　让班组安全工作中情绪懈怠的部属振作起来，一个重要的步骤就是帮助其重树信心、重振精神。具体应做到三个方面：一是充分信任。班组长在交给部属特别是安全情绪懈怠的部属某项安全工作任务时，要给予充分的信任，多说几句"我信心你一定能把这项工作干好"、"班组相信你一定能完成任务"，这样能充分调动部属的安全工作积极性和激发他们的安全潜能。二是放权支持。班组长对部属的信任不能仅仅停留在口头上，而且要落实在行动上，即要支持部署在职权范围内放开手脚、大胆工作。作安全决策时，涉及部署职权范围内的事应听取、征求和尊重部属的意见，正确地予以采纳，不能采纳的要解释清楚；对部属所进行的安全工作，即要关心进展情况，及时进行督促鼓励，又不可具体参与、干涉过多；在部署安全工作遇到困难时，要帮助解决，安全工作有了成绩时，要及时肯定。三是妙用"激将法"。人或多或少都有争强好胜、想干一番事业的天性，安全工作中情绪懈怠的人只是由于某些原因暂时压抑了这种本性而已。如果对某些部属运用前两种方法不能唤起其安全工作热情，班组长就要转换思路，反其道而行之，作出认为其一无是处，连一些简单的安全工作也搞不好的姿态，给其以当头棒喝，促其猛醒，从而激发部属潜在的斗志。

(4) 定任务，给其压力　对于部属尤其是存有安全懈怠情绪的部属，有时光给信心动力还是不够的，必要的时候还要给其施加一定的安全工作压力。作为班组长，可以在一段时间内给其制定一定的安全工作目标，并规定安全工作目标完成的标准，以及完成工作目标所得到的益处和完不成安全工作目标所要受到的惩罚。在其完成安全工作目标的过程中要适时进行督促检查，在安全工作目标完成以后及时兑现奖励。另外，在其完成阶段性安全工作目标期间，还可以视其安全工作态度，临时给其布置一些硬性的安全生产任务，让这类安全工作目标任务迫使其不敢懈怠也没有机会懈怠。当然，给部属施加安全工作压力要把握好度，不能无视部属的实际安全工作能力及一些客观条件的制约，而一味地让部属干这干那，如果你所布置的安全生产工作任务超过了部属的承受能力，或者让部属整天忙得晕头转向，不但不能使其有一个良好的安全工作状态，反而会使其产生安全逆反心理，认为班组长是在故意"整"他，从而引发出更强烈的安全懈怠情绪。

总之，调节部属的不良安全情绪，是一门管理艺术，每个班组的环境不同，每个员工的情况各异，处理这类问题，没有统一的模式。但有一条恐怕是通用的，那就是做好"人"的工作。在班组安全建设中，在推动班组安全发展中，每位班组长要掌握好做"人"的工作的尺度。"以人为本"抓安全是班组安全工作的大成智慧工程。

37. 让下属感到自己重要

在班组的安全工作中，让下属感到自己重要是班组长用人的一门艺术。这里面的学问很多，笔者结合工作实践，认为其中最重要的是班组长对下属要做好：委以重任、用其所长、采纳意见、原谅过失、适时褒奖。

（1）委以重任　班组的大多数人都有完成安全工作的能力，都有自己的一技之长，都有自己的闪光点，关键的问题是看班组长能不能信任他，会不会用他。人的潜能很大，只要你看准了，敢于任用，用其所长，他就敢干，而且有时干得比你想象得还要好、还要漂亮、还要令人满意。这首先是你把一种信任交给了他，使他想到了自己的价值和出色地完成安全工作任务的荣誉感。在这种情况下，他考虑问题的角度就不再是从自我出发，而是把个人变成班组整体中重要一员，使出浑身解数，想尽所有办法做好安全工作，完成安全生产任务。

（2）用其所长　古人云："骏马能历险，力田不如牛；坚车能载重，渡河不如舟，舍长以就短，智者难为谋；生才贵适用，慎勿多苛求。"因此，班组长用下属必须扬长避短，安排适合他干的安全工作，赋予适合他履行的安全任务，把他安排在最佳位置上。这样不但有利于他发挥特长，还有可能让他因班组长的英明而感到欣慰，提高安全工作积极性，从而更加尊重班组长，坚定完成班组长所交给的安全工作的决心。相反，如果让善攻的去防守，用多谋的去硬拼，派性格鲁莽的去战智勇双全的，必然是"乔太守乱点鸳鸯谱"，损兵折将、事倍功半，让下属充满情绪，一肚子怨气。

（3）采纳意见　班组长要适时让下属有机会表达自己的安全工作意见。如一项重要的检修或抢修任务下来，在制定安全措施的时候，召开参战人员会议，让大家集思广益，发表自己的看法和意见，对不正确的耐心听其讲完，可不作表态；正确的要坚决采纳，让他感觉到你尊重他。对下属来说，他提的意见被采纳了，或者你吸收、综合了他的部分意见，他心里就会有一种成就感，就会感觉到自己的价值，他对班组的安全工作当然就更有参与、支持的热情。因此，要想让下属充分感受到自己的重要性，并积极支持班组的安全工作，千万别忘了倾听并采纳下属的意见。

（4）原谅过失　下属在某些安全工作中的过失只要不是原则性的，作为班组长，都应该予以宽大处理。这样一来，下属就会觉得领导没批评我，没有多责难我，说明领导相信我，能够自己认识错误，改正自新，给我留着面子，这说明我在领导心目中是有分量、有地位的，我更要以实际行动来报答领导的信任。这样一箭双雕，既给了下属自我重要的感觉，又给了他改正错误做好安全工作的决心。

（5）实施褒奖　在下属取得安全工作成绩时，要及时表扬和鼓励。大戏剧家莎士比亚曾说过："赞美即报酬，它具有建立个人自信心的神奇功效。"从一般情况来看，当一个人经过艰辛的劳动之后，总希望自己的劳动成果能及时得到承认。班组长的称赞尽管有时只有一两句话，但对下属来说，也是一种莫大的荣耀和幸福，因为这可以说明自己的汗水没有白流，自己的劳动得到了承认。另外，从行为学角度来讲，如果一种行为和对这一行为激励之间的时间间隔过长，就不能收到很好的激励效果。因此，班组长对下属要"赏不逾时，罚不迁例"，一旦发现下属安全工作中有了成绩，就及时表扬、奖励，不要等到年底总算账。

38. 班组长安全工作忙中"三忌"

班组长身处班组中心地位，在安全生产工作中即使指挥者、引导者、决策者，又是求真者、实践者、务实者。身负重任、重责、重担，工作忙是一种常态，也是一种必然。忙，是干事业的表现，成事业的基础；不忙，高高在上，游手好闲，浑浑噩噩，就是一种渎职，甚至是犯罪。不忙、不干，班组安全就不会发展，社会就不会进步，员工就不会幸福。但忙是有讲究的，讲科学的。有些班组长不知道如何忙，特别是在安全生产工作上慌忙、乱忙、胡忙，也就难以忙到安全发展上，这种忙有害而无益。对此，作者结合工作实践，提出班组长在安全生产工作中忙中"三忌"，供班组长们参考。

（1）忙中忌"忙乱" 忙乱的出现，是班组长在事情繁多、问题繁杂面前由于措手不及而出现的一种现象。对班组长来说，要忙而有治、有变、有业、有绩，也就是通过忙，转化事物，化解矛盾，排除困难，促进发展，创出佳绩，造福员工。但忙不是乱忙，而是忙而有理、有据、有序、有度，也就是要稳妥之忙、有方之忙、有术之忙、有效之忙。有些班组长在安全生产工作中，目标不明，计划不周，职责不清，大事小事一把抓，事必躬亲；当"大办事员"，行"会议专业户"，演"消防队长"之职，哪里事急哪里冲，哪里烂了补"补丁"，胡子眉毛一把抓；两眼一睁，忙到熄灯，从早忙到晚，从年初忙到年终，也不知自己在忙什么；更有甚者，小事不去管，大事不去抓，一天到晚陷入应付上级领导的圈子里不能自拔，成了陪会、陪吃、陪玩的"专业户"。这些忙，也就违背了科学发展观的要求，造成安全工作见效慢，或无效果，甚至使安全工作倒退、下滑，表现为事故频发，隐患丛生。班组长忙，但不能乱忙、瞎忙，要忙在定安全工作思路上，因为安全工作思路决定安全生产出路，有了出路就有了方向、目标；要忙在做好安全工作决策上，因为安全工作决策就是安全生产战略，有了战略就有了方略、举措；要忙在抓落实上，因为只有真正落实安全生产工作，才能创出安全生产实绩。

（2）忙中忌"盲点" 有些班组长在忙中往往漏掉一些与班组员工利益密切相关的问题，本来该管并要管住、管好的事，都因忙于其他事，而在这些该管、该忙的事上出现"死角"、"盲点"。所谓"盲点"，就是在落实科学发展观中对一些本来应该引起高度重视、抓好、解决的安全问题，却看不见、不认识、抓不住，以致造成不应有的事故发生甚至造成重大经济损失。这些"盲点"是什么呢？一是热点。所谓热点，就是矛盾的焦点，在员工中存在的共性问题，是班组安全发展和前进的阻力、障碍、拦路虎。二是难点。所谓难点，就是员工在安全发展中靠自身力量和条件难以解决的问题，急需班组长帮助想办法、出主意、给政策、给财力才能解决的困难。三是冷点。所谓冷点，就是紧连着民生、民心、民意、民愿，但又容易被人忽视、忽略、遗忘，很少有人抓的事情。作为班组长，因工作忙乱而把这些热点、难点、冷点之事遗忘，造成工作的"盲点"，以致影响了安全发展大局，损害了员工利益。凡此因忙而造成"盲点"者，进行追根溯源，都是班组长事业心不强，缺乏员工观念，不走群众路线造成的。这样的班组长只对上级负责而不顾员工利益，只对顶头上司负责而不顾本班组的安全生产实际情况，只顾眼前的政绩而不顾打基础、利长远的工作，只讲形式上的轰轰烈烈而不讲安全生产的扎扎实实，只讲出名挂号而不讲求真务实等。这种忙出"盲点"的忙。越忙越容易丢掉大事、急事、难事，越容易出大问题，犯大错误。在一些班组，为什么损害员工利益的事情不断出现，各种大小事故频繁发生，究其原因就在这里。班组长在安全生产工作中越忙越要抓重点、抓大事，在诸多安全工作中善于抓主要矛盾，主要症结，关键性问题，千万不能在主要安全问题上出现"盲点"。一旦在主要安全问题上出现"盲点"，就会影响全局、损害全局，不仅劳民伤财，而且遗患无穷。

（3）忙中忌"茫然" 班组长在安全生产工作中越忙头脑越要清醒，要在思想上清晰、方向上明确、决策上正确，不走弯路，不去折腾。但是，有的班组长则在忙中"茫然"，干安全生产事业没有主心骨，缺乏主见，心中没目标、没标准、没举措，出现乱干、胡干，干对了不知其对在哪里，干错了不知其错在何方。班组长在安全工作中，必须具备清醒的头脑——不迷失，冷静的头脑——不茫然，智慧的头脑——不僵化，科学的头脑——不迷信，创新的头脑——不守旧。一些忙中出现"茫然"的班组长就不具备这些素质，他们只知道按上级领导的要求办事，对本班组的具体情况、具体问题心中无数，在落实上级安全生产指示中眉毛胡子一把抓，往往事与愿违，好心干出错事来。班组长在安全生产中面对的工作千头万绪，面对的情况错综复杂，无论是哪项安全工作都要胸有成竹，这样工作起来才会游刃有余。相反，面对的安全工作自己"丈二和尚摸不着头脑"，就会干出些"情况不明决心大，胸中无数点子多"的蠢事来。为使忙中不"茫然"，班组长们应该怎么办？一是要吃透上级精神。上级的安全工作指示精神，是班组长开展安全工作的根本依据，领会透了、把握住了，方向就明了。当"心中无数"时，要先静下来学习，把上级安全指示精神吃透、把准。二是要深入调查摸底。班组长安全工作决策前，要沉下身子查实情，去伪存真，在实打实、面对面、手拉手的调查研究中，见真情实事，悟真知灼见，把上级安全工作指示和本班组情况结合好。三是要借用外脑觅对策。员工中蕴藏着智慧，班组长自己抓耳挠腮想办法，不如发动员工献良策。只要真心实意，走群众路线，安全工作就有千方百计。班组长处在职权岗位第一线，也就是矛盾的交汇点，大事小事、急事缓事、难事易事、好事坏事，都会推到自己的头上，压在自己的心上。面对繁杂多变的安全工作头绪，千万不能急于求成，否则，就会忙中添乱，忙中积怨，忙中生非，忙中失策，导致出力不讨好，"开花"不结果。要在安全工作中做到：头绪杂而心不乱，矛盾多而眼不花。班组长必须站在宏观上、全局上来分析每一个具体安全问题，把"乱麻"理出头绪来，分清轻重缓急，科学策划，狠抓落实。只有这样，才能使班组整个安全工作有主次、有章法、有序运转，杜绝忙中出现"茫然"现象。班组长个人的能力是有限的，纵然"浑身都是铁，能打几颗钉"。所以，在班组安全工作中既要谋好事，又要谋好人，更要用好人。要让千斤重担众人挑，变"一人忙"为"大家忙"，使班组全员对待安全工作人人思想、事事考虑、个个去干，这样才能有效避免忙中"茫然"。

① 班组安全决策是安全工作的核心；

② 处理好班组员工的思想、情绪、心理是班组安全工作的重要内容；

③ 掌握一定的方法和技能能够促进班组安全发展又好又快；

④ 班组长安全工作中的安全道德修养是成功的关键；

⑤ 提高员工安全素质是班组安全工作的基石；

⑥ 班组长敢于负责是班组安全工作的前提；

⑦ 加强安全学习是班组安全的制胜法宝。

第二章　班组安全工作方法

　　在班组安全建设中，重要的是用好各种安全工作方法。班组的安全工作方法是多种多样的。由于各个班组生产任务不同，班组成员的构成不同，生产过程的危害因素也不同，班组员工的安全素质不同，班组长对安全工作的认知不同，班组成员的安全工作能力不同等因素，决定了班组安全工作的方法不尽相同。但在班组这个企业的最小组织中，安全工作极为重要，某些安全工作方法也大同小异，因此，我们着重介绍一些通用的或用得比较普遍的班组安全工作方法。

　　在本章中给出了33个班组安全工作方法，其目的也是通过这些方法的介绍，能给从事班组安全管理工作的同志提供一些思路。涉及班组安全基础工作，班组安全目标管理，班组作业安全质量标准化，班组安全检查工作，班组安全思想、安全责任、安全典型等方面的思路和方法。希望能对广大企业员工在安全工作中有所帮助。

39. 班组安全目标管理"三分法"

　　安全目标管理是促进安全工作落实的重要方法，目前已在企业的各个班组普遍实行。但是，在具体运用过程中，一方面，班组领导者离不开它，另一方面，这一方法又难以尽如人意。离不开它，是因为目前还没有更有效的方式可以统一量化和评价班组的安全工作实绩；难以尽如人意，是因为班组安全工作确实是一项复杂动态的管理工程，要全面、准确、公正、客观地制定和实施一个周全的考核奖惩办法绝非易事。所以，近年来安全目标管理工作在企业不少班组年年在进行，但年年在修改，年年员工有意见。为此，笔者在这里提出班组安全目标管理的"三分法"构想，供企业的班组领导参考。

（1）安全目标管理"三分法"的基本思路 所谓安全目标管理"三分法"，就是在安全目标管理的设计上，将总体安全目标分为当年的重点安全工作目标、例行的一般安全工作目标、创新的特色安全工作目标三块，并设定一个总分值，再将总分值分解到三块安全工作目标中，分别采取给分、减分、加分的计分方法进行安全目标管理。具体思路如下。

① 重点安全工作实行给分制。重点安全工作是指围绕企业、车间的中心工作和上级包括主管部门重点要求并结合本班组安全生产实际，确定的应重点完成的关键性安全工作。重点安全工作实行给分制，就是针对每一项重点安全工作给一个起点分，同时确定一个封顶分，在分值范围内，按安全生产任务完成情况给分，根据完成安全生产任务的比例确定考核分数。

② 一般安全工作实行减分制。一般安全工作，主要指除重点安全工作以外的常规安全工作和临时交办的安全工作。这种安全工作范围太宽，若采取列举方式列入考核，会导致内容太多太杂，所以针对每一项安全工作失误采取减分制。所谓减分制，就是给一个固定分值，没有达到要求的扣减分数。如化工企业班组的常规性安全工作涉及安全教育培训、安全检查及隐患排查、安全活动、安全作业、安全操作、劳动保护、防尘防毒、消防卫生等 10 多项，这些项目里有包含若干小项。车间或有关领导可能随时交办一些涉及安全生产的临时性工作，如果一一列入安全目标考核内容，太庞杂；不列入，又不全面。如果常规性安全工作归纳总结为三个大的方面，确定总分值为 30 分，并分解到三个大的方面，只要出现一次安全工作失误或者未达到安全工作要求的现象，就扣减安全目标管理对象相应的分值。这样能有效避免一一列举安全工作细则太庞杂、难穷尽的现象。

③ 特色安全工作实行加分制。所谓加分制，就是基本分零点起，制定一个封顶分，根据创新特色安全工作的影响和实效，统一评定给分。对特色安全工作实行加分制是激励安全目标管理对象创

造性地开展工作。一般而言，特色安全工作分值不宜太高，因为重点安全工作是一个班组在一定时期内的关键工作，一般安全工作是一个班组基本安全生产职能职责，如果特色安全工作分值过高，容易导致重点安全工作完不成，基本职能职责不到位，通过特色安全工作去冲抵而得到较高分数的本末倒置状况。

（2）安全目标管理"三分法"的比较效应　班组安全目标管理"只有更好，没有最好"，所以"三分法"同样不可能解决安全目标管理中所有的难点问题，但较之传统的方式，有以下几个优点。

① 将总体安全目标分为三块，框架清晰，便于记忆。班组安全目标管理项目越来越多，要求越来越细，是每个岗位的现实。但无论是考核者还是被考核者，即使是专门从事安全目标管理的人员，也一时记不住这些考核细项，更不要说领导了。连安全目标管理项目都记不住，在实际工作中就不可能真正围绕安全事项去展开工作，安全目标管理的实效也会因此被大大削弱。将总体安全目标分为三块，只需要记住重点安全工作就可以了，而重点安全工作项目不会很多，是便于记住的。常规安全工作一般是一个班组的基本职能，只要不失职，不出现违反制度的现象，就不会被扣分，这样也很方便记忆。对于特色安全工作，是被考核班组自己确定的安全管理创新事项，肯定能时刻记住。

② 对不同板块采取不同计分方式，切合实际，覆盖广泛。如上所述，目前班组安全目标管理细项太多，而精简起来又太难。难就难在哪项工作不重视都不行，不纳入安全目标管理，在上级和员工心目中就有不重视之嫌，一旦出了问题就可能被问责。而实行安全目标管理"三分法"，既能突出安全工作重点，又能激励安全工作创新，更能覆盖班组安全工作各个方面。因为实行常规安全工作减分法，有效避免了列举安全工作难以穷尽和即使能穷尽但太冗杂的弊端，切实做到了班组安全目标管理的全覆盖。同时，由于安全工作是个动态过程，在一个年度时段，经常有新增加安全生产任务的可能。如果每增加一项安全工作任务，又去强调年初制定的安全目标，既麻烦又增加了管理成本。实行安全目标管理"三分法"

后，可以把临时增加的安全工作任务纳入不完成就减分的范围，使操作简便有效。

③ 在刚性要求中融入柔性，刚柔相济，利于安全工作创新。传统的安全目标管理方式，都是上级给下级规定必须完成什么，下级很难有自我发挥的空间。实行安全目标管理"三分法"，重点安全工作和常规安全工作是"规定动作"，特色安全工作是"自选动作"，这样体现了安全目标管理的刚柔并济，使下属能充分发挥能动作用，做到"规定动作"不走样，"自选动作"有新意，变被动完成任务为主动创造性工作。同时，在刚性要求中融入柔性，也能避免传统安全目标管理方式难以照顾班组差异性和班组安全工作非全面性的弊端。因为不同班组的安全工作侧重点，安全工作基础，安全工作环境存在差异，若采取一个标准、一个尺度进行考核，就会失去安全目标管理的公正性。实行安全目标管理"三分法"，实行安全目标管理对象可以根据班组实际的比较优势，形成特色，创造安全生产业绩。

（3）实行安全目标管理"三分法"的操作要点

① 分值确定要灵活。所谓分值确定要灵活，意思是要针对不同班组、不同岗位、不同工种的工作特点，确定"三分法"中的分值权重，而不能简单地"一刀切"，一把尺子量到底。

② 日常安全管理要精细。所谓日常安全管理要精细，意思是领导部门特别是具体从事班组安全目标管理的专门部门和人员，在日常安全管理中要注意收集与班组安全目标管理相关的信息，为年度目标考核提供准确、翔实的依据。特别是对实行减分法考核的班组常规安全工作，安全目标管理部门的管理人员要主动与其他部门和人员加强联系，对大到工作失误，小到开会迟到等情况熟悉掌握。

③ 创新评价要科学。所谓创新评价要科学，意思是对什么是真正的安全工作创新，对安全工作创新价值大小的认定要力求科学、客观、准确。目前，在班组安全目标考核和对安全工作创新的评价中，有几种倾向值得注意：一是以某领导的指示为标准，看是

否得到了哪一级领导的批示；二是以媒体的报道为准，看是否在哪一级媒体宣传过；三是以会议交流发言为准，看是否在哪一级会议做过经验交流；四是以各级的表彰奖励为准，看是否得到了哪一级的表彰奖励。得到批示、宣传、交流、奖励的安全工作是否就一定是真正的创新姑且不论，问题是以这些为标准并不具有可比性。比如，有的分管领导喜欢批示，有的班组没有笔杆子，有的班组不喜欢召开经验交流会，所以得不到表彰。如果简单地以前述标准去衡量给分，再有创造性的安全工作也难以得到较高的考核分数。

总之，班组安全目标管理"三分法"在安全考核中，已经发挥了一定的作用，并取得了一定的考核成效，企业的班组在安全目标管理中不妨一试。

40. 无因管理在班组中的培育和构建

所谓无因管理，是指对无因行为的管理。无因行为是指那些未被制度预设和领导者预料的行为。无因行为导致管理意外。对无因行为的管理就叫做无因管理。显然，发生无因行为并不是指人们的行为产生缺乏原因和动机，而在于组织的管理存在漏洞。可见，无因行为其实是有原因的，只是原因在制度和意料之外。既然很难预知，所以产生无因行为的原因也是多种多样的。比如，在班组安全生产管理中职责不清、分工交叉、制度缺陷和班组领导的预见性不强等，都可能导致无因行为。既然无因行为不可能杜绝，我们就在班组中培育一种无因管理机制，用来治理无因行为，减少无因行为造成的损失，增强班组安全管理的严密性。

（1）及时封闭制度漏洞，建立健全制度体系 班组安全管理制度的安排有一个科学性的问题，如果制度之间相互矛盾，就容易造成安全管理漏洞，所以，安全管理制度的建立要讲体系。增强制度的体系功能，一是要讲封闭。班组安全生产管理中发生了无因行为，肯定可以找到制度上的漏洞。一旦发现，就要及时补漏，用新的安全制度封闭住这个缺点。否则，已经发生的无因行为会因失去制度的约束而被更多的人模仿。二是要讲刚性。虚设的安全管理制度必然造就管理漏洞，所以，班组安全管理制度不能虚设，要让它发挥"火炉效应"，谁触犯了安全管理制度，就要被"火炉"烫伤，就要受到制度的制裁。安全管理制度的刚性越大，反作用于无因行为的弹力也就越大。三是要讲密度。班组的各个岗位，都应该定期加强安全管理制度建设，对制度进行补充完善，确保安全管理制度体系有一定的密度，能起到过滤无因行为的作用。否则，安全管理制度太疏，无因行为就会从制度的缝隙中生成。

（2）班组领导要注意观察人，增强对无因行为的预见性　班组领导要想获得治理无因行为的主动权，就要通过观察员工，对人的行为增强预见性。显然，这种预见性和主动权是有关系的。主动权的有无，决定于班组领导预见的正确与错误；而主动权的大小，则决定班组领导预见的正确程度。用观察的方法增强对无因行为的预见性，可以从三个方面入手：一是班组领导要尽量留心每一个成员的生活、学习、工作和社交方面的言谈举止，看其安全工作觉悟高低、安全工作作风好坏和安全工作能力大小，以此来判断其做出无因行为的可能性；二是班组领导要看员工结交什么人，敬重和仰慕什么人，鄙弃什么人，根据同类相聚、同气相求的原理，判断其品格高下和行为走向；三是在相互比较中观察员工，看他们在一些安全问题上的态度和做法，从中发现可能做出无因行为的人群。高明的班组领导还可以根据人的个性特点、人性的弱点和人性的假设等理论与方法预见无因行为。

（3）培育泛责任意识，构建事事有人管的机制　泛责任意识是责任意识的一种延伸，是对职责和责任的宽泛理解。在一个班组中，每一个人都有具体的安全职责和安全责任安排，但作为安全职责和责任的主体，人们都愿意在更窄的层面上去负责。认为少做事就少犯错误。这就使得班组设计好的安全职责和责任不能到位，导致无因行为有机可乘，无因行为的空间无端扩大。所以，班组不仅要使这种已经分配好的安全职责和责任横向到边、纵向到底，还要做适度的扩展。怎么扩展？这里可以引进职责隶属度的概念来说明。任何一次职责的构成，都有其主体部分和边缘部分，如果边缘是模糊的，构不成明显的边界，那么，职责就可以延伸进去。通过这种延伸，把本是无因的行为纳入到延伸的职责中去，变成有因行为，让负责者担当起管理职责。通过延伸，扩大职责半径，尽量做到事事有人管。

（4）重视衍生工作的管理，防止在这块工作上产生大面积的无因行为　在一个班组，总有一些人厌恶公共事务，对政治学习和一些义务活动，事不关己高高挂起。有些班组领导对这类工作也不重视，说起来重要，行动上应付。这块工作紧不起来，就会使班组纪律松散，导致无因行为发生。比如，有些员工无故不参加集体活动，有些员工在集体活动中散布消极言论，有些员工出勤不出力。个人在班组中工作的含义是丰富的：一是本职工作，这是构成工作的主体，员工的行为来源于职责，是有因行为。二是派生工作，这是本职工作的延伸，附着在本职工作上。三是衍生工作，员工都非常重视本职工作和派生工作，如生产和安全工作，认为这是自己应尽的义务和责任，但对衍生工作则比较懈怠，认为是额外任务，习惯于敷衍了事，有的员工干脆采取不配合的态度，影响了班组整体效能，扰乱了班组的生态，不良风气由此而生。衍生工作对个体虽然显得多余一些，但对班组却是重要的。因此，班组领导应该把衍生工作纳入到工作考核机制中去，防止在这块工作上发生无因行为。

（5）增强全员安全自觉，在班组中建立分工不分家的合作机制　现代企业班组的分工越来越精细，不仅条块交叉，结构复杂，而且专业化程度也很高，妨碍了沟通和协调。员工虽然在同一个班组工作，但因分工精细，对于其他岗位的事不甚了解，是一个相对"外行"。这种情况导致班组内部产生割据，分工变成了分家。由此，许多处于各岗位结合部的安全工作，便变成了无因行为。这个问题有体制设计上的原因，但更重要的是安全理念自觉问题。为此，必须增强班组全员的安全工作责任自觉性。这里有三层意思：一是在班组中确立分工不分家的理念，用总体观念看待分工问题。在班组中，任何岗位都是总体的部分，任何分工都是服从于整体的，考虑任何问题的立场都是从班组整体安全出发，而不是倚重于岗位和分工。只有这样，才能你好我好大家好，大家好才是真的好。二是要认识到班组中的任何一个岗位和员工，都是其他岗位存续的前提。有些无因行为虽然与己无关，但是在一定程度上也会影响到自己，因而整个班组和每一位员工都在安全工作中必须增强合作意识。三是每一个岗位和员工都要扩大安全知识面、业务面。专业化分工往往让员工安全知识趋于狭隘，立场、观点、方法的局限性增加，导致相互配合弱化而产生无因行为。因此，必须在班组全员层面上扩大安全知识面、业务面，防止自己的行为成为别人发生无因行为的依据。

（6）鼓励个人介入无因管理 班组里存在安全管理真空，发生了无因行为之后，在"第一时间"发现的问题往往不是班组领导，而是接近这个行为的员工。因为员工在第一线、在岗位、在现场，他们是最先感受无因行为的人，所以，管理无因行为要依靠员工，而不是依靠领导。依靠员工就是让员工介入无因管理，使他们不至于因参与管理、敢于批评、纠正错误而吃亏，不仅这样，还要激励他们的安全生产积极性。否则，谁发现了问题，就埋怨谁不尽义务，那么就没有人去管"闲事"了。正确的管理方法是：谁发现了班组安全管理漏洞，谁阻止了无因行为，谁挽回了经济损失，谁就应该得到车间、企业的奖励。这样做有利于增强员工介入无因管理的积极性。这不仅能减少无因行为，也能减少经济损失，增进班组全员的主人翁意识。

41. 新时期班组安全工作要增量

提高班组安全工作的满意度和公信度，是企业班组开展"以人为本，安全发展"活动需要解决的最突出问题。自觉运用科学安全发展观统揽班组安全工作，全面拓展班组安全工作新领域，着力改善民生，保障民生，倡导公正，树立威信，才能推进班组安全工作的科学创新发展。

（1）树立人本观，提升服务员工的"含量""民惟邦本，本固邦守"。以人为本是科学发展观的核心，民生稳定是和谐的基石。班组安全工作要以服务员工为价值取向，主动融入"以民生为本"的和谐社会建设中，把服务员工作为常态的制度化的工作来抓，在关注员工安全，保障员工健康，改善员工生活上身体力行。要恤员工情。要怀爱护员工之心，忧员工生活之疾，带着感情责任，放下架子，俯下身子，进岗位、下现场，与员工倾心谈心，及时了解、解决员工现实生产生活中的困难和问题。要把员工的生存和意图当作安全工作决策的依据和衡量安全生产的标尺。在利益抉择时多想，决策决断时多听，服务员工时多谋，为员工维权时敢言，做到不利于员工的板不拍，有损员工利益的事不为，伤害员工的话不言。要以"富员工惠员工，利员工便员工"为班组安全工作的出发点，树立正确的班组安全工作新理念，把班组安全工作的功能作用定位为为员工排忧解难，把班组安全工作的资源和力量释放到为员工谋取利益之中，切实发挥班组组织、沟通、协调作用和在服务员工体系中的作用，引导班组全员常思、善思为员工之策，乐于、勤于富员工之举。

（2）拓宽工作面，扩大服务员工的"容量"　改革开放是时代的最强音。班组安全工作要强化开放意识。开放的时代、开放的事业，要求班组安全工作走出"体内循环"，向市场经济、社会系统、国际社会全方位开放，要求班组安全工作眼界宽、思路宽、胸襟宽。要调整与开放不适应的思维，更新与开放不相符的观念，改革与开放不合拍的做法，疏通与社会同频共振的渠道，以开放的思维与精神审视、谋划班组安全工作，将其与建设和谐社会融为一体，使之更好地服务于大开放、大转型、大跨越、大发展。

（3）增加公信度，提高公平的"分量"　"为政之道，莫若至公"。班组安全工作的生命是公平公正，班组要真正成为员工温馨和谐之家，最核心的是要保持公平公正。班组安全工作中要以改革促公正，以协调保公平，把公平公正作为立身之本，为人之道，处事之基，坚持对事公平不倾斜，对人公正不护短，心存公道不藏私。首先，班组安全工作要公道。公道是"以公灭私，民其允怀"。

要公道识人、选人、用人、为人，正确对待有争议的员工，对受到不公正待遇的员工，要敢于为其撑腰打气，不让其感到寒心；对违反安全工作制度的行为，要敢于坚决查处，不让员工感到窝心。其次，班组安全工作要平等。"衡之于左右，无私轻重，故可以为平；绳之于内外，无私曲直，故可以为正"。要对上不卑不亢，对下不疏不离，对亲不偏不倚，做到待人掏出一颗心，处事端平一碗水，严格按照党和政府的安全生产方针政策办事，不看脸色行事，不随风向做事，真正使广大员工有心里话愿意对班组说，有问题意见愿意向班组提，有困难困惑愿意找班组帮，使公正力得于己，外施于人，广布于政。再次，班组安全工作要自律。廉洁和公正是一对孪生兄弟，不廉洁必然导致不公正，班组领导要做到常思贪欲之害，常除非分之想，严律己、慎交友、勤自省，保持平常之心、平实之风、平淡之欲，始终堂堂正正做人，规规矩矩做事。

（4）提高威信，增大诚信的"度量" 诚信，是立身之本；威信，乃领导之要。班组安全工作要提高威信力，最根本的是班组领导要带头讲诚信。故人云："自谋不诚，则欺心而弃己；与人不诚，则丧德而增怨"。可见，班组领导个人的威信往往建立在个人诚信的基础上。一要不失诚。"诚之所感，融处皆通"。安全工作一枝一叶总关情，班组领导要想人之所想，急人之所急，与员工主动联系，多沟通交流，由相轻到相敬，化误解为谅解，变挑剔为宽容。要甘当绿叶，真诚地关心人、理解人，维护好员工的正当安全权益，提高非权力影响力。二要不失信。失信就是失败。班组领导要守信，旗帜鲜明地坚持正确的安全生产原则、态度和导向。对班组中心安全工作，该抓的要抓实，不说空话；对班组突出的安全问题，该管的要管住，不放"空炮"；对员工的安全要求，该兑现的要兑现，不表空态。三要不失言。唯实是处，唯实制胜。四要不图虚名。克服形式主义和官僚主义，摒弃弄虚作假、急功近利，树立"愚公移山"、"庖丁解牛"那样求真务实的作风，坚持往细里想，往深里做，往实里干，真正把时间和精力用在抓好安全工作落实上，办好实事、出好实招，真正做一个实干家。这样班组的安全生产工作就抓到了实处，也就能见到实效。

42. 应对突发事故的"三个第一"原则

班组安全工作是维护企业稳定运行，构建和谐企业的基础，必须切实抓紧、抓好、抓出成效。对班组安全生产工作不断增强预见性，对事故苗头上手早、化解快，采取切实有效措施，将事故消灭在萌芽状态，就能取得安全生产的显著成绩。

（1）关注"第一信号"，构建预警体系 班组的安全生产实践证明，绝大多数事故发生前都有征兆，班组长以及岗位员工做到见事早、预测准，就能牢牢掌握安全生产的主动权。为此，班组注意采取多种措施，多层次疏通信息渠道，多方位收集动态信息，及时做好预警预防工作。

一是优化沟通平台，把事故苗头解决在萌芽状态。要掌握"第一信号"，首先要贴近班组每位员工，无间隙沟通。主要在企业、车间、工段、班组四个层次优化沟通平台和机制。如企业这一层次实行厂长（经理）安全接待日制度，企业领导每月 15 日、30 日轮流到各个班组参加班组"安全活动日"活动，对平时班组发生的事故苗头，对班组员工反映的安全生产问题及时布置处理，并要求按期办结，提高班组员工对企业领导的信任度。对于其他层次也一样开展一些沟通的方式方法。

二是主动下班组倾听，把安全生产问题解决在班组、岗位、现场。企业领导、车间领导、工段领导每周都要下到班组，了解工艺运行指标，设备运转状况，员工思想情绪以及需要解决的实际困难和问题，树立稳定生产就是稳定社会、稳定员工就是稳定企业、解决问题就是保障安全、关心员工就是送去温暖的观念。这样既密切了干群关系，也掌握了班组安全生产实情。

三是加强排查化解。将班组安全生产的矛盾平息在敏感时期。采取每周排查，重大活动和敏感期集中排查等方式，在每个班组深入开展事故隐患排查工作，对排查出来的隐患，实行包干到人，集中时间、集中力量，妥善化解，确保安全、稳定、长周期、满负荷、连续运转。

（2）抓住"第一时间"，提高快速反应能力　班组事故隐患处理的时效性很强，不及时处置很容易使事态扩大，进而引发事故。针对这一特点，班组必须建立快速反应机制，及时传递各类事故隐患信息。对收集到的隐患信息做到"三个高度重视"：其一，高度重视首次发现的隐患，认真研究、判断并及时处理首次发现的隐患。其二，高度重视涉及全厂利益和能影响企业整体安全生产的隐患。对这一类重大隐患，一般来说都是对隐患的初始阶段处理不力，不及时、不到位而引起的。为此，班组必须做到问题不解决不丢手，解决不到位不丢手，员工不满意不丢手。其三，高度重视需上级处理的隐患。对需要上级如车间、企业处理的隐患，以最快捷的方式，立即报告车间或企业有关部门和负责人，以便使上级部门和领导及时掌握情况，及时拿出处理方案，迅速组织力量赶赴现场，把影响安全生产、影响全局的安全隐患彻底消灭之。

（3）筑牢"第一防线"，加强就地解决机制

一是筑牢"前沿阵地"。班组是企业安全生产的"前沿阵地"。虽然班组是企业的细胞，但细胞是躯体的生命力，要巩固这个"前沿阵地"，延伸"前沿阵地"的安全工作窗口，积极开展"安全生产进岗位、进脑子"活动，要做到"三有"：员工有地方反映安全生产问题，班组有人员处理隐患问题，班组有一套长效安全工作机制。

二是创新安全工作机制。在班组安全工作创新活动中，通过抓点带面、现场推进等方式，以班组隐患分析排查会、安全活动调查会为抓手，实实在在解决班组安全工作问题。建立"三员"制度，即班组兼职安全员、工会小组劳保员、安全信息通报员；开展"三创"活动，即班组无事故，岗位无隐患，个人无违章；达到"三无"，即班组无重大隐患，个人无安全情绪，岗位无安全死角。通过落实"三三制"，就能夯实班组安全工作基础。

三是充分挖掘班组安全工作潜力，增强综合安全发展效益。增强班组安全工作实力，就要充分挖掘班组每个成员的安全工作潜

力，真正做到"千斤重担大家挑，人人头上有指标"。只有班组全员动员起来，形成强大的安全工作合力，全班组成员的高位安全势能，定会筑牢企业安全生产的"第一防线"，使企业安全生产永远立于不败之地。

总之，班组应对突发事故，一是关注"第一信号"，构建立体预警体系；二是抢抓"第一时间"，提高快速反应能力；三是筑牢"第一防线"，加强就地解决机制。只要班组抓住了这"三个第一"的原则，并把这"三个第一"落到实处，那么，班组的安全生产工作和应对突发事故的能力就牢牢掌握在自己的手中。

43. 把握班组安全"评优评模"活动的正确导向

岁末年初，企业的各个班组大多要在总结安全生产工作的基础上开展"评优评模"活动，这无疑是树先进、学先进、促后进、促工作，弘扬新风正气，推动科学发展的好形式、好做法。但笔者在调查研究中发现，以往个别企业的个别班组在"评优评模"活动中不同程度地存在一些问题，突出表现为：有的班组领导不重视，组织不严密、标准不全面；有的班组领导强调政绩、不重品行，致使品质较差、口碑不好的人也成了安全生产的模范；有的班组领导不注意充分发扬民主，不坚持群众公认原则，只搞班组领导"内定"了事，所评安全生产模范公信度差；有的班组搞"轮流坐庄"，不能评选出真正的安全生产优秀和模范。由于评选过程存在着这样或那样的问题，有的班组出现了"问题模范"，不仅亵渎了"模范"的光荣称号，给在安全生产中积极工作的员工泼了冷水，还有损企业和班组的声誉。难怪有人发牢骚说："这类活动还不如不搞"。

班组在安全工作"评优评模"活动中出现问题的多种原因，其中主要是由于某些班组领导同志对该项活动所产生的正反导向作用认识不足、重视不够、谋划不周、把关不严造成的。有失公正、难服众心的评选结果对一个班组所产生的负面效应绝不能低估。班组在安全工作中"评优评模"活动所评出的模范若当之无愧，必然是激励员工群众高举旗帜、科学发展、奋发向上、努力工作的重要作用；反之，若出现滥竽充数者，将会挫伤努力工作的员工的积极性，不仅起不到推动安全工作的目的，还会影响班组的安全建设和发展。笔者认为，要搞好"评优评模"活动，就要牢牢把握"评优评模"活动的正确导向。在班组安全工作"评优评模"工作中，应着重把握以下几个基本原则。

（1）充分体现"时代性" 班组开展安全工作"评优评模"活动，不能偏离企业的中心工作孤立地去搞，而要将之放到国家和企业的大局中，站在时代的高度去认识、谋划和开展。事实上，每个时期的安全先进典型与模范人物，无不带着那个时期鲜明的时代特征。班组开展安全工作"评优评模"活动，理所当然地要以科学发展观为统领，所选先进和模范，必须是那些在安全生产工作中积极践行科学发展观的有为者、安全工作业绩显著者、堪称"安全、文明、务实"的优秀工作者。要通过评选活动，更好地促进科学发展观在安全生产工作的各项任务中深入贯彻落实。这是班组开展安全工作"评优评模"活动的政治前提和方向。

（2）充分体现"先进性" 保持先进性是我们党和政府对每一名党员和公民的基本要求，在一个企业，一个车间或一个班组，所评的安全工作模范相对来说应是在安全生产中表现最好、工作业绩最为突出的先进人物。作为安全工作先进人物，必须具有安全生产的先进性，这也是由于党和政府充分代表着广大人民的根本利益这一先进性质决定的。正因为如此，班组安全工作"评优评模"活动才更应公平公正，理直气壮地排斥和拒绝滥竽充数者混入模范队伍。要依靠德、能、勤、绩等要素，制定并落实好评选标准，充分体现先进性的要求。这是班组开展安全工作"评优评模"活动的本质和关键所在。

（3）充分体现"认同性" 体现认同性，就是要坚持将所评出的模范必须是绝大多数班组成员认可、赞同的人，班组安全工作"评优评模"活动的结果与人的发展前途和物质利益息息相关，所以人们非常关注，竞争激烈。因此，开展班组安全工作"评优评模"活动必须全程阳光操作，公开透明，自觉接受群众监督、组织监督、舆论监督、社会监督，坚决遏制干扰活动公开公正开展的种种不良行为，做到充分发扬民主与实行正确集中相结合，不搞领导层"内定"和少数人说了算。同时，要全面衡量考察，做到好中选优。被选者是班组领导的，还应征求车间领导或企业领导的意见。总之，要通过加强领导、严格标准、严密组织、严格程序、严格把关，把工作做实做细，确保公平公正，群众公认和上下满意，实现干部群众高度认同，力争把这项活动搞成民主和谐的"示范性工程"，为班组其他活动、其他安全生产工作树立"样板"，以更好地影响、调动员工群众的安全生产积极性。这是班组开展安全工作"评优评模"活动的基本途径。

（4）充分体现"严谨性" 要突出一个"严"字，用严格的纪律作保障，使班组安全工作"评优评模"活动搞得严谨而科学，上下都满意。要加强领导，认真研究出台有关意见方案，提出严格要求，严肃评选纪律，并对入选者严格把关，确保把那些深入贯彻落实科学发展观、从事安全工作业绩突出、勤廉兼优、得到广大员工认同的人评为模范、树为标杆，并对他们予以大力表彰和奖励，这是班组开展安全工作"评优评模"活动的基本保证。

总之，班组安全生产工作是个系统工程，在这个系统工程中，年头岁尾或重大安全工作告一段落，班组一般都要对安全工作进行总结、评比，在"评优评模"活动中牢牢把握活动的正确导向，体现"时代性"是该项活动的前提和方向；体现"先进性"是该项活动的本质和关键；体现"认同性"是该项活动的基本途径；体现"严谨性"是该项活动的基本保证。只要我们在活动中紧紧抓住这"四个性"，班组安全工作"评优评模"活动就能取得理想的效果。

44. 班组安全建设基础工作的重要性

俗话说："万丈高楼平地起，企业兴衰在班组"。班组工作搞好了，企业的工作就有希望了，特别是安全生产工作更是以班组为基础、为先导、为前提。企业所有的班组都做到了安全无事故，那么，企业就是一个"无事故工厂"。对于化工企业的班组来说，基础安全工作有如下内容。

（1）班组安全教育教材　　班组安全教育教材是班组进行安全教育的基本条件。有一个针对性强、操作性强的教材，可起到了解安全生产状况、规范安全操作行为、传递安全生产信息、吸取安全生产教训、总结安全生产经验的作用。笔者在检查班组安全教育教材时发现，相当多的班组认识模糊，表现在不规范、内容空洞、操作性差、针对性弱的特点。多数班组用了一、二级安全教育的内容（厂级和车间级）。甚至连班组岗位的任务、作用、特点、设备、安全装置、安全规程、防护用品、事故教训都没有搞清楚，根本起不到班组安全教育应起的作用。为编教材而编教材实不可取。

（2）班组安全生产制度　　班组安全生产制度是要求班组成员共同遵守的，按一定程序办事的规程，是班组成员在安全生产中的行为规范。原化工部在创建"安全合格班组"中规定，一个班组最少应有：安全责任制、岗位责任制、岗位安全操作规程、交接班制、巡检挂牌制。应该说这五项制度是对一个班组安全生产的最基本要求，不是凭空臆想出来的，而是安全生产实践的总结。笔者在验收安全合格班组中看到，制度都建立起来了，并且装在镜框里挂在墙壁上，从内容到形式都表现较好，但关键是宣传、贯彻、落实。笔者问班组成员，说不出来者较多，问班长也答不全面，怎能谈得上落实呢？制度不是应付检查的，制度是行为规范、行动准则，制度落实的好与坏，体现在有无"三违"现象，有无各类大小事故。

（3）班组安全建设台账　　班组安全建设台账是班组安全工作的真实记载。针对企业的实际情况，如山西天脊煤化工股份有限公司，在"安全合格班组条件"中规定应有6种台账：事故台账、缺陷登记表、安全奖罚台账、安全教育台账、安全活动台账、事故分析记录。这6种台账也是对一个班组安全工作最基本的要求。笔者在验收安全合格班组中发觉，相当多的班组长抱着应付差事的态度填写台账，没有认识到台账是本班组安全工作的真实记载，表现在：缺陷登记只记查出多少缺陷而忽略整改记录，教育台账只记教育人数而不记教育内容、时间和考试成绩；事故分析记录简单甚至不记录。追其原因说本班组无事故，不明白本班以外，本厂、本行业、本国、外国的事故均可分析，均可吸取教训，均可变为财富。安全活动记录只记几个字："学习上级文件"，而无具体内容，给人有应付的感觉；安全奖罚台账对奖罚原因说不清，奖罚多少不记录等弊病时有发生。这些现象都是对班组安全台账认识上的误区，必须彻底改正。

（4）教材、制度、台账的关系　笔者认为，在班组安全建设过程中，基础工作是关键。教材、制度、台账一脉相承，联系紧密。教材是提高职工安全意识、优化职工安全技能、夯实职工安全基础的钥匙。制度是规范职工的安全准则、要求职工的安全纪律、引导职工的安全标准。台账是职工安全工作的记载、安全活动的集合、安全水平的体现。它们既互相联系，又各有侧重，互为因果，缺一不可，三者形成了班组安全建设基础工作的共同体，呈现出扭合共进、螺旋上升的班组安全管理功能。

总之，班组安全建设，创建"安全合格班组"是企业安全工作的基石，在企业的安全工作中占有突出的地位，决定着企业安全生产的水平，左右着企业安全工作的成败。因此，班组安全建设一定要加强，创建"安全合格班组"一定要高标准、严要求，高质量，细检查。唯有如此，才能起到真正意义上的创建；唯有如此，才能促进企业的安全发展。

45. 推行班组安全目标管理应注意的几个环节

为了发挥班组安全目标管理的功能，实现企业安全生产经营目标的良性循环，必须注重安全目标的制定、分解、实施、考核和保证五个环节。

（1）安全目标的制定　安全目标的制定要切合实际。要在企业总目标的指导下，形成个人向班组、班组向车间、车间向企业负责的层次管理。

① 直接目标。根据车间或企业下达的产量、质量、安全、环保、工艺指标、设备完好率等来确定安全直接目标。

② 相邻目标。根据工作中上道工序和下道工序，以及其他部门班组的业务联系和服务要求来确定安全相邻目标。

③ 文化建设目标。根据企业有关部门的布置，拟定遵章守纪、文明礼貌、行为规范、文化教育等方面的安全文化建设目标。

（2）安全目标的分解 安全目标的分解要着重于展开，逐个落实。使企业、车间对班组的各项安全管理工作度能够简便化、统一化、正规化地全面展开。

具体目标做到量值数据化。班组的安全管理、安全教育、安全活动、隐患整改都要用数值反映，用定量为主的数据指标代替定性为主的形式内容，使班组安全目标反馈出的各种数据真实、清晰、完整、准确。

（3）安全目标的实施 安全目标确定、分解以后，就必须着重加强相互间的责任感，激发班组全员潜在的积极性、主动性、创造性，努力实现班组安全管理方法的科学化、内容的规范化、基础工作的制度化。

① 以安全责任制促进安全目标的实施。把考核个人的主要经济技术指标与安全工作目标纳入岗位安全责任制中，以百分制或其他方式进行考核，其内容应该是公共性指标和班组安全方针目标相结合。

② 以小指标单项竞赛促进安全目标的实施。运用激励的方法，组织班组成员开展比学赶帮超活动，如增产赛、降耗赛、连运赛、岗位练兵、安全合理化建议、消除隐患、封堵漏洞等。

（4）安全目标的考核 安全目标的考核要和责任制挂钩，要避免重硬轻软的倾向，更不能以硬指标掩盖或取代软指标。

① 安全检查。即每月对安全目标进行检查，由车间组织专人查，或班组工会小组长牵头查，或班组长组织班组兼职安全员参加检查。

② 安全考核。在考核中，一是要从严从实；二是要认真把关。对于经济技术指标和班组安全管理指标，严格按照定量要求进行考核，做到不降标准不漏项目；对于安全文化建设方面的定性指

114

标，则要特别注意考核知识技能、进取精神、劳动态度、团结协作等。

（5）安全体系的保证　班组必须有坚实的安全保证体系，即组织网络保证、物质措施保证和安全资金经费保证等。

①　企业各级领导要充分认识班组在安全工作中的地位和作用，把心沉下去，一头扎入班组，树立为生产一线，为班组服务的思想。

②　要有一个高度事业心和责任感的班组长。班组长既要懂生产、精技术、通安全、熟管理。又要有一套灵活的工作方法。同时，企业各级领导要注意在政治上关心他们，使他们真正有职、有责、有权、有利、有为。

总之，班组安全目标管理是整个班组安全建设中的主要组成部分，只有把班组的安全目标做好，使每个班组都实现了各自的安全目标，企业的安全大目标才能实现，企业的安全生产基础才能夯实，才能在安全生产中显示出"细胞"的强大生命力。

46. 作业标准化是班组安全的保障

所谓作业标准化，就是对在作业系统调查分析的基础上，将现行作业方法的每一操作程序和每一动作进行分解，以科学技术、规章制度和实践经验为依据，以安全、质量、效益为目标，对作业过程进行改善，从而形成一种优化作业程序，逐步达到安全、准确、高效、省力的作业效果。班组作业标准化是预防事故、确保安全的基础。它的主要功能有以下几种。

（1）能有效地控制人的不安全行为　班组生产作业过程中，主要控制的对象是人、机、料、法、环五要素。而这五要素中，必须有效地控制自由度极大的人。因为人是客观事物的主体，人的不安全行为是诱发事故的主要原因。作业标准化能把复杂的管理和程序化的作业融为一体，能有效地控制、约束、规范人的失误，把可能发生的事故降到最低程度，也就是人们可接受的程度。

（2）能有效地控制"三违"现象的产生　从数理统计可看出，

企业中所发生的事故有 90％发生在班组，班组中有 80％的事故是由"三违"现象引起的。班组作业标准化把企业各项安全要求优化为"管理标准、技术标准、工作标准"，并在作业单元上严格规定了操作程序、动作要领。把整个作业过程分解为既互为联系，又相互制约的操作程序、动作标准，把人的行为限制在动作标准之中，从根本上控制违章作业，特别是习惯性违章作业，保证了班组作业人员上标准岗、干标准活、交标准班。从而制约了侥幸心理、冒险蛮干的不良现象。

（3）能有效地控制物的不安全状态　物和环境的不安全因素，往往是诱发事故的又一重要原因。班组作业标准化把生产现场管理的标准化作为前提，使安全装置齐全，物流有序，通道畅通，照明亮度充足，消防、防护用品满足，检测检验仪器完善，构成一个良好的安全作业环境，有效地控制物的不安全状态。班组作业标准化还把生产过程中的危险源、危险点作为重点，有针对性地制定一套行之有效的标准化操作方法、检修要领，使之处于有序的控制之中。

总之，作业标准化是班组安全生产的有力保障。其目的是在班组推行一套完整的、科学的、严密的安全管理程序，优化生产现场安全管理各要素，规范操作者的安全行为，从而促进班组整体安全素质和综合安全水平的提高，为企业安全发展奠定坚实的基础。

47. 岗位安全责任制是班组安全之魂

岗位安全责任制，就是对企业中所有岗位的每个人都明确地规定在安全工作中的具体任务、责任和权利，以便使安全工作事事有人管、人人有专责、办事有标准、工作有检查，职责明确，功过分明，从而把与安全生产有关的各项工作同全体员工连接、协调起来，形成一个严密的、高效的安全管理责任系统。

（1）岗位安全责任制的意义　主要意义在于：

① 是组织集体劳动，保证安全生产，确保安全管理的基本条件；

② 是把企业安全工作任务，落实到每个工作岗位的基本条件；

③ 是正确处理人们在安全生产中的相互关系，把职工的创造力和科学管理密切结合起来的基本手段；

④ 是把安全管理建立在广泛的群众基础之上，使安全生产真正成为全体职工自觉行动的基本要求。

（2）岗位安全责任制的要求　主要要求是：

① 必须贯彻安全技术规程，严格执行安全技术标准；

② 建立以班组长和班组安全员为主体的安全领导小组，针对本班组的安全问题提出措施，发动班组全体成员，查隐患、查缺陷，开展技术革新，提出安全合理化建议；

③ 针对生产中的薄弱环节和重要工序，确立安全管理重点，加强控制，稳定生产；

④ 班组组织群众性的自检、互检活动，支持专检人员的工作，达到共同保安全的目的；

⑤ 及时反馈安全生产中的信息，认真做好原始记录，对发生的事故按"四不放过"的原则认真处理。

（3）岗位安全责任制的作用　主要作用有：

① 可使班组各项安全工作程序化、条理化；使安全管理有基准，安全奖罚有依据；

② 可使班组、岗位每个成员，安全任务明确、安全职责清楚；使安全生产处于完善的、严格的互相促进、互相制约之中；

③ 能巩固岗位安全生产成果，能达到改进班组安全管理、提高生产效率的目的；

④ 能凝聚岗位人员的安全责任感，大家齐心协力共操安全心、共保安全岗，进而达到班组安全，为整个企业安全打下扎实的基础。

总之，岗位安全责任制最直接地体现了企业安全生产全员、全面、全过程、全天候的管理要求。我们在工作中体会到：哪个班组岗位安全责任制执行得好，安全生产就优，反之亦然。实践证明，岗位安全生产责任制是班组安全之魂。

48. 班组安全管理的重点在现场

生产现场是职工利用生产资料和机器设备按照一定的工艺方法，生产符合质量指标的产品，创造出社会财富的工作场所。每个生产现场所分担的任务，都是企业生产总任务和总目标的一部分。搞好现场安全管理，必须把形成和影响安全生产的主要因素（即人、机、料、法、环）有机地结合起来，组合良好，使生产现场按预定的目标生产。因此，班组安全管理的重点在生产现场。

（1）班组现场安全管理的内容

① 生产现场环境清洁卫生，无脏乱差死角，安全卫生设施完善，工作区域温度、湿度、亮度符合生产要求，"三废"排放、噪声等指标符合要求。操作室、交接班室、更衣室、卫生间等场所窗明壁净。

② 机器、设备、管道整洁，安全附件齐全，沟见底、轴见光、设备见本色。班组人员对本岗位的设备做到"四懂、三会"，严格执行设备巡回检查制度，及时消除事故隐患，及时消除跑冒滴漏。

③ 班组全体人员经安全培训教育合格，做到持证上岗，会正确穿戴和使用劳动防护用品，严格执行安全纪律、工艺纪律、劳动纪律，定时、定点、定线进行巡检，各种原始记录做到标准化、规范化、书写工整。

④ 材料、半成品、产品摆放整齐，各种工具、器材实行定置化，做到物流有序、安全标志齐全，安全色标醒目，重大危险源标示牌内容完整，卫生防护警示牌适用等。

⑤ 岗位工艺技术规程、设备维护检修规程、安全技术规程齐全，班组和岗位有安全规章制度，有安全生产责任制，重要岗位实行安全操作票制度。

⑥ 班组在生产现场要做好各种安全信息的收集、传递、分析、处理工作，及时了解安全生产情况，及时处理生产中反映出的问题。

（2）班组现场安全管理的作用

① 确保安全生产。化工生产具有高温高压、易燃易爆、深冷

负压、有毒有害的特点，危险性大，因此，加强现场安全管理，能最大限度地减少或杜绝各类事故的发生。

② 有利节能降耗。班组加强现场安全管理，能及时发现生产中的薄弱环节，及时采取措施，堵塞生产现场的能耗逸散，降低能耗和成本，并能保护环境，实行绿色生产、低碳生产。

③ 优化管理结构。班组把安全管理的重点落实到生产现场，能使生产现场管理更加科学、标准、规范，使班组安全管理的水平不断提高。

④ 改善厂容厂貌。班组加强现场安全管理，使生产条件不断改进，作业环境不断改善，使班组成员心情舒畅，工作效率提高，安全感增强，也使企业面貌大为改观。

（3）如何搞好班组现场安全管理

① 高标准，严要求。各班组根据实际情况，定出现场安全管理的标准和要求，现场安全管理不但要求制度全，而且要求标准高。标准高了，要求严了，才能逐步提高管理水平。

② 严执行，勤检查。健全的制度，必须严格地执行，才能发挥作用。班组成员只有自觉遵守现场安全管理的各项要求，才能保证各项安全工作落在实处。同时，还要经常检查，主要有企业的定期检查、车间的随机检查，班组的全面检查，对查出的不安全问题限期整改。

③ 奖罚明，考核严。班组应制定现场安全考核标准。每月班组长在考核中严格按标准进行，坚持实事求是，做到一丝不苟，达到奖优罚劣。

④ 态度正，关系顺。班组要理顺现场安全管理与各专业管理的关系，安全管理并不能包罗万象，不能取代各专业管理，而是要促进各专业管理的完善和深化。

总之，企业的一切生产工作任务都要在班组完成，各项规章制度都要靠班组落实，把班组安全工作的重点放在生产现场，是企业把整个安全生产目标转化为实施运作的有效途径。这样，班组的安全建设，企业的安全发展就有了源头之水，本质之木。

49. 班组安全管理是个动态过程

所谓动态安全管理，是指在整个生产过程中，对生产的工艺流程和生产作业过程进行安全跟踪、预测预控，使安全生产在每时、每班、每个环节和角落都得到保证。对于企业班组来说，动态安全管理要做好如下五个控制。

（1）制度控制　班组动态管理必须有一套严密完备的规章制度作保证。当前，事故多发的重要原因之一，在于现行规章制度不完善，法律不健全。班组动态安全管理，就要在不断完善和充实规章制度上下工夫，建立一套符合本班组特点的安全规章制度。执行制度要严在贯彻落实上，严在动态管理上，严在事故发生前，使规章制度真正起到导向和制约作用。

（2）作业控制　数据统计表明，大量的事故多发生在作业过程和作业现场。因此，作业控制是班组动态安全管理的重要方面。作业控制就是经常分析生产工序中的危险因素，有针对性地采取控制对策，按班、按日检查落实情况，发现问题及时解决。作业控制最有效的方法，是依据工作性质的不安全状态和信息反馈的情况，把安全检查的对象加以分析，把大系统分成若干子系统，确定安全检查项目，再把检查项目按照大系统和子系统的顺序编制成班组安全检查表，每班对照检查。检查有规律，检查项目全，内容底数清，问题责任明，整改落实快，从而达到安全作业的目的。

（3）重点控制　对企业来说，安全重点就是危险部位、有毒有害作业场所、易燃易爆生产场所、立体交叉作业场所、高处作业场所、特种作业场所等。对于重点场所，要做到重点控制。重要部位必须配备各种醒目的安全标志和安全设施，做到"有洞必有盖，有边必有栏，有空必有网，有线必有杆"。重点控制是班组安全的有利保障。

（4）跟踪控制　最简便适用的办法是严格执行各种安全作业票证，把作业的每个层次、各种职责分工制度化，作业程序化，管理标准化，加强管理密度，实行集约和精细管理。对事故苗头狠抓不放、跟踪控制，从事故苗头中寻找失控点，制定控制对策，杜绝重复性事故发生。

(5) 群防控制　班组动态安全管理是一种群体行为，只靠班组长和兼职安全员远远不够，必须采取宏观控制和微观管理相结合、专业管理和群众自主管理相结合，特别要注意发挥岗位工人的主人翁能动性。只有班组全员行动起来，在生产作业过程中努力做到个人无违章、岗位无隐患、班组无事故、过程无危险，才能实现班组生产安、稳、长、满、优。

总之，班组安全管理是个动态过程，事故的突发性、隐蔽性和多维性，决定了生产过程的系统性、动态性、群众性，只要班组把动态安全管理贯穿整个生产过程的始终，坚持以上五个控制，定会收到事半功倍的效果。

50. 危险预知是班组安全之法宝

危险预知，简言之就是预先知道生产或作业过程中的危险性，进而采取措施，控制危险，保障安全。实践证明，班组开展危险预知活动是安全工作之法宝。

(1) 危险预知应包括的内容

① 班组长要对本班组管辖范围或承担的作业项目，先要明确无误，对重点、难点、危险点了如指掌，做到心中有数。

② 班组应对所承担的项目、任务、可能会发生哪种伤害、引发哪类事故，如触电、落物坠入、火灾爆炸、中毒窒息等，都要在作业前仔细预想，并运用因果图、事故树分析等方法，分别列出对策加以落实，防患于未然。

③ 让班组每个成员都清楚，从人、机、料、法、环几个方面细化分析，认真填写危险预知报告书，交班组长或有关负责人批准，并在作业前的准备会上作出交底。着重从作业状况、发生事故因素、潜在危险、重点对策、预防措施等方面下工夫，以此来提高自我保护能力和事故处理能力，达到危险预知大家清楚，危险报告人人会写，从而保证每次危险作业都能顺利、安全地完成。

④ 班组长要做明白人。班组长和员工之间、员工和员工之间，

工作、生活、学习在一个特定的班组集体中，同志情、工友爱、师徒谊，组成一个共同体。班组长要通过"上班看脸色，吃饭看胃口，干活看劲头，休息看情绪"来发现班组成员的心理、体力变化，及时发现问题，采取措施加以解决。

⑤ 就每一作业具体项目而言，班组长都要按照"人员是否足够，素质是否适应，配合是否默契，方案是否可行"的要求，精心组织，合理安排。

(2) 危险预知关键是深化隐患检查整改

① 加强巡检，发现隐患及时整改到位。班组长在班中巡检，要对生产工艺过程，设备运行状况，安全装置，个人防护用品的使用情况等进行巡检，每小时一次，对发现的问题要及时整改，如果本班组解决不了的要及时上报。

② 班组成员要进行"五查"活动。即查不安全装置、不整洁环境、不安全行为、不标准操作、麻痹凑合作业。并把查与不查、查粗与查细、查多与查少、查深与查浅列入班组各成员的业绩考核之中，与奖金挂起钩来。

③ 班组应建立缺陷检查、隐患整改台账。做到记录齐全、填写认真、情况真实、有据可查。

(3) 危险预知的前提是提高班组整体素质

① 强化班前危险预知安全讲话。班组长根据生产特点、作业内容，用安全讲话的形式，用正反两方面的事例说明安全作业要点、安全注意事项、预防事故的措施等。

② 开展事故案例教育。每月或每周，将历史上的这一月或这一周发生的事故案例列出，作简要的分析评论，达到以案说法、以案说责，杜绝重复性事故发生。

③ 练内功提高全员素质。对班组成员要有计划地分期分批组织安全技术轮训，对检修班组要按时进行特种作业考核复证，也可进行多项技术培训、模拟常见的设备故障，找出安全对策，营造良好的班组安全文化氛围。

④ 深化"结对帮促"活动，班组成员生产水平不同，安全技

术各异，必须建立安全监督岗，开展"结对帮促"活动。以此识别危险物质、识别危险能量、识别危险环境、识别危险行为、识别危险转化，通过"五识别"来深化"结对帮促"活动。

总之，班组安全工作要想扎实有效，就要开展危险预知活动，强化班组控制危险的能力，加快隐患检查整改频率，提高班组整体安全素质。为企业转型发展、安全发展、可持续发展提供基础保障。

51. 班组安全工作打假十个方面

社会上一些弄虚作假的不良现象，也渗透到企业经营管理工作中来。在企业班组安全工作中，作假现象也较突出，它给企业的安全生产带来负面效应。为此，笔者结合工作实际，提出班组安全工作打假的十个方面。

（1）打假重视　主要表现在某些班组对企业、车间布置的安全工作，表面上重视，在班组会议上大谈其重要性，但会后做起来得过且过，安全工作毫无起色。对这种假重视必须切实加以纠正。

（2）打假传达　主要表现在对上级布置的安全工作、安全会议精神，不结合本班组的实际认真贯彻执行，而是照抄、照念、照搬，将上级对安全工作的要求仅机械地传达，不结合班组实际传达精神实质。这种以会议传达会议，以文件贯彻文件的"假"传达、"假"贯彻对班组安全工作无补。

（3）打假计划　年初岁末，班组对今后的安全工作都要有一个计划安排。某些班组的计划搞得头头是道，然而，安全工作计划上报下发后，也就万事大吉了。结果计划成了应付上级的一纸空文，起不到多大作用。

（4）打假动作　主要表现在有的班组对安全工作不是真抓实干，而是做表面文章，玩花架子。看上去轰轰烈烈，但都是供人看的，没有真动作。如上级来检查时，员工个个守岗，事事认真，检查人员一走，一切又是老样子。对这种假动作必须制止。

（5）打假检查　主要表现在对生产岗位和生产线安全检查不认

真、不仔细实地查看，搞形式主义走过场，甚至坐在家里随心所欲填写安全检查台账，搞一套虚假的东西。其结果是隐患依旧存在，仍然威胁安全生产。

（6）打假制度　主要表现在班组各项安全管理制度一套又一套，有的装订成册，有的上墙上报，但在实际安全工作中，根本没人执行。当抽查某一员工某项安全制度的内容时，一问三不知，怎么能谈得上执行制度呢？再好的制度不去执行也形同虚设。

（7）打假知道　主要表现在班组成员对党和国家安全生产方针、政策及有关法律法规一知半解，甚至根本不知道，却以什么都懂自居。对本班组生产状况、安全设施、安全重点、危险源点实际上"心中无底"，却假充十分了解。这种假知道危害很大。

（8）打假汇报　主要表现在向车间汇报安全工作时汇报假情况。常常以点带面，把点上的做法说成是面上的工作，以偏概全；把少数几个人对安全的反映当作多数人对安全工作的认识，以俊遮丑，报喜不报忧，报功不报过。

（9）打假查处　在班组安全工作中，对一些出现不安全问题的人和事，大事化小、小事化无，大责化小，小责化了。殊不知，放过事故责任者，是安全生产最大的隐患。

（10）打假资料　主要表现在班组为了应付上级检查，为了不让扣奖金，明目张胆地搞一些假安全工作资料。有的班组工作没有这么做过，但当你去检查时，他的工作方案、活动内容、会议记录、隐患整改、案例教育一应俱全，要什么有什么，实际上是班组"秀才"闭门造车造出来的，这非常有害于安全生产。

总之，企业班组安全工作中的假象五花八门，形形色色，虽然这只是个别班组，但这些假象对安全工作十分有害，必须给予打击。

52. 筑起班组安全的第二道防线

班组安全生产的主力军是班组全体成员，这是毫无疑义的，家属亲情保安全，其作用也是显而易见的；正如抗洪中大堤是主体，但子堤也发挥了重要作用。由此可见，发挥员工家属协助做好班组安全工作，筑起班组安全的第二道防线，是搞好班组安全工作的又一重要方面。

（1）用亲情编织安全网络　安全生产工作是一项社会系统工程，搞好企业安全生产，员工家属是一支不可忽视的力量。班组员工情绪高低，班后休息好坏，家庭和睦与否等因素直接影响着员工能否做到安全生产。因此，用亲情编织安全网，用父子之情、母子之情，夫妻之情、兄弟姐妹之情凝聚安全生产的激情，形成安全自保、联保、互保网，是确保班组安全工作的明智之举。

（2）用真情筑起安全长城　在企业安全生产中，好多人都感到安全工作难做。其实，只要用真情真爱去做，以强烈的社会责任感去从每一件小事做起，安全工作肯定能做好。如山西天脊煤化工集团股份有限公司，把发动员工家属搞好安全生产工作当作一件大事来抓，在年度停车大检修前，为了确保大修安全，出版了《请寄山化——家属寄语汇编》一书，分为："希望之光"、"柔情蜜意"、"父母之心"、"赤子情深"等栏目。每一份"寄语"都有一个动人的故事，"前方后方"用真情筑起安全长城，确保了大修的安全。

（3）用感情营造安全环境　人是有感情的，用感情营造安全环境，把安全与家庭幸福、安全与伦理道德、安全与爱情婚姻有机地结合起来，是构筑班组安全防线的又一重要形式。如某企业生活区居委会组织开展的"三查五不让"活动，即查家属安全生产思想树得牢不牢，查家属保安全公约执行得好不好，查家庭不安全情绪整改快不快；不让员工带气上班，不让员工班前饮酒，不让员工无故脱岗，不让员工违章作业，不让员工兴奋过度等，取得了明显的效果。

总之，筑起班组安全生产的第二道防线，把亲情、真情、感情渗透到安全工作中，无论是深度还是广度都是行政管理和法律法规很难达到的。它必然为班组的安全生产注入新的活力，取得新的成就。

53. 班组如何开好安全座谈会

座谈会，亦称调查会，就是根据一定调查题目，选择部分有代表性的人参加座谈，围绕中心，进行讨论，从而达到了解问题和解决问题的一种方法。开好班组安全座谈会，是加强班组民主管理，增强安全工作针对性、提高安全管理效果的重要手段。如何开好班组安全座谈会，笔者认为，应当把握好以下几个环节。

（1）确定主题，充分准备　首先要确定安全座谈会的主题。围绕中心内容展开讨论，要达到什么目的，必须明确。其次，要制定安全座谈会提纲，既要有大纲，也要有细目，提纲最好能提前通知参加人员，使他们有充分的思想准备。再次，要掌握有关政策、文件精神和一些理论知识，以便在座谈中解答提出的问题。最后，要尽可能掌握一些参加安全座谈会人员的基本情况。

（2）规模适宜，定好人员　班组安全座谈会的规模和人员构成要根据内容和主持人的组织能力来确定。一般来讲，规模不宜过大，少则三五人，多则一二十人。但在人员的构成上一定要合理，到会者要有代表性，而且具备一定的安全文化素质、安全科学水平和语言表达能力，这样，可从不同的经历、不同的角度来认识安全问题，能比较全面地反映班组安全生产状况。

（3）正确引导，把握气候　座谈会开始时，主持人要首先把参加会议的人员介绍一下，彼此了解，然后扼要地讲清座谈会的内容和目的要求。在座谈中要采取讨论的方式，通过讨论，了解班组全面安全情况，得以集思广益，作出正确的结论。主持人要把握好会议的气氛，既不能过于严肃，使座谈陷入僵局，也不能过于随便，使与会者不予重视。一要克服"冷场"，二要注意"走题"，三要避免开小会，四要掌握争执。主持人要及时引导，调节气氛，防止把安全座谈会开成"说教会"、"表功会"、"牢骚会"。

（4）掌握时间，恰到好处　班组安全座谈会开得成功与否，掌握时间也是一个重要因素。时间太短了，使到会者有话说不尽；时间太长了，使与会者感到厌烦，影响效果。因此，主持人要把时间掌握好，有话则长，无话则短，做到恰到好处。

总之，开好班组安全座谈会也是搞好班组安全工作的有效形式，它能起到上情下达、下情上达、传递信息、交流经验、吸取教训、增长见识、改善管理的作用，但开不好就会适得其反。

54. 严字当头，精字为先，情字入手

班组是企业的最小组织单位，是安全生产的前沿阵地，也是反"三违"的直接领域。山西天脊煤化工集团股份有限公司热动厂锅炉车间运行一班，是一支生机勃勃具有战斗力的队伍，这支队伍在安全生产中，坚持念好"严"、"精"、"情"三字经，使班组管理迈上了新水平。

（1）严字当头　该班组狠抓安全基础建设，充分发挥班组自身作用，从健全班组各种安全制度，严格用制度规范全班成员的安全行为做起。明确规定，在制度面前人人平等，反复强调劳动纪律、工艺纪律、安全纪律是完成生产任务的保证。班长严于律己，以身作则，敢抓敢管，有职有责有权有为。安全生产实行责任制，分工明确，各负其责，做到了事事有人管，人人有事干。对全班管辖的设备，实行包机制，严格管理，严明纪律，严细要求，创造了两台225T/h高压蒸汽锅炉达到平均运行336天的好成绩，超过了同类电站锅炉连运记录。

（2）精字为先　该班针对青工多，不愿学技术的现状，以精字为先，始终抓住一个"精"字，学习培训不走形式，不摆花架子。互相学习，取长补短，每季检查一次，并且记录在案。常年坚持利用副班时间每人都要讲解发生在自己身边的故障及操作成功的经验，在全班内进行认真分析、仔细讨论、深刻总结。在安全技术的掌握上要求全班成员做到精益求精、精雕细刻，做到从经验和教训中，提高全员分析判断处理事故的能力。班长"精"，精到技术全面开花，起到传帮带的作用，成员"精"，精到工艺细致、一丝不苟，重视一伸手，防止误操作，起到"师带徒，快出走"的技术能手效果。

（3）情字入手　该班在抓安全思想工作中，以"情"字入手，

带着感情抓安全思想建设，把爱厂爱岗作为教育主题，将灌输引导与自我教育相结合，做到贴近实际，贴近员工，贴近生活，动之以情，晓之以理，情理交融，亲切可行。在每班的班后会上，班长都要讲解班中所发生的好人好事，用典型的经验引导人，用沉痛的教训说服人，全班形成了一个奋发向上的好风气。"情"出干劲，"情"出效益，"情"出团结，"情"出稳定。

热动厂锅炉车间运行一班，在安全生产中，严字当头，精字为先，情字入手，使班组安全生产跃上新台阶，为完成企业的生产任务作出了突出贡献。1996年该班组被中华全国总工会授予"五一"劳动奖状先进集体光荣称号，班长也被企业授予劳动模范。

55. 提高班组安全检查质量的一条重要途径

在班组安全检查工作中常常存在这样一种现象，班组长或安全员辛辛苦苦跑遍了班组辖区范围内的角角落落，表面看是面面俱到，但很难全面发现思想、纪律、隐患、措施方面存在的各种问题。究其原因是安检人员缺少针对性的检查手段、检查内容。

近年来，一些班组在安全检查工作中应用了《系统安全检查表》(以下简称《检查表》)，避免了上述现象的出现。系统安全检查表采用系统工程的观点，对被查的对象加以剖析，把大系统划成若干子系统，找出可能存在的不安全因素，然后确定检查项目，以正面提问方式将检查项目按系统或子系统顺序编制成表，以资检查。

实践证明，安全检查表的使用效果明显。其种类也日益增多，在同一企业中，就有日、月、季安全检查表，在厂部、车间、班组及岗位的安全检查表有设备、技术、综合用的专用安全检查表等，各类检查表之间应协调有序、突出重点，简练准确。《检查表》应有车间领导组织诸多专业人员编制。如在化工生产企业，可采取设备、工艺、电气、仪表、管道、安全、环保、消防、卫生、质量等人员会同班组有经验的人员相结合的方式编制。《检查表》应列举规范的具体标准和要求，查明所有可能导致事故或故障的物的不安全状态和人的不安全行为，并在实践中不断修改补充逐步完善。通过在安全检查工作中不断总结经验，吸取事故教训，把发生事故的原因和因素归纳起来作为参考，经过相当时间后，这样的检查表就可以做到标准化。

《检查表》的应用范围：

① 可为设计人员提供安全设计的参照清单；

② 可作为安检人员的主要检查依据；

③ 可掌握系统运行的安全状况；

④ 可对操作人员进行安全教育；

⑤ 可使安全检查避免盲目性，增强了针对性、可操作性。

虽然编制《检查表》的过程是一个需要花大力气、花费较长时间的过程，但在实际运作中，不同的班组却有情况大致相同的诸多项目和因素，所以班组运用安全检查表是提高安全检查质量的一条重要途径，它能起到事半功倍的效果，省人、省力、见效、实在、实用。

56. 对班组安全员的素质要求

班组的安全员一般都是兼职的，如在化工企业一般都由副班组长兼职。这样做的好处是：第一，副班组长也是班组领导班子的成员，在班组决策中能参与意见，特别是安全工作意见。第二，副班组长兼职安全员，对班组的安全工作有一个全面的了解，知道危险性在什么地方，危险作业是什么工序。第三，安全员肩负着重要的安全责任，副班组长责任心较强，干事认真负责，是班组安全员的合适人选。既然班组安全员的位置如此重要，那么，对安全员的素质要求就显得非常重要了。

（1）要有良好的政治素质　班组安全员要自觉服从企业生产经营大局，在工作中坚持正确的安全工作方向，坚持安全发展方向，在重大原则问题上要旗帜鲜明，服从服务于安全生产大局。

（2）要有较高的安全理论素养　要求班组安全员在"用科学的理论武装人"的过程中，提高自身的安全理论水平，增强自己的安全理论素养，用以指导班组安全工作实践。

（3）要有广博的安全知识　安全工作涉及政治、法律、经济、社会、科技、文化等各个方面，要求班组安全员具有广博的安全知识，用以解决工作中的实际问题，更好地为安全生产服务。

（4）要有踏实的工作作风　班组安全员担负的工作责任大、任务重，他们必须有踏实的工作作风。一要调查研究，它是成功之基、谋事之道；二要联系实际，掌握第一手资料，探求解决问题的方法和途径。

（5）要有严明的组织纪律　班组安全员要成为遵守纪律的模范。你要规范员工的安全行为，首先自己带头遵章守纪，增强组织纪律观念，自觉执行各项安全规章制度，保证安全工作正常有序地进行。

（6）要有强烈的敬业精神　班组安全工作，从某种意义上讲，比较枯燥乏味，但工作任务却很繁重。因此，要求班组安全员必须具有强烈的敬业精神，安心和热心安全工作，增强从事安全工作的光荣感和使命感。

总之，班组安全员是班组安全工作的主要力量。他们安全素质的高低，左右着班组安全工作的水平，对他们安全素质的要求是较高的，每个班组安全员都要为此付出一定的努力。

57. 班组安全员应具备的能力

既然对班组安全员的素质有较高的要求，那么，对班组安全员的能力有要求也就顺理成章了。一般来说，班组安全员应具备如下能力。

（1）观察能力　任何事物都有想象和本质的区别，班组安全员在安全工作面前必须具有较高的观察能力，要善于观察、勤于思考，要透过现象看本质，通过深入细致的观察，寻找安全工作的规律。

（2）分析能力　安全工作出现的任何问题，都是由多方面因素造成的，班组安全员必须具有一定的分析能力。通过调查、研究、分析，找出问题的症结，拿出解决的办法。切不可人云亦云，草率行事，轻易下结论。

（3）表达能力 班组安全员随时都要解答员工群众关心的一些热点、难点、焦点问题。这就要求他们必须具备一定的表达能力，来回答员工提出的问题，通过表述自己的观点，达到安全宣传、安全教育的目的。

（4）写作能力 员工中创造的安全工作经验，需要总结和推广，班组中涌现出的安全先进人物和他们的先进事迹，需要讴歌和传播，这就要求班组安全员要具有一定的写作能力，总结安全经验，宣传安全典型，使之在班组乃至在企业中尽快得到推广和学习。

（5）感召能力 安全生产方针政策需要贯彻执行，员工的安全愿望和呼声需要得到表达，这就要求班组安全员具有一定的感召力，使你所讲的和所干的让员工爱听、爱学并自觉接受，积极参与。

（6）协调能力 在班组的安全工作过程中，有些事情不是一个单位、一个部门、一个人能够独立完成的，它需要各部门的通力协作和广大员工的共同参与才能完成。这就要求班组安全员具有一定的协调能力，在安全工作中充分发挥班组骨干的作用，调动一切积极阴虚，齐抓共管、共同完成。

（7）创新能力 在改革开放、企业转型、安全发展、全面小康社会建设中，知识经济、低碳经济、绿色经济正在我们手中实现，班组安全工作也是新生事物不断涌现，这就要求班组安全员具有一定的创新能力。要创造性地开展工作，开拓进取，圆满完成新形势下的安全生产任务。

（8）实践能力 理论联系实际是一大法宝，班组安全员要把安全科学理论用来指导安全工作实践，要求班组安全员具有一定的实践能力。在实践中解决安全问题，在实践中再达到安全理论的升华。

（9）适应能力 现代化建设、全面达到小康社会的新形势要求班组安全员具有广泛的适应能力。要刻苦钻研安全科学理论，广泛涉猎各方面的知识，接受新观念，不断更新和改善自己的知识结构。同时还要吃得苦，耐得"清贫"，乐于奉献，勤于服务。

总之，班组安全员的能力是班组安全工作的"晴雨表"，能力高则工作好，能力低则工作差，这是一条规律，每位安全员要保持清醒的头脑，在班组安全工作实践中不断提高自己的能力，去适应新形势的需要。

58. 怎样建设高标准安全合格班组

为促使企业班组安全建设上水平，确保企业的改革、转型、发展、稳定和全面建设小康社会的实现，必须在认真总结以往班组安全建设经验的基础上，紧紧抓住以人为本这个关键，按照原化工部《化工企业安全合格班组条件》"三好二十条"的总目标要求，围绕"规范——清理"整体推进、突出重点，努力建设高标准安全合格班组的思路，有力地推动企业的安全发展、转型发展和全面进步。

（1）规范行为，夯实班组安全建设基础　以山西天脊煤化工集团股份公司为例。该公司紧紧抓住安全思想建设这个关键，不仅明确了班组安全建设的正确方向，也为班组安全建设提供了动力支持。一是开展谈心活动，班组长、班组安全员在广泛深入学习原化工部安全合格班组"三好二十条"基本要求的基础上，实行三级联动，串员工家听众人言，了解员工的安全要求，倾听员工的安全呼声，解决员工的安全问题。二是搞好班组安全教育培训，为了尽快提高全员的安全素质，在组织好集中培训和在职自学的基础上，坚持以班组为依托，班组长当教师，分期分批对全体员工普遍轮训。培训突出三个重点：即抓好党和国家安全生产方针的学习；抓好安全技能、应知应会知识的学习；抓好安全法律法规的学习。

（2）规范管理，建立班组安全管理新秩序　制度是规范全体员工安全行为、提高班组整体安全素质的重要保证。该公司在原有制度的基础上，针对当前存在的薄弱环节，进一步建立和完善了各项安全规章制度，力求用制度管好人，用制度管好事，用制度约束每个人的行为，用制度规范班组安全工作。一是制定行为标准，每个厂、车间均制定下发了《岗位安全责任制》，做到一岗一责，人人有责，全公司生产性岗位共出台了 581 个《岗位安全责任制》；二是实行班务公开制度，每个班组均出台了《班组安全奖罚制度》、《班组安全检查制度》、《班组安全意见登记制度》；三是坚持实事求是、坚持持之以恒、坚持员工参与的原则，出台了《班组长安全工作准则》、《班组长安全工作考评制度》等各项制度。这些制度的建立，使班组安全工作出现了新秩序。

（3）规范监督，建立激励新机制 为了切实加强对班组长的管理和监督，该公司采取了三条措施：一是公司安全监理部门对班组长实行安全工作民主评议。评议内容主要包括：安全生产思想、安全工作能力、安全工作作风、安全工作实绩、安全工作纪律等。重点突出安全工作实绩，同时建立了"两卡一表"制度，即学绩卡、政绩卡和民主评议表。评议结果分好、中、差或优秀、称职、不称职，且直接与晋升和奖金挂钩。二是实行班组长任用公示制。对拟任的班组长，通过各种媒体向员工公布，接受员工监督。员工可以采取多种方式向行政人事部门和安全管理部门反映，发表个人意见。对员工反映不良、意见较大的班组长撤销拟任决定。三是加强安全纪律监督。为加强班组长安全工作作风建设，公司对班组长提出了"四不准"，即不准违章指挥和违章作业，不准酒后上岗、不准带头不穿劳保用品下岗位、不准安全检查走过场。为把规定落到实处，各生产厂、车间都建立了领导成员巡检制度。

（4）理清发展思路，促进企业经济快速增长 针对一些班组安全工作思路不清、方法不当等问题，公司安全监理部门强调，在班组安全建设中，要始终抓住经济建设这个中心不放松，加快发展不停步，真正把发展经济作为加强班组安全建设的根本出发点。要求班组安全建设要突出特色，重点突破，团结协作，持之以恒。坚持走"以开创打基础，以开放求发展"的路子。目前，全公司已有 96％班组验收为高标准安全合格班组。实践证明，加强高标准安全合格班组建设，是促进企业经济快速增长的有效途径。

59. 班组安全生产"六要诀"

回顾和总结近年来化工生产中的典型事故案例，血的教训使我们体会到：安全生产关口下移是班组安全生产有的放矢的关键。班组是第一道关口，必须做到：安全思想偏不得；安全规程违不得；安全知识缺不得；安全费用省不得；安全质量差不得；安全工作懒不得。

（1）安全思想偏不得　少数班组长嘴上把安全第一叫得很响，而思想上却总把产量利税放在首位。如某厂原料车间供煤班组，班组长只要求上煤数量，不管上煤质量；工人只求上够数量就行，不管煤中混有矸石、铁块，使振动筛、除铁器投用不良。结果造成气化炉因煤中矸石多，铁块卡。使气化炉产气中断；少产合成氨30t。违反了公司精料、连运、降耗、安全的安全生产指导方针。

（2）安全规程违不得　化工安全作业规程规定，在检修作业过程中，进入槽罐，必须有专人监护，而某厂合成车间检修班在检修吸附器时，未办理《受限空间安全作业证》，监护人员又擅离现场，从分子筛中泄漏出的 CO 气体造成 4 人中毒。多亏监护人返回现场，工作平台上已不见一人，往吸附器所在的冷箱里看，4 人全部中毒倒下。及时救出，进行人工呼吸、输氧才脱离危险。因此，必须强调，规程是科学的总结，血的结晶，打不得半点折扣、来不得半点马虎。

（3）安全知识缺不得　少数班组长安全知识缺乏，酿成的事故和造成的损失屡见不鲜。如某厂检修班，检修干燥机减速机，为图省事不搭脚手架，班长李某某领了一个空油桶做脚手架，然后令杜某某进行气割作业，结果空油桶发生爆炸，当场将气焊工和另一名现场工人致伤。这就是安全知识缺乏造成的。

（4）安全费用省不得　某企业领导考虑陈旧的设备维修花钱太多，短期行为的思想作怪，不采取果断措施补救，结果造成事故发生。如某化工公司某年合成氨装置低温甲醇洗工号多次发生堵的现象，至少每月吹扫一次，全系统停车一至二天，损失巨大。在年度大修时痛下决心，投入巨资进行改造，确保了连续运行，日增产合成氨 100t，投入 120 万元，每年可创直接经济效益 400 万，回报率很高。可见，安全费用的投入省不得。

（5）安全质量差不得　化工设备是化工生产的物质基础，化工设备的检修质量是安全生产的一个重要方面。如某公司合成氨厂压缩车间检修班在年度大修中，检修离心式氨压缩机组时，因检修质量不好，致使该机组反复揭盖 6 次之多，严重地制约了系统的正常开车，给安全开车设置了重重障碍，迫使公司提出"开起来，稳下来，拿出产量来"的口号。实践证明，安全质量差不得，决不能马虎凑合不在乎。

（6）安全工作懒不得　在班组的生产过程中，由于对安全工作的懒惰，造成的人员伤亡和财产损失不胜枚举。如某公司水泥厂电工在检修变电所母联开关时，检修人员未按工作票的要求，擅自对带电的 6000V 母线挂设接地线，造成对地放电，电弧光将二人烧伤。事故分析发生的主要原因是：①没有按程序进行验电工作；②操作 6000V 母联开关小车，未经电调同意；③操作者未按电气图进行检查确认，盲目作业；④操作时未按规定戴绝缘手套；⑤工作之前已在工作票上填写了要进行的工作并签了字；⑥无人监护、联系不周。这些违章现象均是一个懒字在作怪。

通过事故教训，得出企业安全生产的关键在班组。事故付出了血的代价和巨大的经济损失，交了巨大的学费凝成了班组安全生产"六要诀"。从思想上、规程上、知识上、费用上、质量上、作风上寻找班组安全工作的切入点，进而确保企业的安全生产，定能收到良好的效果。

60. 班组安全要体现"三个度"、重视"三个抓"

人人都说班组安全工作难做，那么，难在什么地方呢？回答这个问题不同的认识有不同的答案。但归根到底是思想认识问题，认识到位，意识提高，是方法措施问题，方法对路，措施到位，班组的安全生产工作并不难做。笔者认为，要实现班组安全主要是：体现"三个度"，重视"三个抓"。

（1）体现"三个度"

① 思想认识有高度。班组安全工作，首要的是提高思想认识，只有当班组全员对安全生产的认识提高到一定的高度，这个班组的安全生产才能落到实处。对企业而言，也应把班组安全工作纳入生产经营和经济发展的大局中去。这样，形成对安全认识的高度，安全工作就会有所进步、有所突破、有所发展。诸多安全生产成绩突出的班组的经验已经证明了这一点。

② 奖罚考核有力度。班组实行安全奖罚是安全管理的一种内动力。奖励和处罚同样是为了教育人，只不过是对事实的依据和对象不同采用不同的方法罢了。班组要搞好安全生产，奖罚考核一定要有力度，这里特别提醒的是奖罚实施者必须做到：一要坚持标准，不能时紧时松，不能以我为标准；二要坚持平等，不能亲疏有别，无论何时、何地、何人都要一把尺子量到底；三要坚持按程序办，采取自上而下的评定与班组长认定相结合，以评定为主的原则，防止某些偏向；四要及时兑现，时间久了，效果就会大打折扣，失去其积极作用。

③ 全员参与有广度。班组安全工作不仅是一个班长或一名班组安全员的事，而是全员的事，只有全员参与，人人出主意、想办法，全员有了置身感、亲切感，参与便有了广度，进而就会有深度，就能创出一批安全成果，积累一套安全经验，以此来推动整个企业的安全生产工作向前迈进。

（2）重视"三个抓"

① 抓好载体。以安全文化为载体来促进班组安全建设。安全文化本身就是一种生产力。它生产的是人的整体精神素质，是人的思想品德、灵魂境界和劳动技能。班组以安全文化为载体，来增强人的安全素质，塑造人的安全品格，净化人的安全思想，提高人的安全技能，对班组全员形成共同的安全思想，发挥着举足轻重的作用。

② 抓好落实。每个班组都有一套以岗位安全责任制为主体的安全管理制度，再辅之以工艺规程、安全技术规程、岗位操作法，

这是班组安全工作的基础。只要班组成员按规程走，照规矩来，班组的生产就会安稳而无危险。但为什么某些班组一而再、再而三地发生各类事故呢？原因很简单，就是没有落实好各项管理规定。因此，班组安全工作一定要抓好落实，抓好制度的落实、规程的落实。落实工作抓好了，班组安全生产的环境就形成了。

③ 抓好配套。为了保证班组安全工作正常有效地开展，还要抓好各项配套工作。如班组安全教育教材、班组安全活动场地、班组安全活动经费、班组安全考核标准、班组安全管理台账等。各项配套工作齐备了、完善了，就形成了班组安全工作的合力，形成了班组安全工作的共同体，何愁班组安全工作做不好呢？

61. 班组安全管理重在抓落实

抓落实，是实事求是思想路线在实际工作中的具体体现。从近年来班组在安全生产工作中反映出来的问题看，大多与工作不落实有关。因此，笔者认为，要抓好班组安全管理，重在抓落实，而要抓好落实工作，必须倾情、倾心、倾力。注意把握好以下几个问题。

(1) 端正安全工作指导思想，增强自觉抓落实的责任感　抓落实，首先要从端正指导思想入手。一些班组之所以安全管理有漏洞，原因之一就是安全指导思想有偏差，重视程度不够，自觉性不强，责任意识差。对此，首先要确立"落实好就有收获"的思想，切切实实把班组安全工作的主要精力引导到抓落实促管理上来。其次，要注意在抓落实中创新。一项任务布置下来怎样去完成好，一项制度确立以后怎样去执行好，都需要班组长积极地动脑筋、想办法，纯粹照搬是落实不好的，只有创造性地抓好落实，才能干出成绩来。另外，要强化"善始善终抓落实"的意识，在抓落实中求发展。班组安全管理工作要发展、要进步，就必须从落实中要效益、出成果。一些班组长日常安全管理工作不落实的原因，不是水平问题，而是名利思想严重。有的不出问题就不抓落实，缺乏扎扎实实、艰苦细致、认真自觉的工作作风。

（2）严格组织纪律，做到令行禁止　当前，就班组安全管理而言，如果认真地反思一下就不难发现，下面的报喜藏忧，往往与上面的好大喜功相联系；下面的表面文章，往往与上面的浮漂作风相联系；下面的真情假报，往往与上面的赏罚不公相联系；下面的短期行为，往往与上面的制度不完善相联系。久而久之，一些投机取巧的人钻了空子，高兴了就落实，不高兴就不落实。因此，必须严格要求，严格检查。只要我们坚持督促检查，帮组班组发现问题，找出症结，研究解决办法，就没有落实不了和落实不好的工作。

（3）必须掌握科学的落实办法　客观地讲，一些班组安全管理制度落实不好，确实也存在不会抓的问题，工作方法不对头。因此，在解决思想认识问题的同时，也必须解决好安全工作落实的方法问题。第一，做到主观符合客观，树立全面的辩证统一的观点，抓住主要矛盾开展工作，把科学的安全管理方法融于班组日常管理之中。第二，要大兴调查研究之风，在调查研究中提高抓落实的层次。第三，要发扬求实作风，形成讲真话、报实绩、求实效的良好作风。班组安全管理工作能否抓好落实，关键在班组长。能否抓好各项安全规章制度的落实，也是对班组长能力和水平的检验。这就要求班组长在下达命令和管理指挥中必须从实际出发，纠正形式主义，在政策导向、制度约束上防止片面性，从而保证班组安全管理工作有条不紊地健康发展。

62. 班组安全员进行安全监督的原则

总结近年来的班组安全生产经验，要进一步做好班组安全监督工作，必须坚持"安全第一，预防为主，综合治理"的原则，必须坚持为员工服务、为生产服务的原则。在具体工作中，班组安全员还应当把握好以下几个方面。

（1）要出以公心　班组安全监督，安全员要站在企业的根本利益上，坚持对企业和员工负责的一致性。要着眼于帮助班组改进安全管理，解决安全问题，与人为善，满腔热情，不能只提问题而没有回音，要及时反馈处理结果，做到善始善终。

（2）要服务大局 班组安全监督，安全员要选择具有普遍意义的事例，抓典型，抓员工关注、领导重视、事关大局的问题，有的放矢。要精心处理安全与改革、安全与转型、安全与发展、安全与效益、安全与稳定、安全与创新的关系，做到安全监督"要帮忙，不添乱"。

（3）要事实准确 班组安全监督，安全员要深入调查研究，多方听取意见，充分掌握材料，把实事搞确凿，防止断章取义，以偏概全，夸大事实。要让事实说话，让当事人自己说话，请主管领导部门和负责人做结论。

（4）要以理服人 班组安全监督，安全员要以事实为依据，以党和国家有关安全生产的政策、法律为准绳，入情入理，客观公正，让人心悦诚服，切忌居高临下，盛气凌人，不能图一时痛快，感情用事。要充分考虑实际情况的复杂性，设身处地地深入分析，善意听取不同意见，防止主观武断，强加于人。

（5）要把好尺度 班组安全监督，安全员要坚持团结、稳定、鼓劲、正面教育为主，既要有质的把握，又要有量的把握。要掌握好数量和时机，把握好力度和密度，不能把个别现象的局部问题夸大为普遍和整体。点名批评时尤其要慎重。

（6）要遵守纪律 班组安全监督，安全员对涉及的重大问题，应事先征求车间领导的意见，要遵守安全职业道德，自觉接受班组员工的监督。安全监督必须制定有关工作制度，重要事件要请领导批准，涉及亲朋好友要回避，不能以"安全处罚"威胁员工或敲诈勒索。

63. 开展"信得过"活动，保障班组安全生产

班组安全活动丰富多彩，方法各异，但都是为了确保本班组安全生产。在班组开展"信得过"活动，可以实现班组成员从"要我安全"到"我要安全"的转变，从安全管理的客体到安全管理主体的转变，从而有效地发挥他们的主观能动性，以掌握班组安全生产的主动权。

"信得过"活动的开展，旨在使班组的生产过程、设备运行、劳动纪律、岗位操作都要做到心中有数，都要"信得过"。第一，要制定科学化、规范化的标准，以标准规范人的行为，干保险活，干放心活；第二，要开展全员、全面、全过程、全天候的控制，不管是任何时候，任何情况下都要确保安全生产"信得过"；第三，员工与员工之间，上道工序与下道工序之间，工艺过程与设备维护之间，前方生产与后勤服务之间，班组长与成员之间，安全生产与质量保证之间都要实现"信得过"；第四，改善了人与人、人与机的联系方式，使人与人互相理解，和睦相处，使人与机相互依赖，配合默契，全面达到"信得过"；第五，"信得过"不是一句简单的口号，它包含着丰富的内涵和宽广的外延，它能营造良好的安全生产氛围，也能深化班组安全文化建设。

"信得过"活动的精髓是"以人为本"。人是安全工作的主体，任何管理措施都离不开人的参与。当前，员工素质参差不齐，思想脉络错综复杂，需要找出既被大家认同，又行之有效的管理途径。实践证明，班组开展"信得过"安全管理活动，是行之有效的基层安全管理模式。

总之，班组开展"信得过"安全活动，可以使安全生产进一步得到保障，改善人与人、人与机之间的关系，沟通班组成员之间的安全情感，你干的活我放心，我干的活你信得过。这样，班组的安全生产就会得到保障，班组的安全发展就有了一条正确的途径。

64. "三动并举"是班组安全工作的有力保障

山西天脊煤化工集团股份有限公司在班组安全建设中，推行了"教育推动、活动带动、激励调动"的"三动"并举方法，有力地保障了班组安全工作的顺利进行。

（1）教育推动　首先，狠抓了全员的安全统考教育。针对企业生产特点，公司安全主管部门有针对性地出题考试，包括安全技能、安全应急救援、安全思想意识等，使员工普遍接受了一次综合安全教育，以此来推动班组安全建设；其次，进行安全方案交底教育，对重大施工作业、重大检修作业、重大操作过程，必须制订详细的安全方案，在施工、作业或操作前进行安全交底教育，使每位参加者都明白危险性有多大，预防措施是什么，大家做到心中有数，安全工作自然得到保障；再次，狠抓专题安全讲座教育，按化工操作横大班排序，利用副班时间，组织进行"防火防爆"、"职业卫生"、"安全文化"、"安全道德"、"职业安全健康体系认证"等专题安全教育，旨在规范员工的安全行为，增强员工的安全意识，确保班组安全生产。

(2) 活动带动　一是开展了党员身边无事故活动。各班组的党员员工在工作中，胸前佩戴"我是党员"的标牌，处处起模范带头作用，处处做遵章守纪的表率；在党员的带领下，真正做到了身边无事故，过程无隐患；二是开展了"青安岗"活动。广大青年员工是班组安全生产的生力军，在青年员工所在的岗位开展"青年安全岗位"活动，把安全生产作为本岗位的主线，把保障安全作为本岗位的主责，把消灭事故、隐患作为本岗位的主体，创建"青安岗"活动出现了"比学赶帮超"的可喜局面；三是以"三大工程"活动来促进班组安全建设，这三大工程是：党委组织的"先锋号工程"、工会组织的"创业杯主人翁工程"、青年团组织的"青年号工程"。这"三大工程"的共同特点是以安全为基础，以"六包一保"为抓手（即党员干部包车间、包班组、包岗位，一般党员包重点、包难点、包关键，保企业生产经营和安全目标的全面实现），全面实现企业的安全生产目标。实践证明，活动带动使班组安全生产工作有声有色，蓬勃发展。

(3) 激励调动　第一，组织评选"安全明星班组"。集团公司制定评选标准，由各生产厂、车间组织评比，对全公司评选出的10个"安全明星班组"，上光荣榜、发荣誉证，电视台宣传先进事迹，另外给予丰厚的奖金，极大地激励和调动了班组创建安全明星的自觉性和积极性；第二，企业组织进行了大规模拉网式的"查隐患、查缺陷"活动，在这个"双查"活动中，进行了"双查明星"

的评选，在全公司325个班组中，经过筛选，共评出10名"双查明星"，给他们披红戴花，与劳动模范享受同等待遇，并组织他们外出参观学习和进行疗养，这种激励对劳动者是最好的安慰，对企业安全工作是最大的支持，对班组安全生产是最佳的诠释；第三，从关心员工生活入手来调动他们的安全生产积极性。如各班组的班组长们均把本班组员工的生日记录在案，每当员工生日时，总要在班组里举行一些庆祝活动，有的班组送给生日员工一本书或一支笔、一个笔记本，有的班组举行茶话会或歌会、座谈会，有的班组指出生日员工目前获得的成绩或存在的问题以及今后努力的方向。实践证明，激励调动使政通人和，员工在融洽的气氛中工作，为安全生产尽心尽力，充分感觉到安全是美好的、工作是享受的、人生是快乐的。

65. 增强班组成员安全工作合力的辩证法

企业安全生产工作要想取得成效，必须要建立健全安全管理组织、造就安全素质高的员工队伍和具备扎实的安全生产基础。安全管理组织、安全工作队伍、安全生产基础，这三者构成了企业安全工作的核心，健全组织，提高素质和夯实基础又必须从企业安全生产的最小单元——班组抓起。因为班组是企业安全生产的细胞，是把可能的安全生产力变成现实的安全生产力的直接实践者。因此，企业安全生产要想取得实效，把思维定位在充分调动班组成员的安全工作积极性上，用辩证法增强班组成员的安全工作合力，就能使企业的安全生产步入良性循环的轨道。

（1）把握共性与个性的统一，为班组成员形成安全合力奠定坚实的思想基础　企业的每一个班组，都是由若干成员组成的，要在安全工作中增强团结，每个成员尤其是班组长必须正确处理好个体与整体的关系。

首先，个体离开整体不可能立身成事。班组每个成员都是处在与其他成员的相互联系中工作、生活的，个体价值的实现离不开集体的环境、条件以及同志间、工友间的帮助与支持。任何个人，即使能力再强，在安全生产中，如果摆不正位置，自持高明，离开整体而独断专行，那就既不能成事，时间久了也难以立身。

其次，整体力量离不开个体能力的发挥。在企业安全工作的每一个班组中，即使某些个体安全素质不是很强，哪怕弱一些，但"只要团结一条心，黄土也能变成金"，"只要思想不滑坡，办法总比困难多"，大家一条心，没有克服不了的安全工作困难，攻克不了的安全工作难关。相反，班组成员个体安全素质虽然都很强，但如果不团结，相互扯皮搞内耗，互相推诿踢皮球，形不成安全工作合力，整体上也会变成一盘散沙。

再次，个体与整体同荣辱、共命运。团结奋进的安全生产格局，成功发展的安全工作事业，会使个体价值得到承认，形成安全生产的命运共同体。相反，彼此不负责任的内耗，只能使事业得到损失，个体的价值也无从得以体现。许多班组安全建设的经验教训反复证明，班组成员尤其是主要成员之间如果你争面子，我争面子，最后总会没有面子。而相互补台，则安全工作好戏连台。班组每位成员只要深深懂得并身体力行这个道理，才会给团结以坚实的思想基础，这样，班组才会有事业，安全才会有发展。

（2）把握矛盾主与次两个方面，班组长要做团结的模范　唯物辩证法告诉我们，在解决安全工作矛盾时，要善于抓住矛盾的主要方面，一个班组的班组长，由于个人的知识、阅历、经验、性格、位置的不同，在进行安全工作时，难免会产生一些矛盾。化解矛盾，增强团结，促使班组成员形成安全生产合力，作为班组长负有更为重要的责任。

① 要当班长不当家长。要在班组中树立平等、民主、集体观念，在讨论决定安全问题时，都要坚持民主集中制原则，虚心听取其他成员的意见，善于集中大家的智慧，在综合大家意见时，要高人一筹，不要高人一头，靠智慧、公平使人信服，不以权高、言重使人屈服。这样，才能在班组中形成人人敢于直抒己见的局面。

② 要豁达大度不鸡肠小肚。想安全问题，办安全事情，作安全决策，要站得高、看得远，结合企业的安全工作目标，度量要大，不要在细枝末节上争你高我低，要能容人容事，虚怀若谷，有将帅气度，这一点对班组安全管理意义重大。

③ 要当团结的黏合剂不当矛盾的催化剂。在一个班组中，成员之间不争执，不争功，不透过。安全生产中出现了差错，各自主动承担责任，发生矛盾后，要诚恳交谈，及时化解，多做自我批评，不能坐等他人赔礼道歉。班组是一个生产的集体，成员在一起相处要有一种亲切感、依赖感、安全感，这样就增强了安全工作的向心力和凝聚力。

（3）把握矛盾的基本属性，从团结的愿望出发，开展积极的思想斗争　同一性和斗争性是矛盾的基本属性，班组在完成企业安全生产过程中，一定是成员之间团结合作，才能取得成就，为此，必须把握好以下两个方面。

一方面，在开展安全思想斗争时必须以团结的愿望为前提。离开这个前提而热衷于斗争，只能使矛盾激化，影响和破坏团结。即使对在安全工作中有错误和缺点的人开展批评时，也要从善意出发，以诚相待，以事论事，不能以偏概全，过火偏激，伤害同志、工友的感情。

另一方面，在强调班组成员团结时，必须注重开展积极的思想斗争，反对不见原则的一团和气。开展积极的安全思想斗争，不能仅仅满足说教，还必须融入和贯穿在对班组成员多渠道的严格约束和管理监督中。这样，既能减少因个别成员的随意性引起的不协调，又能使每个成员按照自己在安全生产中的权力职责各司其职，在整个班组中形成既讲原则又讲团结，既讲纪律又讲友谊的良好风气。

总之，增强班组安全工作合力的辩证法很多，我们在进行班组安全工作时，要不断地总结，用辩证的方法、原理、理念去处理安全问题，解决安全矛盾，班组的安全生产工作就会更加完善，班组的安全发展就会顺利进行。

66. 班组安全工作抓落实的三个问题

解决班组安全问题的一个重要的内容就是求真务实、抓好落实。当前，班组在实际安全工作中，确有一些班组长不愿、不敢或不会在落实上动脑筋、下工夫、负责任。他们往往以会议落实会议，以文件落实文件；布置多，检查少；一般号召多，具体指导少；浮在班组多，深入岗位少。结果，表面上热热闹闹，实际上没有成效，甚至劳民伤财，导致形式主义、官僚主义蔓延滋生。因此，班组长要确保班组的安全生产，必须转变作风，狠抓落实、深入实际，调查研究，使落实真正落在实处。

（1）愿不愿抓落实是个态度问题　所谓态度，就是能否正确对待党和国家的安全生产方针，企业的安全生产决策能不能对职工群众的利益高度负责，并把对上负责和对下负责有机地结合起来。因此，态度问题实际上是安全思想认识问题。解决不愿意抓落实的根本途径就在于要切实加强安全理论学习，强化安全宗旨观念，提高安全素质和思想认识。一是要树立正确的安全生产世界观、人生观、价值观。二是要正确处理局部与整体、班组与车间及企业的利益关系，始终把个人服从班组、班组服从车间、车间服从企业放在安全生产工作的指导位置。只求暂时的局部的利益会搞乱大局，只有维护大局和整体利益，才能较好地实现局部和大局利益的和谐统一。三是树立强烈的安全事业心和安全责任感，克服不思进取、无所事事、得过且过的无为思想、懒惰习惯，能动地抓好落实。四是要正确处理眼前利益和长远利益的关系，克服名利思想和短期行为。从一定程度上讲，保持安全生产政策执行和安全工作连续性就是抓好了落实。

（2）敢不敢抓是个魄力问题　敢抓落实，要求班组长首先要有敢于拍板的魄力。要弄懂安全政策、解放安全思想、开启安全观念，在大是大非问题上目光敏锐、判断准确、果断决策，绝不能瞻前顾后、贻误良机。某项安全工作既以决断，就要大胆去干，就要干好。其次要有大胆负责的魄力。遇到安全问题和矛盾，要敢于牺牲局部利益、个人利益以及眼前利益；要以大局为重、以发展为重、以稳定为重、以最广大职工群众利益为重。再次要有造势聚力的魄力。团结全班组、凝聚合力、聚集体之力攻坚必定势如破竹。聚力的魄力来自班组长的作风过硬——说到做到、雷厉风行；来自班组长的率先垂范——要你做、我先做给你看。

来自班组长对局势的驾驭——力量摆布合理，好的态势大胆鼓动、因势利导、排除障碍，向既定安全生产目标积极推进。最后要有严格安全管理的魄力。没有规矩不成方圆，有令则行，有禁则止，去浊扫清。班组长要在严管中树立自己的"官威"。"官威"就是班组长的影响力、感召力和威慑力。"官威"的形成源于班组长的公正从政、依法从政和廉洁从政。

（3）会不会抓落实是个方法问题　抓落实既是一个安全工作作风问题，又是一个安全工作方法问题。"实干＋敢干＋技巧"会使落实工作加快进度、提高效率、保证质量、事半功倍。这"技巧"两个字就是方法，就是如何善于抓落实的问题。

寻找班组安全工作抓落实的方法。第一，要学会灵活运用马克思主义的辩证唯物主义方法论。唯物辩证法是科学的世界观和方法论，用联系的、发展的、辩证的观点来分析和解决安全问题是现代安全管理的思想理论武器。运用马克思主义的观点和方法，关键是安全理论联系安全实际，在实践中不断积累，最终形成班组自己的"安全方法库"，应用时信手拈来。第二，要注意研究和把握"两头"精神，找准抓落实的切入点。"两头"就是党和国家的安全生产方针政策和职工的安全生产愿望。领会"上头"安全生产精神是目的，就是要知道自己该干什么、干的目的，而不至于跑偏了道，脱离了方向；了解和掌握"下头"的安全需要、安全思想动态，就是要解决怎么干的问题。只有通过深入细致的安全工作调查研究，才能把"上头"与"下头"结合起来，才能善于发现安全问题，找准安全问题，从而针对这些安全问题用创造性的方法去抓落实。第三，要用超常规的思路思考安全问题、落实安全决策。不能机械地去落实，要跳出常规思路的圈子，解放思想，创造性地运用安全政策。只要有利于企业安全生产大局，有利于广大职工，就要大胆地去谋划，具体地抓落实。第四，要依法办事，善于运用法律手段推动安全工作。在眼下"老办法不能用，新办法不会用，硬办法不敢用，轻办法不管用"的情况下，拿起法律武器是必要之举，也是安全工作抓落实的必然途径。第五，要注意抓典型，靠典型去影响和推动安全工作。典型有正面和反面之分，正面的要大张旗鼓地宣传，真正起到示范推动作用，反面的要狠狠鞭挞，使人引以为戒。第六，要注意总结经验教训，摸索形成一套行之有效的科学的安全生产管理制度，靠制度来保障落实，一级抓一级，一层管一层、分工明确、各司其职、有赏有罚、纪律严明，靠机制来激发班组全员的安全生产积极性和安全工作创造力。同时，班组长要提高自身安全素质，提高安全理论水平，要扑下身子搞调研，密切与班组成员的感情，做好日常安全工作，为抓落实打好基础。

总之，班组安全工作抓落实，是解决安全问题的必由之路，也是班组安全工作的难题。愿不愿抓落实是个态度问题；敢不敢抓是个魄力问题；会不会抓落实是个方法问题。当破解了这个难题之后，班组的安全生产就顺理成章了。

67. 增强班组安全内聚力的思考

一个班组的安全生产内聚力主要包括：政治上的向心力、事业上的凝聚力和环境上的吸引力。增强这三个力并使之形成合力，关键在于人心。

（1）政治上的向心力　是指班组领导通过思想政治工作的导向作用，把人心紧紧地团结在一起，从而使领导和员工心往一处想、劲往一处使。政治上的向心力能够使员工心甘情愿地把心和班组的工作贴在一起。那么，班组长要营造班组政治上的向心力，应从何处抓起呢？

一是用小道理说明大道理。对员工只讲大道理、不讲小道理、只讲理论、不讲实际，员工不易接受，反而会认为领导者只会夸夸其谈、不办实事。反之，班组领导如能用小道理去说明大道理，往往能起到较好的效果。比如，要让员工关心班组，就要把个人与集体的关系、个人的前途和利益与集体发展的关系讲深讲透，使员工认识到"锅里有了碗里才会有"、"没有集体就没有个人"，如此，就能使员工从小道理中悟出大道理，从而把员工引导到热爱班组集体的轨道上来。

二是用班组领导的表率作用引导员工。班组领导的政策水平、理论水平、工作能力、思想作风和工作作风对员工有潜移默化的影响。班组领导的表率作用，不但是班组领导人格魅力的充分体现，而且对员工有着强烈的感染力和无声的号召力。

三是用班组领导良好的职业道德赢得员工的信赖。员工道德是班组领导素质结构的重要组成部分。班组领导公平、公正、公道地为员工办事，不弄虚作假、不任人唯亲、不感情用事，员工就会信任你、支持你，就会自觉自愿地跟随你，与你一道为班组安全建设出力。

（2）事业上的凝聚力　安全生产是企业班组的一项崇高的事业。事业上的凝聚力是指班组领导通过共同安全生产事业的纽带作用，把人心紧紧地凝聚在一起，使班组领导和员工为安全生产事业同奋斗、共进取。事业的成功是每个有识之士追求的目标。物质待遇本不优厚，但是也有发展，也会对员工产生凝聚力。

一是要积极塑造班组良好的外在形象。良好的外在形象不但能在感官上给人以舒服、愉快的感觉，而且还有催人奋进的作用。因为在条件优越、令人羡慕的环境中工作，员工的自豪感和荣誉感更易不被激发。

二是积极创造班组良好的内部环境。内部环境是班组员工干事创业的舞台。创造一个良好的安全工作环境，使员工在各自的工作岗位上充分发挥自己的聪明才智，能使员工感到本职工作有干头，也就能充分调动员工的安全生产积极性。

三是注意工作方法。班组的安全工作方法多种多样、千差万别，但善于做人的工作是班组安全生产工作的切入点，人常说"士为知己者死"。平时员工在安全工作中有了成绩，班组领导能及时给予肯定和表扬；员工在安全生产工作中有了问题，班组领导能够善意地帮助纠正和解决；员工在生活中有了困难，班组领导给予热情帮助，为其排忧解难。能做到这些，就能缩短班组领导与员工之间的距离，使员工感到班组领导可亲、可信、可敬、可靠，从而使员工的心，班组领导的心紧密地贴在一起，真正把员工的心凝聚起来。

（3）环境上的吸引力　环境上的吸引力是班组领导通过环境的物化作用，把员工紧紧地吸引在班组的周围，一个班组安全工作环境的吸引力强，就可以做到没有人可以吸引人，有了人可以凝聚人，并能达到人心稳、事业成的目的。

一是要处理好精神与物质的辩证关系。一般情况下，如果班组在政治上的向心力和事业上的凝聚力较强，物质基础短期不足时，精神可以变物质，同样可以把员工引导到班组的周围。反之，精神因素不足，但物质条件优厚，物质也同样可以在一定情况下变精神。总之，精神因素与物质因素俱全是最理想的状态；两者具其一，也能暂时把人心稳住，两者全无，人心就会浮动。

二是处理好重点工作和一般工作的关系。劳动保护用品、生产安全装置、工艺过程的本质安全度是营造安全环境、稳定人心的大事。班组领导应想方设法认真研究加以解决。但是每人每天开门七件事，看起来都是生活中无关紧要的小事，但处理不好，久而久之也同样会影响人心的稳定。

三是处理好突击性与经常性的关系。对于面宽、问题多、比较复杂而又影响比较大的安全生产工作，应集中人、财、物进行突击性解决；对于经常性、服务性的工作，应随叫随到、随时随地服务到位。因此，要用周到的服务营造环境，赢得班组成员的安宁，从而把班组成员吸引在班组周围。

一个班组的内聚力如何，关系到一个班组的人才流向和人心向背，关系到班组的安全健康发展。只有按照科学发展观重要理念的要求，与时俱进，认真抓好班组内环境建设，增强内聚力，才能稳定人心，做好班组安全生产工作，开创班组安全生产新局面。为企业转型发展、绿色发展、安全发展提供基础保障。

68. 安全先进典型班组在企业安全工作中的运用

典型，从哲学意义上看，它代表一般、反映一般，又高于一般。抓典型是一种常用的、有效的工作方法。典型抓好了，就能够起到"点亮一盏灯照亮一大片"的作用。企业在安全生产工作中有了典型，企业广大员工就有了学习的榜样，就有了奋斗的目标，就有了精神的动力。班组安全工作事关班组、车间、企业整体安全的发展和建设。它涉及面广、业务量大、工作内容多、要求标准高。只有善于运用抓典型班组的安全工作方法，树立和培养班组安全建设典型，抓点带面，带动企业安全生产工作整体上水平，才能取得事半功倍的效果，促进企业转型发展、绿色发展、低碳发展、安全发展。

(1) 独具慧眼，发现典型　典型犹如深埋在深山中的宝藏，需要我们去发掘；又如隐匿在河畔中的珍珠，需要我们去甄别。在企业中安全生产搞得好的典型班组很多，关键是我们能够抱着对企业安全生产事业高度负责的态度去发现典型，总结先进典型的经验。在一个大型企业集团中，班组工作千差万别，安全先进典型班组也各具特色。安全先进典型班组的产生也不是一蹴而就的，它必然经历一个逐步发展的过程，起初只是新观念、新方法、新事物、新发展的萌芽，不注意是发现不了的。发现安全先进典型班组需要投入足够的时间和精力，需要用全新的观念和眼光。近年来，山西天脊煤化工集团股份有限公司，在安全生产系统中，在"百日安全无事故"活动中，在"双查一整改"过程中先后发现和树立了热动厂锅炉车间运行一班。他们十几年如一日，精心操作，使安全连运水平超过国内同类电厂的水平。合成氨厂造气车间化工一班，他们在安全生产中，认真巡检，曾先后发现 1# 、3# 气化炉冲压管线堵，严重影响气化炉安全运行，组织人员及时疏通，避免了事故发生。曾在现场隐患排查中。发现 2# 气化炉煤锁下阀油罐掉，及时进行处理，避免了停炉事故。仪表厂维修车间气化班把安全生产当作班组的头等大事，在安全检查中发现 Y/V1802PCL 控制柜红灯亮，底板出现故障，及时汇报并更换底板，避免了全系统停车事故。曾在安全大检查中 Y/V1802spec 失电，如不及时处理又会造成全系统停车，因为这个大机组是氧压机，是给气化炉送氧气的，没有氧气，气化炉就停车，气化炉停车就意味着没有原料气。电气厂维修二车间矿粉电工班及早编制好年度检修任务书，针对年长日久电气设备老化的特点，实行重点监控、重点检修，保证了电气设备的完好率，实现了电气设备的安全运行。这些安全先进典型班组的发现，并经过他们典型经验的介绍，推动了整个公司班组安全建设的深入开展。

（2）多方扶持，培育典型 先进典型代表着新事物的发展方向，但又不可能尽善尽美，因而需要关心、帮助、扶持和引导，而不是求全责备、吹毛求疵。培育安全先进典型班组是一个复杂的、循序渐进的过程。在培育过程中，要把一般号召和个别指导结合起来，具体问题具体分析。如对热动厂锅炉车间运行一班的培育，企业十分重视对这个安全先进班组进行再教育和再提高，使他们成为真正意义上的安全先进典型，通过有效的安全教育培训、事故案例剖析、先进操作方法优化，终成正果，荣获了全国总工会颁发的"五一劳动奖状"。这个安全先进典型班组的培育，是极有说服力的典型，起到了较好的示范带动作用。

（3）广泛宣传，推广典型 树立典型的目的是为了充分发挥典型的示范带动作用。要充分发挥典型的示范带动作用，就必须推广典型，让典型走下"神坛"、走进生活、贴近员工，用典型这个"点"创造的安全生产经验指导、推动"面"上的工作。在企业安全生产工作中，企业树立了热动厂锅炉车间运行一班，通过在全公司大张旗鼓地开展向他们学习的活动，邀请公司安全监理部门、机动管理部门、生产管理部门、企业管理部门为他们把脉会诊、出谋划策、建言献策，使他们这个安全先进典型班组真正成了全公司班组安全建设的亮点，成为各班组学习的样板和目标。

总之，抓好安全先进典型班组，对全面改进企业的安全生产工作，提高企业员工的安全生产责任心有重要的推动作用，对企业在新形势下改进安全工作方法，勇于开拓创新，全面实现安全生产的目标有重要启迪。在新的形势下，企业要进一步深入实际、深入班组、深入岗位，发现新的安全问题，研究新的安全情况，抓好新的安全典型。

69. 慎重对待成员的安全执行"变异"

安全工作中执行"变异"，是指班组成员在干安全工作的某项事情时，没有按照或没有完全按照要求的部署计划去做，其结果或殊途同归，或使安全决策变了味、走了样。一般在安全生产工作中，都会遇到类似的情况，但不同的是班组领导对此却有不同的认识，会采取不同的态度。那么，怎样才是正确的、恰当的处理方法呢？

（1）正确认识是前提 班组成员在执行班组安全决策的过程中发生"变异"的情况是正常的，关键是看变异的程度和结果。有些班组领导在对成员的行为缺乏分析的情况下，会一味地感到不解、烦恼，甚至大为光火，这是因为他们对自己的安全决策缺乏应有的科学认识。班组和班组领导的安全决策并不是绝对的正确、绝对的真理、绝对的权威，必然会受到安全决策的时间、地点、环境以及决策者看待安全问题的态度、角度和分析判断安全问题的能力等主客观因素的影响。如果班组成员把班组领导的安全决策部署作为"圣旨"或不可更改的"命令"，不对具体情况具体分析、具体对待，机械地、毫不走样地执行的话，不仅不一定能够达到班组领导所希望的效果，而且可能使安全决策很难执行下去。因此，面对班组成员的执行"变异"，班组领导不必大惊小怪甚至恼羞成怒，而要冷静思考、泰然处之。当然，并非说班组成员对班组领导的安全决策可以随意更改、擅自"变异"，甚至拒不执行，必须尊重和维护班组安全决策的权威性、严肃性，在根据实际情况对班组领导安全决策作出适当变通后，要及时向班组领导汇报，争取班组领导的理解和支持。

（2）深刻分析是基础 要正确对待和处理班组成员的执行"变异"，就要对"变异"产生的原因、执行者的情况、"变异"的后果等进行深入的分析。"变异"不外乎两种情况，即主观原因引起的"变异"和客观原因引起的"变异"。前者是指执行者处于对班组领导安全决策部署的不同认识、存在的不满情绪而形成的一种主观故意的"变异"；后者是指执行者在执行过程中因遇到意外的客观原因，而不得不对班组领导的安全决策部署进行一定的更改、变通，以使安全决策部署能够顺利执行下去。从"变异"的结果看，还存在优化"变异"和错误"变异"的问题。前者是指执行者出于对安全生产的负责心理，发挥主观能动作用，具体情况具体分析、具体问题具体对待，因时因地制宜地进行的主动性、创造性安全实践，使原来的安全决策部署更加科学合理、效果更好，对这种"变异"要积极提倡、大力支持。后者则是由于执行者能力有限或因主观故意而导致执行"变异"，以致造成不良后果，对执行者的这种行为应加以制止、批评教育甚至惩戒。

（3）慎重对待是关键　成员执行"变异"问题比较复杂、敏感，尤其是故意错误的"变异"更是如此。若处理不当很容易加剧上下级之间的矛盾，危害班组安全生产工作，于人、于己、于公、于私都不利。因此，在班组成员出现执行"变异"时，首先要本着"智者千虑，必有一失"的思想和"有则改之，无则加勉"的态度，认真冷静地审视、检查自己做出的安全决策有没有不正确、不科学、不便于操作的地方，如确实有，就要从有利于班组安全工作大局出发，抛弃过分要面子、要威风的不良作风，及时作出调整，必要时应作出解释，并恰到好处地对成员的做法给予肯定和鼓励，消除成员的担心和不安，赢得成员的理解和赞同。对那些故意歪曲或变相对抗班组领导正确安全决策的行为，要给予严厉的批评甚至必要的惩罚，但也要注意把握好批评处理的度，给成员留"半个面子"。要着重向成员指出那样做的错误和危害，就事论事，而不要一针见血地把成员的内心世界揭露出来，这样既能维护班组领导安全决策的权威性、严肃性，又能给成员一个改正错误、完善自我的机会。如此，只要是明白事理、有一定安全素养的成员，就会乐于承认错误、改正错误，增强自省、自重、自警、自励意识，也会对班组领导平添几分尊重与敬佩。对那些因对班组领导的安全要求理解不透、把握不准而造成的执行"变异"的处理，要分两步走：第一步是询问成员对班组领导的安全决策的理解情况，弄清楚是自己交代不清楚还是成员的理解能力出了问题；第二步是采取补救措施，把安全决策的目的要求、注意事项尽可能地讲到位，便于成员执行。需要注意的是，对因班组领导交代不清而导致的成员之间"变异"要勇于承认，不能把责任推给成员，更不能拿成员当出气筒；如果确属成员的差错，也不宜过于严厉地批评指责，把成员说的一无是处，而要态度诚恳、语言平和，先肯定其好的地方，如安全工作积极性高、认真负责精神强等，再指出其错在哪里、应该怎么办、不能怎么办等，绝不能一棍子把成员打蒙，使其对自己的安全工作能力、水平乃至前途丧失信心，从此一蹶不振。

（4）科学安全决策是根本　要使班组成员少发生执行"变异"问题，根本的还是要提高班组领导的安全决策水平，避免外行领导内行，避免"拍脑袋安全决策"。要切实做到四点：一是加强学习，提高自身综合安全素质；二是注重调研，全面准确地掌握安全信息；三是发扬民主，群策群力；四是实事求是，不断修正完善安全决策。班组里的安全决策都不可能一下子就做到十全十美，尤其是那些事关企业安全发展大局和班组长远利益的重要安全决策，更要在实施过程中不断修改完善，要鼓励和支持成员发挥主观能动作用，创造性地执行班组领导的安全决策。

70. 群体动力理论在班组安全管理中的应用

安全是企业生产经营的头等大事，安全对生产起着保证、支撑和推动作用。大量的事故案例分析表明，90％以上的事故发生在班组，而80％以上的事故是由于班组员工的"三违"（违章指挥、违章作业、违反劳动纪律）和设备隐患未能及时发现和消除以及人的不安全行为引起的。究其原因，主要是由于班组员工自身没有从思想深处认识到安全生产的重要性，被动地对待安全生产工作，对班组进行的安全教育活动，仍然停留在"你教我念"的传统形式上，效果十分不明显。

(1) 群体动力对个体安全行为的作用　企业员工的安全行为主要是在生产过程的群体中发生的，必然会受到其所在群体的群体行为和群体动力的制约和影响。群体动力对个体的安全行为有如下的作用。

① 当个人在群体中工作或有他人在场时，个体行为效率和安全行为的程度比单独活动时高，我们把这种现象称之为社会助长作用。

② 由于群体规范的导向作用，使其存在不安全行为的班组员工回到正确的安全行为的规范准则上来，按照行为规范进行安全生产，这种现象我们称之为安全行为标准化倾向。在安全生产中，群体行为规范有两种：一是由组织明文规定的安全行为规范；二是非正式的、由成员在安全工作实践中自然形成的安全行为规范，多表现为不安全的行为规范，如习惯性违章操作等行为。

③ 群体压力和从众行为对班组安全管理有双重作用，利用得当可产生积极作用。在班组生产中，当群体规范与班组安全生产目标一致时，群体活动的安全状况就比个体活动强，这就是群体支持作用。但在某些情况下，如果不能辩证处理安全与生产的关系，将片面追求生产效益作为群体的主要目标，可能使群体失去"安全第一，预防为主，综合治理"的原则，这是群体支持的不利状况。

(2) 群体动力理论应用实践　班组安全目标及个人的需要，不仅要通过个人努力，而且要通过群体的整体作用的发挥，才能得以满足和实现。那么，如何有效地运用群体动力理论进行班组安全生产管理呢？笔者认为应从以下几个方面入手。

① 建立良好的群体安全意识。现代企业安全管理由对人的管理转变为激发人参与管理，要善于倾听员工的不同意见，鼓励群体成员参与安全决策，通过群体安全决策，真正实现员工由"要我安全"向"我要安全"的安全意识转变。通过群体内民主评议，对安全工作献计献策，提合理化建议等活动，来激励群体成员的安全意识，采取各种手段强化"安全第一，预防为主，综合治理"的思

想，树立良好的安全生产群体观念。班组可利用一系列的安全活动来强化群体安全意识。如开展安全征文、安全文艺节目演出、安全宣传板报、安全生产展览走廊、编印下发事故汇编、进行事故应急演练等多种形式，对员工进行安全教育。同时定期召开员工家属座谈会，利用"互保"、"联保"对"三违"人员实行亲情帮教，使安全教育广播里有声、电视上有影、会议中有题。人人讲安全、人人保安全。

② 建立良好的群体规范，发挥其对群体成员的约束和激励作用。群体规范是群体所确立的行为标准，这些标准为群体中的每个成员所接受并且遵循它们。有的是正式规定的，如安全法律法规、安全规章制度、安全标准规范等，但大部分规范是自发形成、约定俗成的。如安全文化、班组风俗、班组时尚、安全舆论等。它们潜移默化地影响着群体成员的行为和人格变化的发展，对成员的行为有导向作用。群体行为是受群体规范制约的，班组应把各项安全生产规章制度以及生产现场"5S"管理结合起来，融于群体行为规范之中，使之成为群体规范的一个重要组成部分，充分发挥群体规范对群体成员的约束和激励作用。

③ 提高群体内聚力，增强群体成员的团结协作精神。根据三隅二不二的研究发现，在运用群体动力学预防事故时，仅仅单纯开展以群体决策为中心的小群体活动是不能取得很好效果的。这是因为引进群体决策法时，具有高度成熟性的工作场所群体是至关重要的。如果工作场所群体的人际关系紧张，工作士气低、协作性差，安全小群体活动就不能发挥有效的作用。这就涉及群体内聚力的问题。群体内聚力是实现群体功能达到群体目标的重要条件，群体内聚力高，其成员关系融洽、团结协作，能较顺利完成组织的安全生产任务；反之，成员之间关系紧张，相互摩擦，不利于组织任务的完成。

班组安全工作是人人有责，彼此密切相关的利益共同体。只有整个群体团结协作，安全工作才能顺利展开。反之就会困难重重。如班组开展的"我不伤害自己，我不伤害他人，我不被他人伤害，我保护他人不被伤害"四不伤害活动，就明确表达了群体中各个成员之间的密切联系，没有团结协作的精神，四不伤害是不可能做到的。当前，企业班组推行的安全文化建设手段，如"三群"（群策、群力、群管）对策，班组建小家、绿色工位建设、安全标准化班组建设等，其目的就是为了增强群体的凝聚力和战斗力，一些班组把班组中的正式群体与非正式群体的安全生产作用结合起来，采取劳动优化组合的形式，把非正式群体转化为正式群体，实行"将点兵、兵择将"的自由组合，由于这些人感情、志趣相投，价值观念一致，有利于增强群体凝聚力和向心力，对班组安全生产非常有利。

④ 优化班组内部人际关系，创造良好的群体环境。人际关系影响群体内聚力以及员工的身心健康，良好的人际关系是协调安全生产及其他各项工作的重要基础，是实现安全生产、文明生产、创优生产的重要条件。通过调查发现在班组，人际关系协调、分工合作责任明确、相互关心相互帮助的生产群体很少发生事故，反之事故则频繁发生，生产任务肯定完不成。因此，在班组内部，群体与群体之间、群体各成员之间、上下级之间，应增强相互交往。促使其形成团结、友爱、互助、合作、和谐、共赢的人际关系，创造良好的群体环境。这样就能使群体成员心情舒畅地工作，顺利开展各项安全工作，减少因人际关系紧张而造成的思想压力和心理障碍，提高工作效率。防止事故发生。

⑤ 善于利用从众心理，协调群体成员的安全行为。从个人角度看，一个人只有在更多的方面与社会的主导倾向取得一致，他才能够适应其赖以生存的社会，否则他将困难重重、举步维艰。群体成员的行为通常具有跟从群体的倾向，当他发现自己的行为与群体不相一致时，就会感到心里紧张，从而产生从众心理，促使自己与其他成员保持一致。这种从众心理的前提是实际存在的群体压力，它不同于权威命令，不具有直接的强制性，但它是群体特有的，是一种群体舆论和气氛，它对个体心理上的影响有时比权威命令还要大，很大程度上会影响着人们的安全意识和安全行为的导向。因

此，在班组安全管理中，应重视群体压力和从众现象，善于利用从众心理的积极作用，如通过班前会、班后会，统一大家的安全思想，就是利用从众心理的积极作用，对群体成员的不安全行为，给予适当的压力是十分必要的，但也要避免盲目从众。

⑥ 充分发挥非正式群体的积极作用，限制其消极作用。在班组内部往往存在着非正式群体（如老乡、同学、战友、爱好相同者、亲属等）。非正式群体具有很强的凝聚力、浓厚的群体意识、有自然形成的核心人物、信息沟通灵敏和群体效率高等特点。它对班组安全生产及个人的安全行为，既可起到积极作用，也可起到消极作用。关键取决于非正式群体活动能否为达成正式群体活动的安全生产目标服务。对于班组安全管理者来说，首先，要认识到非正式群体总是存在的。其次，非正式群体与正式群体之间不一定是矛盾的，处理得好有利于正式群体的建设。再次，非正式群体对人的影响是很大的，甚至超过正式群体。因此，在班组安全工作中，对其非正式群体应特别重视，正确分析其双向作用，加强与非正式群体感情上的交流与沟通，纠正其错误的行为规范，积极引导他们向安全方向发展，因势利导，把非正式群体的活动，引导到正式群体安全生产目标服务的轨道上来，充分发挥其安全生产方面的积极作用，限制其消极作用。为班组营造良好的安全文化氛围创造条件。

总之，班组成员的安全行为，主要是在生产过程的群体中发生的，员工个体的安全行为必然要受到其所在群体的群体行为和群体动力的制约和影响。班组安全管理工作要想从传统的经验型向现代的科学型转变，需要认真研究班组生产中群体对成员个人安全行为产生的各种作用，仔细分析群体动力对员工安全行为的影响，为认真落实科学发展观，促进班组安全发展探索一些有意的方法。

71. 问题管理及其在班组安全工作中的应用

问题管理就是从当前现实的问题切入，通过查找问题、解决问题、预防问题，实现螺旋式上升或跨越式发展的一种管理理念。问题管理简单地说就是对问题进行管理。这是一种最普遍、最朴实、最现实、最实用的方法论。当前在企业实行的应急管理、危机管理等都属于问题管理的范畴。对班组日常安全工作中存在的问题同样需要进行管理。在班组安全工作中要不断增强问题意识，逐步养成管理问题的习惯，如此，才能使班组安全问题不发生、少发生、不重复发生。

（1）认识安全问题　打开安全思想"开关"　班组安全工作中认识不到安全问题是安全思想问题。思想是行动的总"开关"。班组安全工作中会遇到各式各样的问题，难的易的、发现的未发现的、已预防的未预防的、自己能解决的需要别人帮助解决的等。这就需要对问题的特性有一个全面的了解，这样才能有效增强安全问题管理意识。

① 断臂美学——问题总是存在的。维纳斯很美，但有断臂之憾。再完美也有不足。在班组安全工作中，不要满足或沾沾自喜于已有的成绩。安全工作再完美，与员工的要求、与领导的期望对比，总是有差距的。

② 链条理论——问题会因小失大。链条能够承受的拉力不是由最强的而是由最弱的环节决定的。蚁穴可以溃坝，细节决定成败。在班组安全工作中需要关注和提升的不是个人的强项，而应是自己最弱的方面。

③ 青蛙效应——问题会因小变大。沸水煮蛙，青蛙定会跳出，温水慢煮，水沸而蛙不觉。班组安全工作中遇到的问题往往在我们浑然不觉中膨胀，由量变到质变。蔡桓工有疾，扁鹊三次提醒，他都置之不理，最后病入膏肓，无医能治。历史的经验值得注意，前车之鉴是后事之师。

④ 破窗理论——问题会由少变多。环境可以产生强烈的暗示和诱导作用。一个人打碎一块玻璃，若得不到及时制止和修补，就会有更多块玻璃被打碎。在班组安全工作中，安全问题也有马太效应，若不及时解决，将会接二连三出现安全问题，使我们顾此失彼、应接不暇。

⑤ 门窗定律——办法总比问题多。即使上帝关上了所有的门，也会为你留一扇窗。在班组安全工作中，当安全问题产生的时候，也就同时产生了解决问题的办法。"只要思想不滑坡，办法总比问题多"，只要我们用心去发现，用心去思考，就容易找到解决安全问题的有效方法。

（2）发现安全问题　练就一双"慧眼"　看不出问题是最大的问题。在班组安全工作中缺乏的往往不是解决问题的方法，而是发现问题的慧眼。看不到的问题一般不外乎两种，一种是被忽略的，另一种是潜在的。因此，要发现安全问题，就必须练就一双"慧眼"，既要看到安全问题，又要看透安全问题。

① 提高敏锐性，看到容易被忽略的安全问题。这是对班组每位员工安全素质的要求。要看到安全问题，需做到"三强"，一是上进心要强。只有追求上进，才能不断自我加压，才能高标准、严要求，永不满足。二是责任心要强。不漂浮不虚夸，认真负责，才能正视差距，发现不足。三是自尊心要强。唯有自尊，对自身的不足才不会司空见惯、麻木不仁，才不会把批评当耳旁风，把标准要求当儿戏。

② 提高洞察力，找到潜在的安全问题。这是对班组每位员工的安全专业素质的要求。潜在的安全问题就是潜在的隐患，必须不断强化安全业务技能，增强安全工作的预见性和前瞻性，以便尽早发现安全问题。一是注意分析。可采取以下几种方法：观察法，随时随地留心，望闻问切，小中见大；计算法，数据分析，打分评估，模拟量化，做到心中有数；比较法，对照安全标准，明确差距；期望法，列出安全问题，找出工作困难。二是精于查找。细化安全工作，明确安全标准，自我反思，早列标准晚查不足，日日找；盯着安全问题多发区，高度戒备，预见苗头，全程跟踪，重点找；敏感敏锐，小题大做，听风是雨，随时找；举一反三，由一点想一面，由一个想一串，同类找；今天的安全问题从昨天找起，下游的安全问题从上游找起；外部的安全问题从内部找起，工作的安全问题从自身找起，由表及里，系统找。三是善于用几种方法。比

照法。可采用照镜法，以他人为镜，倾听意见；建议法，围绕一事一物，多方征询意见；对比法，让他人来做，找出差异；反思法，对照领导批评和要求，反思安全问题和不足。

（3）解决安全问题　找到过河的桥和船　解决不了安全问题是素质问题。方法比努力更重要。对于已经发现或面临的安全问题，关键的关键是要有解决的思路和方法。

①区分三类安全问题。班组安全工作中所遇到的安全问题无非有这么三种。一是曾经遇到过，当前又重复发生的老安全问题。老的解决方法当然还要用，但要与积累的安全经验和教训结合，与当前的形势变化结合，使老方法扬长避短。二是自己未曾遇到过但别人遇到过的安全问题。对这类安全问题，要善于拿别人的方法来用，但要结合实际，可模仿、学习、借鉴他人或书本中的方法来解决安全问题。三是自己未遇到过又无从借鉴的新问题。由于缺少先例，更富有挑战性，更需要想象力和创造力。对这类安全问题要深入分析，采用循环策略。经过反复尝试，逐步形成一些解决方法，并择优实施。

②把握四对关系。俗话说"千难万难，方法对头就不难"。班组安全工作方法要对头必须注意四对关系。一是轻与重的关系。轻与重，也就是重点与非重点的关系。班组安全工作既要突出重点，重点工作重点抓，又要照顾非重点，不忽视非重点。非重点要服从重点的需要，解决重点安全问题也要有利于非重点安全问题的解决。二是缓与急的关系。缓与急，不仅指安全问题的态势，而且指处理安全问题时应有的态度和速度。急是缓的不良积累，是因缓而生；缓是急的延伸，是应急的暂时结果。要把着重点放在"急"字上，先求急变缓，成功应急，再求满意善后，纳入常规。三是紧与松的关系。班组安全工作中，不能因强调一件事的紧迫性而牺牲另一件事的重要性。要着眼于重要性，着手于紧迫性。紧急又重要的优先、紧急不重要的次之、不紧急重要的随后、不紧急又不重要的最后。换言之，紧迫性在一定意义上是非常要紧的，在时间要求上是首先要解决的。四是繁与简的关系。班组安全工作中繁与简是

辩证统一的。繁杂的安全问题要分解成一个个小安全问题，细化成小项目，才有地方下手，解决起来才有效；简单的安全问题要考虑精细和周全一点，才能避免失去与遗漏。磨刀不误砍柴工，有备而来，复杂安全问题也会变得简单；坐等安全问题上门，被动应付，左支右绌，简单的安全问题也会复杂化。

③ 坚持五个步骤。在班组安全工作中，无论是老问题还是新问题，解决问题的过程都必须依照一定的步骤和程序。一是确认问题。了解安全问题的影响、发展阶段等特性，明确其是否属于安全问题。二是分析问题。收集安全问题方方面面的信息，查找安全问题的成因及其影响因素，为解决安全问题积累素材依据。三是制定多个解决方法。特别是对新的安全问题，要综合各方面因素，提出多个解决方案。四是评估选择方案。对已提交的各种解决安全问题的方式方法要进行比较，优中选优。五是实施中及时修正。在解决安全问题过程中，要根据安全问题的变化及解决效果跟踪完善解决方法。

（4）预防安全问题：从"亡羊补牢"到"曲突徙薪" 在班组安全工作中，安全问题重复出现是作风问题。解决安全问题的最好方法是不让问题发生。为防患于未然，避免"丢羊"，我们可以在羊有可能逃离篱笆前就将篱笆扎牢，或在羊逃离篱笆时将羊赶回篱笆，甚至在羊逃离篱笆之后，将已松动的篱笆扎紧。不让其他羊再逃出篱笆。除"亡羊补牢"外，还有一句"曲突徙薪"的成语，说的是一家厨房上的烟囱是直的，旁边又有木材。有人提醒主人把烟囱改成弯曲的，移走木材，主人不以为然，结果真的发生了火灾。后人常用"曲突徙薪"比喻预先采取措施，防止祸患发生。这就告诉我们，要变被动解决安全问题为主动预防安全问题。

① 事前预防、居安思危、做好预案。如果"烟囱安装"有明确的作业指导书，建造时按照标准将其做成弯的，让没有燃尽熄灭的星星之火飞不出烟囱，这样肯定能避免后来的火灾。凡事预则立，不预则废。班组任何安全工作前都要做好详尽的预案，预见并采取措施，防范问题的发生。日常安全工作中的标准化作业及应急

预案等是未雨绸缪的具体体现。这是班组安全问题管理的有效途径和最高层次。

② 事中控制、关口前移、分级预警。如果听人建议，将烟囱改成弯的，再搬走柴草，同样可以避免火灾。尽早发现潜在的危险，堵住可能溃堤的"蚁穴"，防止其由小变大，将安全问题解决在初期，是班组解决安全问题的一个捷径。如对于产品的安全问题，如在生产前发现，损失 1 万元；而在生产过程中发现，则会损失 10 万元；在投放市场后才发现，则会损失 100 万元。随着安全问题发现时间的拖延，损失是在成几何倍数增长。因此，班组安全工作必须防微杜渐，由一点想一串，对安全问题前头建立预警机制，防止安全问题变大升级，努力将安全问题解决在萌芽状态。

③ 事后回馈、查缺补漏、举一反三。在"曲突徙薪"的故事中，还说到火灾后主人专门设宴感谢救火的邻居，却没有请当初提醒他的人。其实更应该做的是总结火灾的教训：为什么不把烟囱做成弯的，为什么不把柴草移走，为什么听不进建议？其实在班组安全工作中对任何安全问题，当事人事后不仅应举一反三，总结经验和不足，标注注意事项，而且闻者和吃者也应把别人的安全问题当成自己的安全问题来对待，进行认真总结。这样才能真正从中得到提高和借鉴。唯有如此，才能用解决安全问题的经验和教训指导今后的安全工作，使班组安全工作方法得到不断完善和提高，才能在应急预案中防范类似安全问题，且当类似安全问题出现时，才能有正确的应对策略。

　　a. 基础工作是班组安全工作的基石。

　　b. 岗位安全责任制是班组安全之魂。

　　c. 班组安全管理的重点在生产现场。

　　d. 班组安全工作重在抓落实。

　　e. 班组安全也要筑牢第二道防线。

　　f. 抓典型是班组安全工作的常用之法。

　　g. 群体动力理论在班组安全工作中很实用。

　　h. 问题管理是班组安全工作的重要方法。

第三章　班组安全生产激励

班组安全生产激励的首要源泉是安全工作目标，前提是告诉员工要做什么以及需要做出多大的努力。在制定班组安全工作目标时，恰当的目标是有诱惑力的，最好是"跳起来能摘到桃子"。也就是说，班组安全工作目标的难度要合理，虽然现代企业员工喜欢接受挑战，但由于严重超越自己的能力和客观环境条件的限制，完成目标的概率较低。

通过班组安全生产激励的方法，起到鼓舞士气，提升信心，达到安全期望值的作用。班组安全生产激励是个理论性和实践性都比较强的领导科学过程。激励有正激励和负激励。不管使用哪种激励方法，其目的是一样的，都是为了把班组的安全生产搞好，都是为了凝聚班组员工的安全工作激情，最终达到安全生产。

本章给出了 12 个方法。其目的是供班组长在安全工作中参考，并在运用中不断完善，开创班组安全生产激励的新理论、新方法、见到新成效。

72. 班组长要善于用安全责任激励

在班组安全工作中使用的激励方法很多，然而就保证安全生产目标的实现而言，安全责任激励更能激发班组成员的安全工作热情。班组长赋予成员的安全责任，检查成员安全责任落实和追究成员安全责任的过程中，如果方法恰当，会产生意想不到的安全激励效果。

（1）善于赋予安全责任　实施安全责任激励的起点是赋予成员安全责任。把安全生产责任交给谁？何时给？怎样给？这三个层面，层层都有激励点。

① 明确安全责任的具体事项，认真说清安全责任。在班组中，

每一个岗位的安全责任都是具体的。作为班组长，在赋予下属安全责任的时候，一定要说清责任。许多班组长在这个工作层面上存在认识误区，以为下属应该知道安全责任内容而不去强调。由此，既造成下属安全责任界限不清，也使授予和接受安全责任的过程显得轻描淡写，缺乏庄重感，从而使安全激励效果大大减弱。班组安全责任包含两个层次，并由此产生相应的激励点：第一，把下属分内应做的安全工作尽可能地说清说细。表述这些具体安全责任要求时，一定要伴之以对下属具体安全工作能力的肯定，这样会增添下属履行安全责任的自信，从而使其鼓足安全工作勇气；第二，要说明下属做不到应做之事时所要承担的过失责任和对其追究的形式。这些会给下属一定的压力，使其产生相应安全责任的危机意识，从而增强自己的安全工作责任感。

② 激发责任人的安全工作上进心，适当提升安全责任。如果说赋予安全责任和说清安全责任能对下属产生较高激励作用的话，那么班组长在交代安全责任的过程中善于运用语言艺术，适当地提升安全责任，则会增强安全激励效果，这也是衡量班组长是否善于运用安全责任激励的重要标准。第一，从谈话语气上提升责任，即放慢说话的速度，语气要气平声沉，以增加说话的严肃性，使对方感受到你言之重要，从而认真掂量其所担责任之分量。第二，从理性分析上提升安全责任，即深刻阐述下属所负安全责任对全局的影响，对班组发展的作用和意义，让下属产生被信任和被器重之感。信任是对人的价值的一种肯定，信任也是一种奖赏。下属在受到安全工作信任后，便会产生荣誉感、激发责任感、增强事业感，从而激发更大的安全工作积极性。

(2) 善于检查安全责任　赋予下属安全责任之后，要有步骤、有目的地检查安全责任的执行情况，使检查的过程成为再次安全激发的过程。主要应从以下三个角度对下属进行安全激励。

① 到岗之前要态度。在下属执行安全生产任务之前，作为班组长必须要求下属对其所负安全工作的责任作明确表态，并对表态的内容作如下的引导：你愿不愿意承担这个安全任务？为什么愿

意？你所负的这个安全工作责任的意义是什么？你准备如何负好这个安全责任？通过这种面对面的表态，对班组长而言，一方面可以了解下属对安全责任的理解程度，承担该安全责任的真实态度，基本的安全工作部署和思路，如发现有不当之处，可以及时作进一步的引导（激励），使之走上正确的轨道；另一方面为班组长将来检查下属的安全责任执行情况做了一定的思想准备。对下属而言，一方面，表态本身就是一种安全承诺，更是一种誓言。言必信，行必果。这种安全承诺和誓言对责任者是一种巨大的安全自我激励，而下属的这种积极的姿态，就使他有更大的可能点燃执行好安全工作任务之初那三把火。

② 岗位之中要进度。在下属进入安全责任状态之后，班组长要告诉其安全责任检查的日期和安全责任检查的内容，并如期及时地对下属进行安全责任执行情况的检查。"岗位之中要进度"的检查，对下属而言具有两个安全激励作用：意识产生超前压力，当下属以一种随时接受检查的心态进行安全工作时，紧迫感和责任感会使其时时处于激奋的状态，奇迹有可能就在这种激奋的状态下产生；二是阶段性检查的结果都将使安全责任人因压力而加倍努力，扭转不利局面；若检查结果优良，则会使责任人深受鼓舞而使安全工作更上一层楼。

③ 出现问题要稳住。阶段性地检查下属安全工作进度的过程也是帮助下属发现安全问题、解决安全问题的过程。因此，一旦检查出下属在岗位中存在安全问题，除非渎职，一般不要急于追究责任，应本着引导的原则，耐心地帮助下属找出存在安全问题的原因和解决安全问题的办法。这样会给下属带来两种安全激励：第一，榜样激励。班组长严谨的安全工作态度对下属是一种震撼，也是一种感召。这会让他们感到在这样的班组长手下工作，只有实打实地干，别无选择。第二，关怀激励。班组长对下属最大的关怀就是安全工作上的支持，这种支持所带来的激励远远超过其他的关怀。当班组长帮助下属解决安全问题时，会使下属在体会到关怀和温暖的同时，产生强烈的惭愧感，由此激发下属产生"不干出个样子无颜

面对江东父老"的决心，从而焕发出高昂的安全工作热情。

（3）善于追究安全责任　不论是什么原因，只要下属没有如期完成其分内应做的安全工作，就要追究其安全责任。既是追究安全责任，就免不了有各种形式的安全惩罚。因此，这个工作环节最容易出问题，稍不注意就会使下属的安全生产积极性受挫。而作为班组长，面对下属时的核心工作就是激发他们的安全生产积极性，即使是追究下属的安全责任，也不能忽略激励这个主题，因为追究安全责任不是目的。这就需要班组长根据安全责任的大小，在分析造成履行安全责任不力原因的基础上，采取不同的追究形式，以保证被追究的下属少受一点挫折，多得一分鼓励。

① 是非曲直账上看——名追究。对于由于安全工作态度不端正造成履行安全责任不力，或造成的损失较大的责任人应采取名追究的方法，即在公开场合"清算"其失职所应承担的种种责任，宣布惩处的结果。此举的目的与其说是在警示该下属，倒不如说是为了告诫别人。班组长这种在大是大非面前的原则性，对在场的每一个人都是一种激励。需要注意的是，开诚布公的惩处必须要有理有据，使失职的下属和听众心服口服，以达到教育的目的。

② 曲径通幽心里明——暗追究。对于态度端正、工作努力，但是由于受本人的能力限制，或由于种种客观原因而没能很好地履行安全责任的下属，适合采用暗追究，即让其本人在明白失职程度的前提下体面的下岗。比如，或把其调到更适合的岗位，或引导其自动辞职，或采用竞聘上岗等办法，使之离开这个岗位，由新人取而代之。这样的暗追究，会使下属在人前保留一份自尊，也多了许多重新振作的机会。班组长的这番苦心，足以令其受到感动和鼓舞，这种积极的心理体验，必将使其在今后的安全生产工作中更加努力。

③ 主动担责做表率——自追究。首先，不论下属不能履行安全职责的原因是什么，只要下属失职，班组长作为其上级领导，都要主动承担责任。这不仅仅是一种姿态，因为任何下属的安全工作失职，都有班组长用人不当、检查不严、监督不力的原因。因此，

班组长进行安全责任自究是情理之中的事。其次，要在尽可能多的场合表达自责之心，尤其对失职的下属，要说"这里有我的责任"。面对主动分担自己安全责任的班组长，下属会感到一种安慰。另外，敢于承担属于自己的安全责任，是班组长人格完善的体现，班组长的这一优秀品质在此时起到了示范作用。因此，对于有安全工作过失的下属，班组长的安全责任自究是启发下属承认错误和承担责任的有效途径，也是帮助其发扬成绩、纠正错误、以利再战的有力武器，无疑会激励下属主动承担安全责任，弥补过失。

73. 运用安全奖励时应把握的"四性"

现代安全管理学的一个核心问题就是如何最大限度地调动人的主观能动性，激发人的安全创造性，使人自觉自愿、心情舒畅地工作，这就需要激励。在班组的实际安全工作中，激励的方法很多，奖励只是其中最重要的方法之一，运用得好就会受益无穷，反之，就会产生副作用。笔者认为，运用安全奖励时，应把握"四性"。

（1）安全奖励的目的性　安全奖励的目的是发挥激励效能，而要使其真正发挥效能，至少需要具备三个条件。一是奖励主体——班组的安全奖励方向。应该是为了使安全奖励客体做出更大贡献。二是班组长能真正了解奖励的客体——班组成员的愿望。应该奖其所需。这是因为人的安全行为是基于安全动机而表现的，而班组成员个人的愿望与需要，也就是其行为动机。如班组长所采取的安全奖励措施能满足成员的愿望与需要，则表示成员的安全行为已达到目的，如此可激发成员产生更多层次的需要，在安全行为上表现为向班组做出更多的贡献，在安全工作上表现为获得更大的绩效。三是班组成员受安全奖励的条件——当奖则奖。为激励而发奖不可取，安全奖励的动因应是安全工作成绩——突出的安全成绩。促进先进更先进、鞭策后进变先进，这才是安全奖励的目的。

（2）安全奖励的适时性　安全奖励应当讲求时效性。目前西方兴起的"一分钟赞美法"，就是班组长经常用不长的时间赞美成员工作中的闪光点。这种适时奖励至少有两个好处：一是当事人的安全行为受到肯定后，有利于他继续重复班组长所希望出现的安全行为；二是使班组其他人看到，只要按安全规章制度要求去做，就可以立刻受到安全奖励，说明安全制度和班组长是值得信赖的，因而大家就会争相努力，以获得肯定性安全奖励。适时安全奖励不仅可以发挥激励的成效，还可以增加班组成员对安全奖励的重视程度。尤其是后进人员或正处于转变中的人员，他们有安全工作成绩时非常渴望班组长给予肯定。相反，过早或迟到的安全奖励，不仅会失去激励的意义，还会使成员感到奖的莫名其妙，造成人们情绪低落、安全工作兴趣减弱等现象。

（3）安全奖励的灵活性　心理学家发现下属之间不但有个性差异，且差异甚大。因此，每个成员的愿望与需要不完全相同。所以对成员的安全奖励方式也要灵活运用，因人而异，不可千篇一律，千人一面。当不同的成员取得同样好的安全工作成绩时，为达到激励的目的，对其采用的安全奖励的方式不应完全相同。比如，对重视物质方面需要的成员可以给予物质的安全奖励。美国微软公司之所以能留住人才，就是因为老板比尔·盖茨给员工戴上了"金手铐"；对物质生活已获得适度满足的下属，可以给予精神奖励，对安全工作成绩优异者给予晋职、授予权力，使其为班组作出更大的贡献；对工作欲望强的成员，可让其参与安全工作计划的制订，满足其参与感。此外，在市场经济和知识经济条件下，安全培训也可以作为一种有效的奖励方式。因为安全培训是给予员工的最大福利。成员的愿望与需要有时并非只有单纯的一种，而可能同时存有两种以上的愿望与需要，遇此情形，也可以选用两种以上的奖励方式，如精神奖励与物质奖励相结合。

（4）安全奖励的弱化性　奖励效应的弱化是指安全奖励的实施并未达到应有的目的。实际班组安全工作中安全奖励效应弱化的原因很多，如安全奖励不公，导致受奖者愧疚，未受奖者不满；一奖了之，导致被奖者受奖后处于茫然状态，找不到新的安全工作努力目标，以长掩短，安全奖励评价的绝对化导致被奖者忘乎所以，以为自己真的高人一筹，而产生骄傲自满情绪等。班组长要客观地看待先进者的长处和不足，对其长处要积极肯定，并帮助其找出长处形成的原因，使其长处在理性的基础上进一步发扬光大；同时也要指出其缺点，帮其克服。如果为了保先进，对先进者有错误不指出，甚至遮遮掩掩，就会使先进者在过多的奖励面前飘飘然，造成先进者与成员之间的隔阂，失去榜样的吸引力。

总之，安全奖励是一门艺术，需要班组长尊重成员的愿望和需要，灵活运用各种安全激励手段来刺激并引发成员好的安全行为，并促其该行为以积极的状态表现出来，才能强化成员的主观能动性，推动成员的安全行为朝着有利于班组安全目标实现的方向前进，从而改造世界、创造世界，也改造人、创造人，促进人与社会的共同进步，促进人与班组的健康发展。

74. 学会运用"负激励"

班组安全生产中，班组长的领导活动是引导和影响班组成员实现安全生产目标的过程。在这一过程中，班组长需要通过激发、鼓励等手段调动班组成员的安全生产积极性、主动性和创造性。但是，班组长仅仅会使用表扬、肯定、提拔、奖励等"正激励"是不够的，还要学会运用惩罚、批评，让成员感到危机、忧虑等"负激励"手段，以此作为"正激励"的有效补充，达到激发下属安全潜能，调动成员安全生产积极性、主动性和创造性的目的。

安全激励是班组长走向成功的钥匙，是调动成员安全生产积极性不可缺少的手段。"正激励"是一种非常有效的激励手段，但也不可避免地存在着一些局限性。我们常常可以看到这样几种情况：一个人在班组经常受到安全工作表扬，得到安全工作奖励，但这种表扬和激励对他已是一种负担，丝毫唤不起他加倍努力工作的热情；一个企业经济效益很好，员工每月都有数目可观的奖金，福利待遇令其他单位眼红，但该企业的员工却不以为然，工作照样拖拖拉拉、疲疲沓沓，甚至还经常为奖金增加不大而闹情绪；有些班组长上任后第一年看、第二年干、第三年就跑着要提拔，晚提拔几天就要说怪话、使性子，甚至撂挑子，好像企业亏待了他。为什么会出现这种情况呢？就是使用的激励的方法不对头，使表扬、奖励等激励手段贬值，成为一种必然的行为，失去了应有的激发、鼓励的效力和作用。

要解决激励贬值失效的问题，就要改变激励的方式和方法，特别是在班组安全生产过程中，要善于运用"负激励"。要通过实行"负激励"激发、调动班组成员的安全工作热情，达到"正激励"所不能达到的效果。

（1）改变激励的方式、方法和手段，运用"负激励"的方法寻找新的"激励点"运用"负激励"的方法，能寻找到新的安全工作"激励点"。因为一个人在安全生产工作中反复受表扬、得奖励，这表扬、奖励对他而言将逐渐失效，慢慢失去其激励作用。而班组其他成员因长期受不到安全生产表扬、奖励，也会逐渐失去奋斗热情，致使很难发挥其安全生产积极性、主动性和创造性。在这种情况下，不妨转而对其他安全生产工作优秀者、表现突出者给予表扬和奖励激励，使老先进受到一定程度的刺激，促使其看到自身存在的差距，唤起新的安全生产工作热情，确立新的安全奋斗目标，把成绩当成新的起跑线。对老安全先进的"负激励"，自然成为对班组其他成员的"正激励"，对调动班组广大成员的安全生产积极性有着不可低估的作用。

（2）激励必须有针对性、有的放矢，避免"通货膨胀"式的激励 "通货膨胀"式的安全激励，只能是廉价的，非贬值不可。这种安全激励方式一开始应该是有效地，但随着时间的推移，大家把这种高工资、奖金、福利，看成是人人都应当享受也必须享受的一种待遇，并且这种待遇必须不断提高。如果那一年不提高或提高幅度不大，就会招来班组成员的不满、埋怨、非议，甚至会造成消极怠工。这种方式滥用了安全激励，在不知不觉中使安全激励贬值，使安全激励失去其应有的效用，陷入了安全激励的误区。在这种情况下，可尝试实行"负激励"，或者让一部分在安全生产中表现好的成员奖金、福利提高，另一部分表现差的相应降低；或者大部分人福利待遇不变，只提高一少部分在安全生产中有突出贡献者的奖金、福利；或者实行末位淘汰制，让那些消极怠工者尝尝失去"金饭碗"的味道，不仅提高不了奖金、福利，连现有的他自己不满足、实则丰厚的待遇也可能丧失掉。这种"负激励"方式，可有效解决安全激励"通货膨胀"所带来的激励"贬值"问题，不用更多的投入，即可达到"正激励"所达不到的效果。

（3）"负激励"的运用关键是把握好度，把"正激励"和"负激励"有机结合起来。班组长上任后第一年看、第二年干、第三年跑提拔，这种情况可以说是目前班组安全工作中较为普遍的问题。之所以会出现这一问题，是因为企业人事制度，特别是考核制度、任免制度还存在某些弊端，或者是管理者没有正确把握激励这根魔杖。干了三年班组长，没有提拔，个人就发牢骚、提意见。五年不提拔，上上下下都鸣不平，"干了那么多年了，该提一提了，轮也轮到了"，这就把晋升不适当地演变成为一种待遇、一种激励。不给这种晋升、这种激励，本人不满、下级不平、上级不安。但是，如果引用"负激励"手段，情况可能会截然相反。如对班组长任职后的安全工作目标、安全工作实绩、安全工作态度每年实行严格考核，看其是否真正做到"为官一任，造福一方"，为班组留下了可圈可点的、实实在在的政绩。表现特别好的提拔，完成工作目标的留任，不胜任的就地免职。这样一来，就把导向放在了干好现在从事的工作上，放在了"为官一任，造福一方"上，让班组长们意识到干得不出色不仅不能提拔，而且也难逃下台的命运，这就是"负激励"的魔力。

75. 感情激励在班组安全管理中的作用

马克思曾经说过："人的素质并不是单个人固有的抽象物。在其现实性上，它是一切社会关系的总和。"班组员工作为一个社会人，不仅有物质上的需求，更需要感情上的交流、关心和尊重。那种忽视人的社会属性，主张"有钱能使鬼推磨"，只讲物质激励或经济处罚，忽视精神作用的安全管理方法，实践证明是不可取的。

它不仅会造成"一切向钱看"的拜金主义泛滥，导致"钱多多干、钱少少干、没钱不干"的消极后果，同时还会淡化班组成员的主人翁意识，削弱班组安全生产的向心力和凝聚力。从某种意义上说，情感纽带是维护班组内部团结一致的最重要的纽带。班组成员之间、上下级之间，只有具备共同的情感基础，才会形成共同的安全生产目标、共同的安全工作信念和统一的安全作业行动。

(1) 要在班组内部形成团结和谐的人际关系和群体意识　首先，要注意发扬民主、平等待人。要尊重员工的人格、维护员工的合法权益、倾听员工的意见和呼声、尊重员工的首创精神，决不能高高在上、唯我独尊、不讲民主，对员工动辄训斥。其次，处事要客观、公平、公正。特别是在分配问题上，要坚持"效率优先，兼顾公平"的原则，让那些安全思想作风好、安全技术水平高、对企业及班组贡献大的人得到较高的报酬，发挥榜样的激励作用。同时，对那些一时有困难的员工给予精神上的关怀和物质上的帮助，使他们感到企业、班组的温暖。再次，作为班组的领导者和管理者，要真心实意地为员工办好事、办实事，关心员工的衣食住行，在发展企业的同时，努力改善班组安全工作环境，减少和杜绝事故的发生。

(2) 要把提高人的安全素质作为企业和班组安全发展的首要条件　要想取得好的经济效益，在激烈的市场竞争中取胜，关键在于消灭各类事故，消灭事故取决于员工队伍整体安全素质的提高。一个成功的班组不仅要重视少数高、精、尖安全人才，更要着眼于大多数普通员工，要为他们的全面发展提供良好的环境，创造必要的条件，使每一个员工都能成为具有较高的安全道德修养，掌握一定的安全技能，并创造性地进行安全工作的人。对待班组员工，特别是大多数普通员工，不能仅仅把他们当作劳动力来使用，更应把他们当作独立人格的社会人来看待。作为班组长，既要研究安全生产的规律，要运用各种方式对员工进行安全思想教育，增强他们的安全生产责任感和主体意识，使员工充分认识到自己在班组安全生产中的地位、作用、责任和利益，形成共同的安全价值观，并自觉地为实现班组安全生产目标而奋斗，使班组与员工形成休戚相关的安全利益共同体。

当今的社会已进入信息和知识经济时代，科学技术飞速发展，知识更新的速度越来越快。一个班组，只有不断地对员工进行安全技术业务培训，使员工的安全文化素质、安全技术能力、安全科学水平不断跟上时代的发展，始终站在安全科学技术的前沿，才能充满生机和活力，在激烈的市场竞争中长盛不衰。同时，对班组的员工而言，如果不注重安全学习，就可能被社会淘汰。因此，班组要把对员工的安全培训作为安全管理的重要内容，作为对员工的最大福利，为员工的全面发展创造良好的条件，使他们在完成本职安全生产工作的同时，实现个人的人生价值。

(3) 要重视员工参与安全管理的作用，激发员工的主人翁意识　在深化企业改革的过程中，班组长更应进一步重视员工参与安全管理的作用，拓宽员工参与安全管理的渠道。应当看到，员工在班组中虽然分工不同，但都是班组这个大家庭中的一员。员工对班组安全管理参与得越深，主人翁意识就越强，与实现整体安全生产目标的要求也就越趋于一致，也就越能形成安全工作的凝聚力和向心力。

企业在深化改革、转型发展、安全发展的过程中，创造了许多员工参与安全管理的好形式，其中职工代表大会制度就是落实员工参与民主管理的主渠道。通过企业厂长（经理）定期向职代会报告工作，让员工及时了解企业生产经营状况、安全生产状况；重大问题包括重大安全问题提交职代会讨论，广泛征求员工群众意见；落实员工的知情权、建议权、监督权和决策权，维护员工的合法权益。使员工真正感受到自己在企业中的地位和作用，与企业形成了"厂兴我荣，厂衰我耻"的命运共同体。

总之，把感情激励运用到班组安全管理中，使班组内部形成团结和谐的人际关系，把提高人的安全素质作为班组安全发展的首要条件，使班组每个员工增强安全生产责任感，把员工参与安全管理的作用渗透到班组各项安全生产任务中，使班组形成了安全工作命运共同体。这样，感情激励就收到了事半功倍的成效。

76. 信任是最大的安全激励

在企业一个生产班组，对班组成员而言，没有比得到班组长的信任更让自己感到欣慰和鼓舞的了。班组长对成员的信任所产生的激励作用是其他任何方式所不能代替的。一般来说，班组长在正常情况下信任成员不难做到，问题是在一些特殊情况下，如重大安全操作、重大安全检修时，有些班组长就可能会犹豫，会不那么坚定了。然而，恰恰此时班组长对成员的充分信任更有意义、更难能可贵。

(1) 对班组的新成员敢于充分信任　班组长对自己比较熟悉的成员给予安全工作信任是情理中的事，但是，对于新成员因了解不深而很难给予充分的信任，更不敢把重要安全生产工作任务交给他们去做。其实，如果班组长有胆识，从一开始就给新成员出乎意料的信任，则可能产生神奇的安全激发力量，会把对方的安全工作积极性充分调动起来。当班组长对新成员高度信任，把重要安全生产任务交给他们时，新成员会因得到意外的器重而产生知遇之恩，必然越发靠近班组，更加爱岗敬业，加倍努力工作，发挥出自己在安全作业中的聪明才智和创造性，把安全生产工作搞得出类拔萃。

(2) 对出现失误的成员仍然不失信任　在班组中，对做出安全成绩的成员给予信任是顺理成章的事情，但对出现过安全工作失误的成员再给予信任就不那么容易了。然而，在这种情况下，班组长对成员不失信任却有着特殊的意义和作用。如果一有失误，班组长就责怪成员，对他们失去信任，则对他们的打击就会很大，而且也显得班组长过于武断，并很可能因此失去人心、失去人才。明智的班组长面对这种情况往往会表现得十分理智。他们不是首先追究成员的责任，而是分析造成失误的主、客观原因。如果是客观原因导致失误，那么就应当继续给予有过失的成员信任；如果是主管原因导致失误，也要加以分析和区别，看是属于安全工作作风不深入，安全决策判断失误，还是安全思想品德问题所致。也就是说，要分清主次、弄清原因，然后再做出恰当处理。只要不是品质问题、失职渎职，就不应对成员失去信心，要允许成员犯错误，并给他们改正错误的机会。这样，成员必将理解班组长的用心，并进行深刻反思，吸取教训，更快地成熟、成长起来。

（3）当成员与自己意见相左时照样给予信任　在班组安全工作中，当成员与班组长意见完全一致时，班组长会表现出高度信任。然而，在某些安全问题上，成员可能有自己的看法，与班组长的意见不一致甚至分歧很大。这时，班组长对成员的信任就面临着考验。有些班组长心胸狭窄、唯我独尊，不允许成员与自己意见不一致，否则就认为他们有二心，就不再信任他们了。显然，这种态度是错误的。其实，成员与班组长意见不一致，并不一定是坏事。当班组长意见不正确时，成员敢于提出来，这是一种积极态度，说明成员是正直的、有独到见解的，班组长应该赏识他们、重用他们。成员对安全生产工作职权范围内的情况比班组长更熟悉，可能会提出一些与班组长不一样的意见或主张，这时，班组长不要轻易否定，最好让成员申诉理由，并听取多方面的意见，对于有安全促进创新意义的意见，应给予支持。总之，只要成员是出于公心，即使意见与自己的不一致，也要信任他们。这样处理不同意见，说明班组长有胸怀、有气度，也因此能赢得更多成员的敬重。

（4）当成员遭遇风言风语时依然给予信任　班组中有时可能有涉及成员工作和作风问题的风言风语，对此，班组长应引起重视。但不能听风就是雨，怀疑成员的为人和能力。一般来说，导致风言风语有两种情况。一是成员真有问题。对此，班组长要认真调查，设法查实，但在取得真凭实据之前，依然要给予信任。二是成员因安全工作方法不当得罪了人，或因安全工作出色而被嫉妒等。对此，班组长则应提醒成员注意工作方法，支持他们的工作。越是在这种情况下，班组长的信任越有价值，成员会在班组长的支持、信任、鼓励下，把安全生产工作做得更好。

如果班组长在特殊情况下能把信任的杠杆使用到位，其安全激励作用将是很大的。正是从这个意义上看，善于信任也是班组长一种安全工作领导艺术。

77. 善用不花钱的安全激励

班组安全工作离不开激励，激励不外乎两种：一种是需要财力投入的物质激励；另一种是不需要财力投入的精神激励。在班组安全生产工作中，欣赏就是一种不用花钱的安全激励，它只需要班组长的一声赞美、一个信任的眼神、一句及时的肯定就能达到下属卖力工作的效果。高明的班组长总是善于运用欣赏这一方法来激励自己的下属。

（1）把赞美挂在嘴上　每个人都有渴望被人赞美的心理，一旦这种心理需要得到满足，就能转化为巨大的精神动力。下属的安全工作自信心和安全生产积极性，许多时候正是通过班组长的赞美而产生的。当班组长的应学会用欣赏的眼光来看待下属，用欣赏的口气来肯定下属，用欣赏的方法来激励下属，善于给下属戴"高帽子"。比如，下属在某项安全工作中取得进步时，不妨说上一句"你的工作很出色"，布置安全任务时多用"相信你一定能胜任这一工作"等鼓励话；下属在某项安全任务遭受挫折时，可以说些"没有关系，下次再来"、"这不怪你，你已经尽力了"等安慰话；向他人介绍自己的下属时，不妨用"这是我们班组的骨干"、"这是我们班组的秀才"等夸奖话。总之，不要放过赞美下属的任何机会。不过，班组长在夸奖下属时要注意两点。一要及时。要把对下属的表扬与肯定融入到日常安全生产工作中，随时随地给下属以赞扬。二要适度。不能过分给下属戴"高帽子"，讨好下属，而要适度、恰当、实事求是。

（2）放大下属的闪光点　班组中每个下属都有自己的长处。班组长要善于发现、挖掘下属身上的闪光点，学习他们的长处，用放大镜来看待下属的优点。遗憾的是，有些班组长自我感觉良好，总认为下属不如自己，对下属过于挑剔。班组长对下属首先要有包容之心。对那些在安全工作上有缺点、能力差、与自己不投缘的下属，不要有成见，要容忍下属的不足，不求全责备，不苛求下属样样都达到自己规定的标准。对下属在安全工作中应多看主流、看本质、看长远，不能只看支流、看一时、看表面。如果班组长两眼老是盯着下属的某些不足，以挑剔的眼光对待下属，就会看下属什么都不顺眼，从而使他们失去信心。这不仅会损害上下级关系，还会造成下属的焦虑不安，甚至由此对班组长产生抵触情绪。其次要学习下属的长处，班组长要勇于承认自己不如下属的地方，并通过虚心向下属学习来弥补自己的缺陷。面对能力超过自己的下属，班组长在安全工作中不妨说些"这方面你比我熟悉"、"请你发表高见"、"谈谈你的想法"之类的话，使下属感到班组长非常在乎自己。有时候班组长一句不经意的肯定能使下属认识到自己的某个优点，从此会努力加以发扬光大，并使原来在安全作业中的某些缺点也受到抑制。当下属感到班组长在向自己学习时，会立刻被打动，并因感动而心甘情愿地替班组长在安全工作中把关。

（3）相信下属会干得更好　欣赏是协调班组上下级关系的润滑剂，也是激发和调动下属安全生产积极性的动力源，而往往下属是最重要的欣赏形式。班组长对下属要大胆放手，用其安全工作所长，为他们提供施展安全才华的大舞台，让下属崭露头角、大显身手。一要多信任。信任是无声的安全激励，信任比什么都重要。班组长信任下属、相信下属的能力、相信下属的为人，这比什么奖励都奏效。班组长要根据每个下属的特长，量才使用，把下属放到适合其安全才能发挥的岗位上，让他们施展才干、实现抱负。二要多放手。班组长不要事必躬亲、大包大揽、一竿子插到底，而应把精力放在出安全思路、抓安全督办上，少些"冲锋陷阵"。要对下属多支持、少干预；多体谅、少指责；多理解、少埋怨；尊重下属的人格，相信下属的能力，让下属时时处处有一种受尊重、被信任的感觉。三要多担待。下属在安全工作中难免出现差错，当班组长的要及时予以提醒，必要时为下属揽过，承担责任，帮助下属渡过难关，打消下属思想上的顾虑，以宽容的态度帮助下属总结教训、分析原因、找准症结，避免犯重复性的错误，这比单纯的批评更易使下属自省、内疚。即使在安全工作中遇到"屡教不改"的下属，当班组长的也要保持耐心，要坚持以情感化。每个下属都是班组这个棋盘中不可或缺的一颗棋子，他们能发挥什么样的作用，很大程度上取决于班组长。卒子没过界河之前几乎没有什么用处，而一旦过了界河，所起的作用并不比"车"小，关键看班组长怎样使用。可惜有些班组长对卒子不欣赏，只会用车、马、炮，而忽视了卒子的作用。有的甚至认为对下属安全激励还是金钱有效，因而对下属在安全生产工作中的成功往往表现的无动于衷，认为下属干好了是应该的，是自己领导有方，吝啬对下属的赞美。久而久之，下属就会因得不到领导的肯定而失去信心。其实，欣赏是一门领导艺术，也是一种有效的安全激励手段。一个不懂得欣赏下属的班组长，很难赢得下属发自内心的拥护。班组长要学会欣赏自己的下属，让下属感到自己的重要。首先要学会倾听。班组长经常听取下属对安全工作的意见和建议，不仅体现了班组长的民主作风，而且能使下属从中感受到自己在班组长心目中的价值。对下属提出的安全工作建议，不管是否正确，班组长都要认真倾听，切实可行的要虚心采纳，并迅速转化为自己的安全决策。不可行的也要肯定下属进言的勇气。其次要委以重任。欣赏下属如果仅仅停留在口头上，不仅作用有限，而且还显得班组长虚伪。委以安全工作重任是欣赏下属的真诚体现，班组长要善于给下属压担子，把他们推到安全生产的前台，放到重要的安全工作岗位上去锻炼，把重要的安全作业任务交给下属去办，让下属独当一面，使他们有机会抛头露面，而不要轻易干涉下属职责范围内的事。

78. 对员工进行有效安全激励的原则、形式和技巧

在班组安全管理工作中，班组长除了要身先士卒、做好表率外，更重要的是要激发和鼓励班组成员的士气，带领班组成员齐心协力完成班组安全生产目标。这就产生了一个激励的问题。可以这样讲，班组长对激励机制运用的好坏，在一定程度上决定着班组安全生产的成败兴衰。

(1) 激励的原则和形式　首先，班组长在运用激励手段的过程

中，应坚持目标一致、按需激励和公平激励的原则；其次，班组长所采取的激励手段必须能够调动起班组全员的安全生产积极性，同时还要充分考虑不同的员工对不同的激励手段的反应，因人而异；再次，务必注意降低激励成本，用最少的投入取得最好的效果。

物质激励是激励的一般模式，也是目前使用的非常普遍的一种激励模式。但在实践中，不少班组在使用物质激励的过程中耗费不少，而预期目的并未达到，不但没有提高员工的安全生产积极性，反而贻误了班组的安全发展契机。例如，有些班组在物质激励中为了避免矛盾而采取不偏不倚的激励手段，极大地打击了员工的积极性，因为这种平均主义的分配方法非常不利于培养员工的安全生产首创精神，平均等于无激励。

事实上，除了物质激励外，精神激励也会产生强烈的效果。班组采用精神激励的办法，常常能够取得物质激励所难以达到的效果。例如，目标激励、内在激励、形象激励、荣誉激励、兴趣激励、参与激励等，都是行之有效的精神激励措施。因此，必须把物质激励和精神激励结合起来，才能真正调动广大员工的安全生产工作积极性。

（2）行之有效的激励技巧　班组长要充分考虑员工的个体差异，实行差别激励。激励的目的是为了提高员工的安全工作积极性，而影响员工安全工作积极性的有工作性质、领导行为、个人发展、人际关系、报酬福利、工作环境等多种因素，而且这些因素对于不同个体所产生的影响也不同。因此，班组长制定激励措施时，就要充分考虑到这种个体差异，做到有的放矢。

① 班组长的行为是影响激励制度成败的重要因素。首先，班组长要做到自身廉洁；其次，要做到公平，不任人唯亲，经常与员工沟通、爱护和支持员工，为员工营造良好的安全生产工作环境；再次，班组长要为员工做出榜样，即通过展示自己的安全工作技术、安全管理艺术、办事处理问题能力等，赢得员工对自己的尊重，从而增强班组的凝聚力。

② 要注意奖励的综合效果。在班组员工获得物质奖励时，可以增加某些精神奖励因素，以激起员工的荣誉感、成就感和自豪感，从而使激励效果倍增。要合理控制奖励的档次。奖励档次差距过小，搞成平均主义，会使激励失去作用；但差距过大，超过了贡献的差距，则会引发员工心理失衡。因此，应该尽量做到奖励与贡献相匹配，让员工感受到公平、公正，这样才能真正使先进者有动力、落后者有压力。

③ 还要适当控制期望值。在实施激励措施的初期，应提高员工的期望值，使大家以积极的姿态响应；当工作中遇到困难和挫折时，应及时地对员工加以鼓励，使员工下降的期望值重新升高，满怀信心地克服困难；当进入激励的后期阶段时，一般员工的期望值往往偏高，这时的工作是促使大家冷静、客观，使员工的期望值下降，与实际水平接近，否则会诱发员工一系列的挫折心理和挫折行为。

④ 要注意公平心理的疏导。员工常常是用主观的判断来看待奖金是否是公平的，他们不仅关注奖金的绝对值，还关注奖金的相对值，尽管客观上奖励很公平，但他们心里仍会有疑虑。因此，班组长必须注意对员工的公平心理进行积极的疏导，引导大家树立正确的公平观。正确的公平观包括三个内容：第一：要认识到绝对的公平是不存在的；第二，不要盲目攀比；第三，不应按酬付劳。造成恶性循环。

⑤ 恰当地树立激励目标和相对准确的业绩考核尺度。树立激励目标时，要坚持"跳起来摘桃子"的标准，既不可太高，又不能过低，太高则容易使员工的期望值下降，过低则易使目标的激励效果下降。对于长期奋斗的安全生产目标，可用目标分解法，将其分解为一系列阶段性安全生产目标，一旦员工达到阶段性安全生产目标，就及时给予奖励，即把大目标与小目标相结合。同时，建立起较为科学的安全工作业绩考核体系，对员工的安全工作业绩进行客观、公正的评价，这样可以使员工维持较高的士气，收到满意的安全激励效果。

⑥ 要注意掌握奖励的时机和奖励的频率。奖励的时机直接影响效果的好坏，而奖励的频率过高或过低，都会削弱激励的效果。奖励的时机和奖励的频率的选择要从激励对象的实际出发，实事求是地确定，不要简单地照抄照搬。

总之，班组安全生产激励是有原则的，也存在各种不同形式，更有各种不同的激励技巧。只要班组长们结合本班组安全生产实际情况，运用不同形式，实施各种技巧，那么，班组安全生产激励就会收到预期的效果。

79. 让班组的"闲人""动"起来

班组里总会有一些"闲人"，他们平时的表现是：要么工作量不足，无所事事；要么工作被动应付，喜欢闲聊闲逛；要么敷衍塞责，缺乏激情等。"闲人"的产生有两个原因：一是自身素质所致。在安全生产中，这些人或整体素质平平，不能胜任本岗位安全工作需要，想干不会干。二是外部环境所致。这些人要么与班组领导步调不一致，被班组领导有意疏远，想干没活干；要么被放错位置，用非所长，工作干不好；要么因为安全职责不明，缺乏组织约束力，眼高手低懒得干。这些人的存在，不但会在班组涣散人心、增加摩擦，而且会降低安全工作效率，造成内耗，同时还会给班组安全管理工作带来一定的难度。因此，如何科学地用好"闲人"，是值得每一个班组领导重视并加以研究解决的问题。笔者认为，班组领导要善于激活、用好"闲人"，关键要通过优势互补、扬长避短来实现"1＋1＞2"的效果，让班组每位员工的安全生产积极性、创造性得到充分的激发和发挥，从而更好地推动班组安全建设又好又快发展。

（1）在感其"心"上做文章，让"闲人"无闲暇之心　"感人心者，莫先乎情"。对于"闲人"，班组领导要通过情感交流和心理沟通，做到工作上支持，生活上关心，人格上尊重，心理上满足，多进行正面鼓励，多创造机会，让他们在领导的感化下，同事的感召下，主动由闲变忙。一要不冷眼。对待闲人，班组领导在生活上多帮助,工作上多信任,不另眼相看、置之不管,把他们晾在一边。二要不冷心。对待闲人,班组领导要多爱护、少排挤,多指点、少责难,多鼓励、少讽刺,用心关怀,真心对待,帮助他们树立安全工作信心,重新焕发安全生产的激情。三要不冷落。不能因为班组领导个人好恶,主观地认为"闲人"就一无是处,在安全生产工作安排、使用上让"闲人"长期坐冷板凳,致使"闲人"越来越闲,最后成了"废"人。班组领导要善于发现"闲人"身上的闪光点,对他们在安全生产中的每一点进步都及时给予褒奖和认可,切实营造"有作为才有地位,有实绩才有进步"的安全工作氛围。

(2) 在用其"短"上下功夫,让"闲人"无闲暇之时 "高者未必贤,下者未必愚"。任何一个人,总是优缺点并存的。"闲人"也一样,只要用得恰当,一定能发挥其身上的某些长处。国外有句谚语:"垃圾是放错地方的宝贝"。用人者是活的,"闲人"也是活的,只要对"闲人"注入活力、充入动力,往往会收到人尽其才的效果。面对复杂多变的市场和企业安全发展的任务,正是大用人才之际,班组领导更应努力去挖掘人才的优势,既要用好忙人,也要用好"闲人",即使对有缺点错误的人,也要通过"加工处理",合理安排、合理配置、合理使用,使其为班组安全发展尽一份心、出一份力。

(3) 在明其"责"上下功夫,让"闲人"无闲暇之机 在班组安全建设中,在其位要明其责,明其责才能尽其职。要建立激活用好"闲人"的机制。一要制定科学的安全工作目标。目标设置要以员工通过努力能够达到为原则,既不能过高,也不能过低;要有层次性,既要有个人目标,也要有班组目标,既要有近期目标,也要有远期目标,使班组的"闲人"时时有如履薄冰之感,自觉提高安全工作能力素质。二要建立严格的岗位安全生产责任制。"闲人"的"闲"大多与班组领导的安全管理不当有关。班组领导要根据预期的安全工作目标和面临的安全生产任务,合理安排员工,科学管理,合理分工,每个人的安全职责界限要分清,安全工作任务要具体，使人人有事干，事事有人干。同时，要严格奖罚，让一心忙事、扎实肯干的员工受重用，让整天不干事、不作为的"闲人"受惩处。三要安全工作过程需要调整人员。要坚持因事选人，而不是因人选事，对不合用、不可用的人，该调整的要敢于调整，该压担子的要压担子，该提高水平的要积极创造条件让其去学习、培训、进修和深造。这样，班组安全工作可用的人多了，班组领导也就用不着再为班组的"闲人"操心了。

总之，让班组的"闲人""动"起来，实际上主要方法也是激励的方法。这里有物质激励也有精神激励。在感其"心"上做文章，让"闲人"无闲暇之心，就是一种情感的激励；在用其"短"上下功夫，让"闲人"无闲暇之时，就是一种工作激励；在明其"责"上下功夫，让"闲人"无闲暇之机，就是一种责任激励。班组领导只要灵活运用各种激励手段，班组的"闲人"就会变成忙人，班组安全工作就会落到实处。

80. 如何让"掉队"的员工回归状态

"掉队"原意是指行军途中落在大部队后面。"掉队"则比喻行军者思想或行动上落后于大多数人，或者说落后于大势的发展。行军者"掉队"固然有自身素质的问题，但也有教育管理缺失、激励机制不到位，成长环境不公平等因素。在企业班组的安全工作中，解决员工的"掉队"问题，除了提高员工的自身素质外，还要从以下几方面入手，让其回归应有的状态。

（1）确立共同的愿望，励其志　在班组安全工作中，共同愿景阐述了班组希望达到的安全生产目标，它就像一座灯塔，能使班组的全体员工产生一种内生动力，把安全生产工作变成是在追求一项蕴含在班组的产品或服务之中的比工作本身更高的目的。这种更高的目的，可以深植于班组的安全文化或员工的行事作风之中。当班组全体员工拥有共同安全生产的愿景时，这个共同的愿景会紧紧地将他们凝聚起来，让大家为实现这个目标而主动地努力学习、开拓进取、追求卓越。如果没有一个共同的愿景，员工就会失去进取的方向和拼搏的热情，就会产生安于现状的懒惰情绪和无的放矢的盲目行为。所以，处于在安全生产中"掉队"的不在状态的员工，班组长要与其多沟通、多交流，共同建立一个得到员工认同的安全工作愿景，并且要让员工认识到这个愿景的实现，与班组每个成员的切身利益、个人前途紧密相关。当然，在实现愿景的过程中，不可能一帆风顺，可能要经过一条曲折、迂回的道路，员工如果因此而对愿景产生困惑、动摇，班组领导就要及时跟进做好思想工作，不断为其提神醒脑、鼓劲添力，牢固树立"安全第一，预防为主，综合治理"的思想。

（2）制定严格的规章，明其责　古人云："没有规矩，不成方圆"。在班组，员工的安全素质不可能是一样的，客观上存在着少数人自我要求不严而"掉队"的情况，对于这种情况，要通过建立和完善班组各种安全管理制度，特别是岗位安全生产责任制，让员工的安全工作、安全行动有所凭依、有所遵循。在班组安全工作实践中，班组领导要在工作分析的基础上，按照责、权、利相统一的原则，明确每一个职位的定义、职责和安全工作目标等，并制定相应的安全职责范围，让员工了解和掌握工作岗位的性质、内容、标准、要求，激励员工更好地履行职责，同时为评价员工的安全生产能力素质和对安全绩效考核提供具体明确的依据，实现管人、管事的有机统一。当然，围绕安全工作而制定的职责范围，无不是由人这一决定因素来执行和实施的。所以，班组领导要首先切实考虑到班组成员的因素，关心他们的切身利益，对他们提出的问题进行认真的分析研究，提取有价值的、可取的意见，并将之纳入安全管理制度之中，作出使双方都满意的答复。这样，员工才能更好地遵守规章，出色地种好"责任田"。

（3）营造和谐的氛围，服其心　和谐的安全工作氛围是一个班组拴心留人的基础。首先，班组领导要亲临员工。要经常了解员工的生活情况、思想情绪、工作难题等，对于员工事业上的挫折、情感上的波折、家庭里的困难等"疑难杂症"，要及时给予"治疗"和疏导，使员工意识到你是在亲近他们，从而消除上下级之间的隔阔，产生亲和力，增强员工对班组的归属感。其次，班组领导要宽容员工。要明白"水至清则无鱼，人至察则无徒"的道理，对员工的缺点、过错，要有正确的心态，既要包容又要鞭策，必要时敢于为员工承担一定的领导责任，确保员工自我价值的动机长盛不衰。再次，班组领导要激励员工。班组领导对员工的安全工作能力、安全工作成绩的真诚、适度的表扬，会使员工对今后的安全生产工作充满信心，对班组领导满怀感激之情，进而在安全生产中努力工作，尽心尽力。最后，班组领导要公开公正地对待员工。班组领导要坚持五湖四海，带头不搞"小圈子"，一碗水端平，做到让肯干事的人有机会，能干事的人有舞台，干成事的人有地位。

(4) 满足多样的需求，激其情　让员工各取所需，各得其所，是班组领导调动员工安全生产积极性的最有效手段。首先，要满足员工的物质需求。任何一个班组的成员，都需要为生计而工作，都需要获得劳动报酬的需求。所以，一个班组要制定赏罚分明、多劳多得的绩效考核制度，让员工通过自己的努力获得他们应该获得的报酬，满足基本的生存需要。其次，要满足员工的学习需求。学习意愿比较强烈的员工，期望在安全工作过程中能学习到新知识、新技能，为此，可以结合安全工作的实际需要，给这些员工安排一些有针对性的安全培训，或者给他们联系指导老师进行帮带，或者根据他们的期望安排一些富有挑战性的安全工作，让他们在完成自己工作任务的同时，实现个人的"学习"目标，实现他们所期望的"锻炼"的目的。再次，要满足员工自我价值实现的需求。有些员工具有较强的安全工作能力或一技之长，他们满腔热情，希望在安全生产中大显身手。对于这类员工，要及时为他们搭建干事创业的平台，特别是要能够在班组安全工作决策和计划中反映他们的意见和建议，让他们在安全生产实践中实现自我展示的愿望。

(5) 当好执行的表率，带其进　古语说："其身正，不令而行；其身不正，虽令不从"。当班组领导自身端正，能做出表率时，不用下命令，员工也会自觉地跟着行动起来；相反，如果班组领导自身不端正，而要求员工端正，那么，纵然三令五申，员工也不会服从。班组领导在安全工作中如果总是指责员工工作不努力，工作态度不端正，或者命令员工如何如何做，而自己却置身事外、得过且过，这样的班组领导，没有人愿意听从。而有威信的班组领导，面对自己确定的安全工作目标，决定的安全工作决策，制定的安全行为规范，往往能以身作则、身体力行，言必信、行必果，用自己的言行影响员工，员工也会不由自主地跟着去做。这就是"其身正，不令而行"的道理。所以，班组领导要牢记自己"风向标"的角色，做到身教与言传相统一，心无旁骛谋事业，聚精会神抓安全，一心一意带队伍，为员工树立良好的形象。

大气候虽然决定着小气候，但大气候又是由众多小气候形成的，一个班组出现一两名员工在安全工作中"掉队"后，班组领导就要果断采取措施，运用各种激励手段和方法，使其迅速回归状态，否则，这个小气候必然会影响到大气候，就会有更多的员工被"拖下队"。因此，对班组在安全工作中"掉队"的员工，要想方设法、励其志、明其责、激其心、带其进，使之尽快地跟上队伍，阔步向前。

81. 班组安全思想工作要"冷""热"适度

冷与热通常是对气候变化的一种表述，是温度高低的一种自然反映。然而，人们的生活和工作中也常常会因各种不同的原因出现大量冷与热的问题。解决这类问题时，必须根据不同的情况，分门别类地采取宜冷则冷、宜热则热的方式方法，才能收到事半功倍的效果。班组的安全工作实践告诉我们，安全思想工作要正确把握和运用冷与热的辩证法，分清轻重缓急，分清主次大小，不盲目、不回避，认认真真做好安全思想工作，扎扎实实解决安全思想问题。

（1）宜冷则冷，宜热则热，做到冷热有数 在一个企业班组内无时无刻不在产生着形形色色、大大小小的问题，而其中的绝大多数问题又涉及人或是因人而产生的。这就必须引起高度重视，满腔热情且严肃认真地去解决它。作为一个班组的班组长，对自己所管辖的班组内的各种问题，尤其是安全生产问题都必须了解清楚、掌握准确。要在搞清楚各种情况的前提下将问题分门别类，看哪些问题应热处理，哪些问题可冷处理，哪些问题该冷热相济，真正做到宜冷则冷，宜热则热，心中有数，切不可眉毛胡子一把抓。在安全生产工作中，只有这样，才能急事急办，好事快办，特事重办，对症下药，使安全问题迎刃而解。如某公司发生了一起重大伤亡事故，使企业的经济形势十分严峻，生产生活举步维艰。全公司员工士气低落，怨声载道，员工队伍很不稳定。对此，企业工会首先统一安全思想认识，坚定战胜困难的决心和信心。然后，一方面，向全公司各班组发出了"困难再大，精神不能夸，矛盾再多，安全不能松，日子再苦，秩序不能乱"的号召。另一方面，在全公司各班组开展"发展是根本，稳定是大局，安全是基础"的员工恳谈活动。各班组长深入员工、深入岗位与员工促膝谈心。这项活动的开展，促使员工稳定了情绪，树立了战胜困难的决心和信心，收到了良好的效果。这一事例告诉我们，当员工情绪低落，悲观失望处于冷的状态时，班组长们就必须情绪饱满，以热的精神状态去做安全思想工作，如果以冷对冷，势必工作无成效，大局受影响。

（2）把握分寸，掌握火候，做到冷热有度 班组任何安全问题从产生到解决，总会有一个过程，而这个过程的长短则取决于解决问题的人是否能洞察安全问题的全过程，把握化解矛盾、缓解冲突、解决问题的分寸和火候，真正做到冷热有度。这里必须注意以下几个问题：一是增强敏感性，注意速度。做安全思想工作者要头脑冷静，反应敏捷，善于及时发现和迅速捕捉相关的安全信息，在安全问题萌芽之时就能将其掌握，决不能听而不闻、视而不见、麻木不仁、反应迟缓，成了"聋子"或"瞎子"，待到安全问题成了堆，形成了大群体、大面积、大影响之后，那样只能是被动应付、事倍功半。如果把安全问题解决在萌芽状态，其效果不言而喻。二是增强主动性，注意力度。班组工作在各个不同岗位上的员工，肩负着"发展是根本，稳定是大局"的安全生产使命，因此，对于自己管辖范围内所出现的各种安全问题理所当然地要予以积极、合理的解决。在认识上要到位，对客观存在的安全问题要重视；在行动上要到位，深入实际促进工作；在措施上要到位，解决安全问题力求彻底不留隐患。要坚决杜绝那种发现问题就躲，碰到困难就推，解决问题怕难，处理问题马虎的不正确的态度和做法。安全思想工作应该主动上阵，主动进攻，大胆负责，公开公正地化解各种安全矛盾，调动起班组各方面的安全生产积极性，为实现安全发展目标做贡献。三是增强持久性，注意硬度。班组许多安全问题的解决，不可能一蹴而就，需要在较长时间里不断地做工作，或许有的安全问题今天解决了，过不了多久又发生反弹。所以，对于那些复杂多变的安全问题，安全思想工作要有充分的准备，树立起不达目的不罢休，久攻必胜的信心和决心，不气馁、不灰心、不松劲、不退却，把应该解决的安全问题解决好。四是增强互动性，注意温度。凡是班组安全问题的产生和解决，总会涉及具体的人和事，只是有人数多少、范围大小、程度轻重的区别。对于某些特殊的甚至是"老大难"的人和事的解决，安全思想工作一厢情愿地做工作是无济于事的，自己的嘴巴磨破了皮他仍然无动于衷，而且当成耳边风一笑了之。对于这类安全问题的解决，必须千方百计地调动各方面的力量，多管齐下"开小灶"，产生愿意听取意见、解决问题的愿望。这样安全思想工作的积极性和工作对象的迫切性形成"双向"互动，安全问题就会得到顺利解决。

（3）方法得当，措施有力，做到冷热有路　在班组安全工作中，安全思想工作对于各种不同安全问题的解决，笔者认为，可以采取以下不同的方法。

① 化整为零法。对于交织在一起的各种安全工作矛盾或因某种情况而积聚在一起的群体性安全问题，要尽量将其分散，化整为零，以利于集中安全思想工作的优势，各个击破取得成功。

② 灭火降温法。对于在班组群情激奋，安全矛盾一触即发的大规模群体性事件的解决，安全思想工作既不能麻木疲沓，放任自流，又不能简单急躁，火上浇油。唯一正确的方法是行动迅速，头脑冷静，用真情感化，用法理奉劝，把剑拔弩张的气氛缓解，把冲

天的火气降下来，为较好地解决安全问题奠定基础。

③ 以热对冷法。在班组日常的安全工作中，往往会碰到一些十分棘手的问题，或无处下手，或久攻不下。解决这类安全问题的关键在于安全思想工作必须树立坚定的信心和坚持到底的毅力，用满腔热情去温暖那些一时处于冰冷的心，消除工作对象的顾虑。

④ 趁热打铁法。班组里有些安全问题的解决需要循序渐进，有些安全问题的解决需要趁热打铁，当机立断。那种左顾右盼，犹豫不决的态度往往会失去良机。

⑤ 抓住重点法。当班组里各种各样的安全矛盾和问题出现在面前的时候，必须认真分析，分清主次和轻重，切不可笼而统之、齐头并进去解决。只有抓住主要矛盾，扭住问题的关键，才能收到好的效果。

⑥ 清理并用法。安全思想工作必须坚持"以理服人、以情感人"的方法，克服那种"讲空话不务实，虚情假意不贴心"的工作态度。安全思想工作对象需要思想上的帮助，就应该及时指点；安全思想工作对象处于"雪中"，就应该及时"送炭"相助。只有情理相融，方能使安全思想工作对象受到启迪，激发出安全生产的热情。

总之，班组安全思想工作也是一种安全激励的方法，这里主要是精神激励。掌握的方法是"冷"与"热"要适度，宜冷则冷，宜热则热，做到冷热有数；把握分寸，掌握火候，做到冷热有度；方法得当，措施得力，做到冷热有路。这是班组安全思想工作"冷"、"热"适度的基本途径。也是安全生产激励的基本精神要求。班组里每一位做安全思想工作的人不妨一试。

82. 提高员工安全工作执行力的途径

安全工作执行力就是将安全思想转化为行动，让安全理论付诸实践，把安全工作计划变为现实的能力，是员工安全生产能力的重要内容。如何提高员工安全工作执行力？方法多种多样，依我看运用安全激励的方法更为适用。

（1）要在通晓法理上下功夫　企业班组员工对安全知识、安全生产规律认识的浮浅，影响着安全生产的质量，关系着安全工作执行力的高低。提高员工安全工作的执行水平，首先要做到"六知"。一要知法。张居正说："天下之事，不难于立法，而难于法之必行。""法之必行"之难，是指执行之难。安全法规是安全工作的指南，是安全生产的依据。班组员工作为"执法"主体，执法先要知法，只有知法才能确保执行的合法性、科学性，班组员工要围绕国家安全生产法律法规，掌握有关标准规定和企业规章制度，对一些安全工作的指导原则和具体要求应熟记于心间，做到指令未出口法先心中行。二要知理。安全生产理论水平决定安全工作思维层次，思维层次高低直接影响安全工作执行的效率。班组员工要加强国家安全发展创新理论的学习，以厚实的安全发展理论功底判断情况，分析问题，指导行动。要深入学习现代安全管理理论，弄懂基本原理，学会辩证法，掌握破解安全生产问题的"金钥匙"。要武装不要"包装"，对安全管理理论要真学、真知，遇事善于理性思考，执行起来才会找准方向走对路。三要知责。安全工作执行力也是员工履职尽责的能力。尽责先知责，职责清楚才能干的明白。员工对自己在安全生产中该干啥、干好啥，在什么情况下干什么要理清楚，力戒出现对职责知之不全、知之不深，该作为时不作为、不该作为时乱作为。四要知新。班组员工应在熟悉安全工作新政策中落实对策，在了解安全生产新知识中开阔视野，在掌握安全生产新技能中提高本领。只要有了知新的能力，才能与企业发展同频，最终达到安全工作执行能力的攀升。五要知底。班组员工在安全生产中要吃透两头、熟悉左右：一头要吃透上级的安全工作精神，一头要吃透岗位的实际情况，并且要熟悉"左邻右舍"的情况。知他容易知己难，对自身也要常照镜子常画像，把优势和不足找准，对上下左右、对自己知根知底，经常相互启发，执行起来才能有的放矢。六要知数。数字化时代呼唤数字化素质。掌握数字不单是业务部门的事，更是班组员工分内职责。班组员工要把必须掌握的数字记牢，以"有数"提高安全工作执行力的精确度。

知的渠道很多，主要路径有三条：一是学中知。所知的就是所学的。现代社会是一个信息社会，安全生产工作涉及面广，政治性、政策性、程序性都很强，班组员工若要成为安全工作的"政策通、活字典"，就应把学习作为工作职责、精神追求、思想境界、安全需要来对待。二是干中悟。员工是安全工作的执行者，执行者要经常回头看，寻其安全生产规律、查找安全工作不足，悟出安全工作门道。通过边干、边悟、边思，实现安全进步。三是研中得。员工在安全工作执行中切实用好调查研究这个基本工作方法，在深入班组、岗位实际操作调研中获取真知。要扑下身子，放下架子，虚心向别的员工请教，注重向实践学习，不断拓展知的广度，助推行的长度。

（2）要在终端见效上用气力　员工安全工作执行的过程，就是落实的过程抓住落实决定执行力度。安全工作抓落实重在用足"四股劲"。一要有一抓到底的狠劲。各项安全工作尤其是班组、岗位安全工作，需要一抓到底，终端见效。强调一抓到底，就是要有"明知山有虎，偏向虎山行"的气概，一项工作抓不出成效不撒手，风雨之后方见彩虹，阳光总在风雨后。二要有常抓不懈的韧劲。安全工作的落实是个长期的、动态的过程，有些安全工作今天落实了，明天可能会出现反复；有些安全工作过去这样抓能落实，现在这样抓可能就落实不了。一个班组、一个岗位的安全生产工作绝大多数是经常性、基础性的，必须常抓不懈，反复抓，抓反复，不能指望一步到位，一劳永逸。三要有敢于较真的严劲。安全上的事情就怕"认真"二字。只要认真了，就能落实了。凡是上级规定的安全工作，要严肃对待，不能打擦边球，更不能投机取巧。对安全工作不落实的行为要敢于制止，对不合法的举动要及时纠正，严中求实，严中求效。四要有一丝不苟的韧劲。班组安全工作细节关乎成败。落实安全工作，执行安全任务，就要具有航天发射那种细致劲，让每项工作零缺陷，让每个部件零故障，让每个人心中零疑点，不漏掉任何一个环节，不轻视任何一个细节，通过安全工作中的无缝对接，追求安全工作落实的最大效果。

安全工作抓落实既要靠良好的精神状态，也要有科学有效的实施方法。安全工作抓落实取得实效要做到"三个依靠"。一是依靠安全法规抓落实。法规来自于实践，应用于实践，是班组一切安全工作的遵循准则。"脱纲离谱"必吃"脱轨"之苦。二是依靠员工抓落实。员工对情况熟悉，抓安全直接等优点。所以，安全工作抓落实尽可能发挥员工的主观能动性，通过上下一体、多方互动，形成安全工作抓落实的拳头力量，执行才有力，落实才到位。三是依靠岗位抓落实。岗位是企业的最小工作单元，是企业组成的基础。安全工作抓落实要依靠岗位，因为岗位是把可能的生产力转化为现实生产力的要素。忽视岗位，夸大某人的功效，容易本末倒置。要采取多种方式，集中岗位员工的智慧，借助岗位员工的力量，让其真正成为安全工作抓落实、搞建设、促发展的生力军。

（3）要在开拓创新上求突破　提高班组员工安全工作执行力有两个基本要求：一是执行力度大；二是执行效果好。要想做到执行效果好，必须富于创造性。创造力是员工安全工作执行力的重要构成元素。在班组实际安全工作中，如何开拓创新？笔者认为应从三个方面下功夫。首先，要更新安全观念。伴随着我国安全生产步入法制化的轨道，更新观念已成为员工的首要责任。可是，某些员工却因循守旧，靠习惯性思维谋事，对安全生产新成果冷眼相看，不愿接受，甚至封堵。深入落实安全发展理念，更新员工的思想观念，就要敢于接受新理念，把有利于企业、班组、岗位安全发展的前沿理论、最新成果引入过来；敢于接受新事物，把有利于企业、班组、岗位安全发展的新经验、新做法嫁接过来；敢于自我否定，对一些过去的陈规陋习大胆革除。其次，要转变安全思路。员工安全工作的执行思路是否科学，应与上级要求相一致。上级安全工作指向明确的，要原文贯彻，不搞变通；原则性要求，要正确领会，不偏离轨道，要与企业实际性一致。每个企业都有多年形成积累的自身特点，凡事不能照搬照套，把安全工作思路确立在遵循事物发展规律、贴近企业实际的基础之上。要与员工安全需要相一致。要把员工的合理安全需要作为风向标，一切围绕调动员工安全生产积极性，发挥员工安全生产创造性，利于员工成长进步来确立安全工作思路。再次，要解决安全问题。要树立盯着安全问题搞创新的思想，确实通过解决安全问题，形成新的安全对策，及时捕捉新情况，发现新问题，形成新对策，牢牢把握解决安全问题的主动权，善于解决老问题，解决过不等于解决了，对一些重复出现的安全问题要不厌其烦地进行治理，防止发生"次生灾害"；善于解决难点问题，对一些棘手或老大难的安全问题，要刨根源、出实招、用猛药，以压倒一切的执行力度，清除安全发展道路上的障碍。

创新需要勇气，体现责任，更要把握好指导原则。一是莫让"传家宝"失传。创新是继承中的发展，是发展中的继承。严把坚持多年并经过实践证明的安全工作好经验、好作风传承下来，并不断赋予其时代内涵，为班组的安全发展注入新鲜活力。二是不要一味猎奇求新。新的不一定是最好的。要改革单纯以新来衡量安全发展成效的做法，一切立足实际，着眼发展，确保安全建设的方向。三是不靠心血来潮。创新是一项长期而艰巨的工程，既不能一蹴而就、操之过急，更不能突发奇想、头脑发热，要沿着冷静理智的方向对待，稳步向前。

总之，提高班组员工安全工作执行力。是通过使用安全激励的办法来实现的。一要在通晓法理上下功夫；二要在终端见效上用气力；三要在开拓创新上求突破。班组的每位员工把这三条做到位，安全工作抓落实、抓执行，就会取得一定的成效。

83. 如何有效提高班组安全工作效益

紧盯"关节"抓安全是一种重要的班组安全工作方法。然而，班组的工作千头万绪、复杂多变，如何拨开繁杂工作的迷雾，找准开展班组安全工作的抓手和着力点，提高班组安全工作的效益，是班组安全工作的一个难点。笔者认为，以科学发展观为指导，提高班组安全工作效益重点应把握好以下几个方面。

（1）要着手全局抓重点，突出一个"准"字　重点安全工作是指对企业安全发展起决定性影响的工作，往往起着"牵一发而动全身"的作用。班组要着眼于全局抓安全工作重点，是对班组全体员工安全素质的基本要求。但在班组的实际安全工作中，认不清、找不到或找不准安全工作的情况屡见不鲜。比如，有的认为难点就是重点，有的把热点当成重点，还有的同一时期抓多个重点，导致重点不"重"等。

认识的偏差不仅会造成班组长安全决策布置偏向，安全工作偏移，更重要的是可能把本应该抓住的安全工作重点耽误了，最终可能事倍功半甚至劳而无功。因此，班组长不仅要懂得安全工作抓重点的意义，更要认清安全工作重点，掌握抓安全工作重点的方法和艺术。这就要求班组长始终从企业的全局着眼，紧密联系本班组实际，抓住制约本班组安全发展的关键环节，把这些关键环节的"关节点"作为安全工作的重点，并对其投入工作精力和工作资源。要善于根据企业形势的发展变化，依据失误矛盾的运动特点和规律，适时调整安全工作重心和安全工作资源。但要注意，重点不能太多，通常一个时期只能抓一个重点，重点太多了就等于没有重点；也不能把难点、热点不加分析地都作为重点来抓，难点、热点未必都是重点。

（2）要紧盯困局抓难点，突出一个"深"字　困局是制约班组安全发展的瓶颈和障碍，往往积累矛盾较多，解决难度较大，容易使人避而远之。难点是指破解困局的突破口和着力点。在班组实际的安全工作中，有的班组长抓难点往往浅尝辄止，结果导致老困局引发新困局，小困局引发大困局，此困局刚解决彼困局又冒了出来。

困局不破解或破解不彻底，会严重牵扯班组长的精力，制约班组的安全发展。因此，班组长在抓难点时，一定要从困局历史惯性大容易反弹、时间跨度长缺少实证等特殊性出发，既要拿出敢为人先的勇气，更要拿出刨根问底的韧劲；既要从整体上探求对策，更要从根源上寻求突破。一方面，要把主观原因的难点挖深，要看哪些困局是由安全思想价值观的差异引起的，哪些困局是安全工作态度和方法不当造成的，哪些困局是急功近利眼前利益驱使所致等。

另一方面，要把客观原因的难点挖深。要客观分析哪些困局是安全发展环境不允许导致的，那些困局是体制机制不健全造成的，哪些困局是安全规章制度不落实引起的。只有把形成安全工作困局的主观原因和客观原因的难点都挖深，处理安全工作困局才能真正抓住问题的根本和关键。

（3）要围绕员工利益抓难点，突出一个"快"字　企业安全工作的热点常常和员工的利益紧密相连，敏感度高，触发性强，影响面广，是班组安全工作中经常碰到的问题。有的班组长对处理安全工作的热点问题思想上很重视，但在处理过程中总是慢半拍。比如，打一个电话就能解决的安全问题偏要搞"公文旅行"，开一次会议就能达成共识的却要一个一个地去谈，结果贻误了处理安全热点问题的最佳时机，致使局部安全问题演变成全局问题，一般安全问题演变成重大问题。

热点安全问题处理不及时，不仅能造成恶劣的社会影响，还会影响企业、社会的稳定，损害企业的形象，甚至是政府的形象。因此，班组长对热点安全问题必须保持高度的敏锐性，确保快速作出反应，果断作出决策。一是要在了解民意上求快。要把员工利益作为关注重点，善于利用八小时以外，及时了解员工关注的安全问题及对企业和班组安全工作的意见和建议。二是要在班组事务公开上求快。要将员工普遍关心的热点安全问题的处理程序、标准等主要方面，以最快的速度予以公开，并实施阳光操作，减少员工的猜疑和误解。三是要在征求意见上求快。要及时召开班组安全活动会议，广泛听取员工的安全工作意见和建议，及时纠偏改错，理顺员工情绪。四是要在反馈意见上求快。要根据员工反映集中的焦点、疑点安全问题，及时检查处理，尽快拿出处理意见并做好解释工作，同时有针对性地搞好改正。

（4）要瞄准发展抓亮点，突出一个"实"字　班组的安全发展是员工安全工作的根本目的，但如何衡量班组安全发展的程度和班组安全工作的效能，需要首先确定衡量标准。亮点作为班组安全发展的集中体现，已经成为班组安全发展工作效能的一个重要评价点。但现在很多班组长抓亮点却不是为了推动安全发展，而是为了出"政绩"，制造轰动效应；还有的班组长盲目夸大，任意拔高亮点，把开始说成高潮，把开花说成结果。

班组安全工作的亮点能鼓舞士气、凝聚人心，但班组长抓亮点决不能为了争"彩头"，出"风头"，决不能搞"形象工程"。抓亮点作为一种安全工作策略。必须建立在实在管用的基础上，建立在对班组安全发展，对班组安全建设有利的基础上。只有这样，才能把亮点的创新成果变成面上的共同财富，促进班组及企业全面安全发展。如果脱离了这个基本要求，只能给班组安全建设带来负面影响。因此，班组安全工作抓亮点必须从班组实际出发，从长远安全发展着眼，尊重客观事实，讲求实际效益，要立足实际抓特色，提高标准不搞人为拔高；要着眼长远定规划；尊重规律不搞盲目上马；要夯实基础求突破。全面协调不搞厚此薄彼；要瞄准发展求提高，整体推进不搞顾此失彼。切实处理好重点与一般，眼前与长远，速度与效益，安全与生产的关系，使班组安全工作亮点真正起到典型示范、以点带面的效果。

总之，有效提高班组安全工作效益，离不开安全激励的方法和手段。抓重点，转难点，抓热点，抓亮点。突出一个"准"字，突出一个"深"字，突出一个"快"字，突出一个"实"字。都是班组安全工作激励的具体方法。只要结合班组实际，运用安全生产激励的方法，就能有效提高班组安全工作效益。

① 班组长要善于用安全责任激励是对人的最大激励。

② 运用安全奖励时应把握的"四性"对安全工作大为有利。

③ 学会运用"负激励"是激励的一种好方法。

④ 感情激励在班组安全管理中的作用是无可估量的。

⑤ 信任是最大的安全激励。也是较好的安全激励方法。

⑥ 善用不花钱的安全激励既经济又实用。

⑦ 对员工进行有效安全激励的原则、形式和技巧，能使安全激励更具作用。

⑧ 让班组的"闲人""动"起来，这也是安全激励的作用。

第四章 新任班组长如何做好安全工作

为了促进企业的生产进步和安全工作发展，企业经常选拔和任用一些新的班组长，以增强企业发展的延续性并补充新鲜血液，使企业达到可持续发展。新任班组长一般来说均是员工中的佼佼者，他们有一定的技术技能，有一定的责任心和工作能力，是班组安全工作较好的"领头羊"。但是，新任班组长们在安全工作中大都热情有余、办法不多。有时为了赶进度、抢时间而忽视了安全作业程序，导致发生的事故，这样的事例屡见不鲜。这是新任班组长在安全工作中所犯的"通病"。如何提高新任班组长的安全工作能力，是摆在每个安全工作者面前的一个重要课题。

本章针对新任班组长如何做好安全工作，提出了 11 个安全工作方法。从新任班组长如何打开安全工作局面、开局以后怎么办、新任班组长的心理定位、如可改变班组的落后面貌等方面进行了有意的探索和研究。希望企业的新任班组长们能够从中受益、启发思路、完善措施、创造新法，在班组安全工作中拿出自己切实可行的工作方法。

84. 新任班组长如何打开安全工作局面

新任班组长大多数"土生土长"，应该说绝大多数都想在班组长岗位上干一番事业，以证明自己的价值，但真正能够取得显著成绩的似乎并不太多。这里既有客观因素，也有主观因素。客观因素主要是班组作业条件差、安全基础工作薄弱等；主观因素主要是自己和员工的关系未摆正，甚至认为自己高人一筹等。那么，新任班组长如何打开安全工作局面，在开展工作中增长才干呢？

（1）要与员工融为一体 虽然大多数新任班组长出自基层，但并不是十分了解本班组的安全生产状况，要想打开班组安全工作局面，必须争得班组全员的信任，这是最根本的基础。实践证明，要达到这种境界，必须具备四个条件。一是诚实，诚实是基础。诚实需要新任班组长放下架子，认真开展班组安全生产调研，要让班组员工认为你是来向他们学习的。心诚则灵，只有这样，才能学到安全生产的真本领。二是谦虚，谦虚是动力。谦虚不仅能赢得班组员工的好感，也是搞好班组安全工作的机会。如果上任伊始，就哇啦哇啦发议论，认为员工这也不对，那也不行，指手画脚，不仅适得其反，有时还会遭冷遇，成为孤家寡人。当然，过分谦虚也是不对的，尤其是对待安全工作，谦虚到了虚伪，反而被人瞧不起。三是好学，好学是关键。诚实也好，谦虚也罢，如果没有好学，也就没有了依托。新任班组长在安全工作中，好学不仅能学到经验，而且还能处理好各种关系。同时，好学也使诚实、谦虚落到了实处，形成互动效应。四是投入，投入是保证。一些新任班组长之所以在安全工作中无所事事，甚至无所作为，主要在于自己未扑下身子，精力投入少，打发时光多。要想打开班组安全工作局面，必须与班组员工同甘共苦，同呼吸共命运，把全身心放在班组，只有与班组员工融为一体，才能赢得员工的尊重，做到你中有我，我中有你。融为一体保安全的最高境界就是相互影响、形成互动、共同提高。

（2）勇挑重担独当一面　融为一体是一种手段，而独当一面才能充分展示才能。独当一面，有工作主动发挥才能的一面，但也有担当风险、承担责任的一面。这里有两个问题需要注意。一是要职责到位。有职就有责，有责就有压力，职责到位，要求新任班组长在安全工作中一定要做有心人，尽快进入角色，担当起班组安全生产的领导重任。客观地讲，独当一面对新任班组长来说，肯定有一定的难度，有时还会品尝到失败的痛苦。但从主观上讲，独当一面地干，与其说是一种锻炼，不如说是一种对自己魄力的检验。因此，新任班组长一定要珍惜这种独当一面的机会，以出色的安全生产成效报答车间、企业的厚爱和员工的信任。二是要敢于碰硬。独当一面地干，必然会碰到一些棘手的问题，如果有为难情绪，或绕道而行，那么，独当一面就会流于形式。直面困难，敢碰硬，成功地解决安全生产难题，是班组长应有的基本素质，对新任班组长来说尤为重要。

（3）扑下身子全力以赴　所谓全力以赴地干，就是要求新任班组长工作在班组、工作在岗位、工作在现场，不摆花架子，不做表面文章，而要把自己当作班组最普通的一员，踏踏实实地工作，认认真真地做人，把繁荣企业经济，确保企业平安作为自己最大的追求。为此，要注意三忌。一是忌急于求成。任何事情都有一个过程，班组安全工作也是如此，要遵循安全生产规律，去打开安全工作局面。二忌脱离员工。依靠员工是搞好班组安全工作的法宝，群策群力、问计于民是班组安全工作的依靠。三忌不推不动。有些新任班组长小心谨慎，怕这怕那，安全工作主动性不强，被动应付，不推不动，这种现象不利于安全工作，必须克服。

总之，新任班组长要打开安全工作局面，要实现班组安全持续发展，就要与员工融为一体，就要勇挑重担独当一面，就要扑下身子全力以赴。这样就能取得安全工作实效。舍此，别无他途。

85. 新任班组长安全工作领导方式的"三个更需"

新任班组长如何待人是衡量其人品、官德的一面镜子，也是其能否缩短与下属的心理距离，赢得下属信赖与支持的重要因素。对新任班组长而言，不只是其自身的职务、地位和责任的变化需要其在为人处事方面提升到一个新的境界，而且其下属、工作对象也会对其提出更高的要求。从这个意义上讲，如何为人，是班组长上任之初应考虑的首要问题。那么，新任班组长在为人方式上应注意哪几个方面的问题呢？

（1）职务升高了，更需诚恳待人　有的新任班组长由于受错误观念的影响，认为当上了班组领导之后，要稳固自己的地位，增强自己的威信，就要善于耍手腕儿。因此，常常容易步入欺上瞒下、媚上辱下的误区，对上级一套，对下级一套，对同级一套，对强者一套，对弱者一套。但路遥知马力、日久见人心，这样做，骗得了一时，却骗不了长久。上级、下属迟早是会看穿其把戏的。实际上，在班组长职务升高时，由于权力因素的影响，下属往往会自然而然地对其产生一种敬畏心理。所以，新任班组长必须想办法与下属拉近距离，营造良好的人际关系氛围；同时，对周围的同事，特别是直接下属对新任班组长有一个适应的过程，如果在这个过程中新任班组长颐指气使、唯我独尊，不但难以得到员工心理上的认同和接受，而且容易把关系弄僵，导致工作上的被动。

因此，新任班组长在职务升迁之时，要努力做到以下三点。一是关心员工疾苦。班组长来自于员工，植根于员工，一定要避免种种脱离员工的行为，坚决反对形式主义和官僚主义，想员工所想、急员工所急，忠诚地为员工谋利益。二是平等对待同事。新任班组长对待班组成员，实际上也是同事，要以诚相待、互相尊重、互相支持，让班组成员乐于与你共事；对待班组成员要平易近人、关心爱护、以理服人，让班组成员心悦诚服地接受你的领导和指挥。决不能自恃才高一等、政绩突出、上级信任，便飘飘然，忘乎所以，看不起职位比自己低、学识比自己差、能力比自己弱特别是年纪比自己长的同事，在工作中骄傲自满、盛气凌人、独断专行。三是热心扶持弱者。善待弱者、同情弱者、帮助弱者，是中华民族的传统美德，也是人类共同的行为准则。新任班组长对待弱者应有同情心、怜悯心，不冷漠、不歧视，设身处地地为他们着想，多想办法为他们解决困难，从物质上、精神上帮助他们、扶持他们。

（2）权力增大了，更需宽厚待人 有人说，权力是一把"双刃剑"，它可以成为一个人施展才干的得力武器，也可以使一个人变得自私狭隘、目中无人。班组长在权力增大时，怎样趋利避害呢？古人说得好："唯宽，可以容人；唯厚，可以载物"。新任班组长，一方面与班组成员同舟共济是其面临的一个新的课题，另一方面用好成员是其工作的重要职责。要处理好与班组成员的关系，要用好人，首先得容人，要能容得下才能超过自己的人，容得下气质、性格、观点、意见与自己不一致、甚至反对过自己的人，容得下不悦己甚至与自己疏远的人，容得下有缺点和犯过错误的人。

新任班组长要容得下上述四种人，必须努力做到以下几点。一是要增强事业心、责任感。一个事业心、责任感强的人，为人处世会从有利于事业发展的角度来考虑，而很少考虑私人情感和一己之私利。如此，就会有一颗宽厚的容人之心。二是要胸怀全局。作为班组长，都要主持一个班组的全盘工作，要使自己所领导的班组高效率地、高效益地运转，必须正确地处理与各种人才的关系。站在全班组考虑安全问题，其为人处世方式会更超脱，不会去计较一时一事。三是要辩证地看问题。只有辩证地看人，才能把人看的更加全面准确，才能摒弃个人好恶，更加理智地待人和用人。

（3）责任加重了，更需乐于助人　班组长在为人方面，不光要有诚恳待人的品格、平等待人的修养，更要有关心他人、乐于助人的美德。一个高明的班组长，应该在自己的职权范围内有意识地为那些需要帮助的人尽心尽力地提供帮助。

具体来说可以在以下几个方面努力。一是帮助处于困境的人。新任班组长要把个人利益置于班组成员的利益之后。在班组成员工作和生活中存在实际困难、需要班组长出手帮助的时候，要无私无畏、挺身而出、率先垂范、切实解决班组成员关注的热点、难点、焦点问题。二是帮助有发展潜力的人。新任班组长在着力提高自己举贤荐能的同时，还要有甘为人梯的思想，把那些有发展潜力的成员推荐到更重要的位置，发挥他们的作用。三是帮助有过失的人。人非圣贤，孰能无过。对那些犯过错误、遭受挫折和坎坷的人，新任班组长要通过深入细致的思想工作，帮助他们拨开思想上的迷雾，认识到自己的缺点和不足，帮助他们总结经验教训，并给他们指出今后努力的方向。

总之，新任班组长职务变了，权力大了，责任重了，面对新职务、新任务，特别是将各项安全工作任务落实的任务。因为班组中所有的安全任务，都是依靠人来完成的，所谓"以人为本"说的就是这个道理。人是有思想的、是有感情的理性动物，把人的工作做到位，班组的安全工作就有了可靠的保障。新任班组长只有抓住了"人"这根主线，以"三个更需"去统领安全工作，那么，班组的安全建设、企业的安全发展就有了坚实的基础。

86. 安全工作开局以后怎么办

新任班组长都会面临一个安全工作开局的问题。开局顺利，接下来往往一路势如破竹；开局不利，则难免磕磕绊绊。不过凡事都有例外，好的安全工作开局并不绝对等于好的安全工作过程和好的安全工作结果。不少新任班组长初来乍到即先声夺人，一番调研、一番运筹之后，很快熟悉了班组情况，进入了角色，理顺了安全工作关系，赢得了班组成员的信赖和车间、企业的支持，确定了安全工作思路并得到广泛认可，在全班组的翘首期盼中拉开了大干一场的架势。可是，继之而来的局面并非想象中的左右逢源、一帆风顺。有的班组长本身底气不足、力不从心，三板斧一砍完就四顾彷徨、不知所措，无法把安全生产工作推向更高层次；有的班组长对安全生产缺乏充分估计，稍遇挫折就信心全无、锐气顿失，大打退堂鼓；有的班组长被眼前的胜利冲昏了头脑，以为一切易如反掌，因而思想麻痹、工作松懈、一落千丈；更有甚者，忘乎所以，不再谨言慎行，而是放任私心膨胀、弱点暴露，以致形象受损、威望下降，不仅难有作为，连能否站稳都成了问题。

由此可见，班组安全工作开局不易，巩固开局成果、确保持续发展更需要下大工夫，花大力气。

（1）乘势而上，让头"三把火"越烧越旺 "新官上任三把火"这是并不新鲜的事，班组成员一般早有所料。因此，新任班组长来到一个新的岗位后，出一些新的安全工作举措，或者引入一些新的安全工作机制是正常的、应该的，即使引起了强烈反响并初见成效，也未必预示着此后能稳操胜券，更不足以成为骄傲的资本。但只要这"三把火"烧对了地方，就为今后的安全生产创造了条件。一个高明的、聪明的班组长应珍视这种良好的势头，珍惜班组成员已经被激发起来的安全生产热情和已经调动起来的安全工作积极性、再接再厉、扩大成果，使安全生产的星星之火渐成燎原之势，把班组整体安全工作推上超常规、跨越式发展的道路，一举奠定安全工作全胜的基础。

（2）持之以恒，避免出现大的起伏和波折　班组长刚刚到任时，成员基于对班组长的美好期待和改变现状的强烈愿望，通常会表现出十分友好的合作态度，一些对立面尚在观望，许多矛盾尚未显露，所以，相对来说班组长面对的阻力较小，安全生产工作容易拉动，甚至会使班组长有一种如鱼得水、游刃有余的感觉。但随着安全生产工作向纵深发展推进，就有可能超出一些人预想的范围。他们或是既得利益被触犯，或是如意算盘落空，于是便会由热心拥戴变为冷眼旁观，乃至设置障碍、从中作梗，使安全生产工作难度陡然增大。此时，班组长要洞察态势发展，只有以坚不可摧的信念和百折不挠的意志，咬定安全生产目标不放松，披荆斩棘勇往直前，才能让安全工作事业的车轮一往无前；相反，如果心灰气馁、知难而退，或者摇摆不定、把握不准，就会使安全生产工作出现波动或停顿，不仅不能达到预定的安全生产目标，而且还可能前功尽弃，从此庸碌无为。

（3）与时俱进，不断完善安全工作思路和方法　称心如意的班组安全工作开局令人信心百倍、斗志高昂，但初战告捷也容易使人盲目自信、麻痹大意，形成思维定势和懒惰心理。一个班组长如果认为自己在安全工作中掌握了无往而不胜的法宝，并且不分时间、不分场合地滥用，那么他肯定会尝到失败的苦果。当班组安全工作局面打开之后，班组长一定要不断完善安全工作思路和安全工作方法，高瞻远瞩、冷静思考，毫不放松对安全工作进展、安全局势变化的关注，绝不放过任何细枝末节，并分析成因、研究对策、有的放矢、对症下药，时刻准备以新的安全举措应对新的安全课题，而不能迷信什么包医百病的万用良药，更不能固执己见、刚愎自用，拿一种僵化的模式去套瞬息万变的安全工作格局，那样最终只能走向穷途末路。

（4）严于律己，保持良好的自我形象　致力于尽快打开班组安全工作局面的新任班组长，总是力求塑造一个近乎完美的形象，他们通常会表现得谦虚谨慎、公正廉洁、务实勤奋、干劲十足。正是这个形象，使得他们得以凝聚人心、树立权威。随着班组安全工作逐步走向正规、人际关系日益融洽，有些班组长一直紧绷的神经松弛下来，于是安全工作作风不再那么深入，安全工作精神不再那么振奋，自我要求不再那么严格，待人接物不再那么谦和有礼，班组做出的安全决策也不再那么注重发扬民主。更为危险的是有的开始萌生贪念，或明或暗地干起损公肥私的勾当，且自以为天衣无缝。长此以往，班组长的号召力势必严重下降，由以前的振臂一呼就应者云集变为众叛亲离的孤家寡人，安全生产工作就很难再上台阶。因此，能否慎始慎终、戒骄戒躁，悉心维护好自身形象，对于新任班组长来说，确实是一个严峻的考验。

87. 班组成员如何对待新任班组长

新任班组长上任后，班组成员一般都会从心理上、工作上表现出一种积极向上的劲头，以给新任班组长一个好的印象。这实际上是争取班组长认可的一种初期行为，离被新任班组长基本认可和最终肯定尚有很大的距离，尤其是面对各方面素质较高的新任班组长，当成员的更应树立长期努力的意识，并一如既往地做好工作。换句话说，如何对待新任班组长是每一个班组成员需要认真思考和解决的问题。

（1）要先主动适应而不是想法讨好　新任班组长上任后，一般规律是不用其提任何要求，成员都会对自己提出高于以前的要求，在一段时间内，班组里会出现无令而动的喜人局面。这种对新任班组长的无言的服从是一种浅层次的大众化的适应领导的方式，离真正的适应领导还差之甚远。有的班组成员还精心地把自己的情况，主要是过去的安全工作成绩通过一定的方式转报给新任班组长，或是"掌握"了新任班组长的某些爱好后便想办法投其所好，这些只能说是讨好绝非是适应领导。主动适应新任班组长应努力做到这样几点。一是认真领会新任班组长的安全生产工作思路。按其意图把

205

自己所分管的和应该干的安全工作做在前头，或者把有创新性的安全工作思路提供给新任班组长作参考。二是紧跟新任班组长的工作节奏。一般新任班组长上任之初都想把安全工作干得漂漂亮亮，尤其是头几把火都想烧好。在这一时期，当成员的必须把安全思想的弦绷得紧紧的，把安全工作干得超前、高效、优质，并把在这一时期形成的节奏、高效率运用到所承担的一切工作中，一如既往地坚持下去。这既是适应新任班组长的要求，也是适应市场经济特点、更是适应转变经济增长方式的要求。三是善于为新任班组长拾遗补缺。新任班组长初来乍到一个班组，无论其心气多高，安全生产经验多丰富，但对情况不太熟悉、对人员不尽了解是不容回避的事实，在人员的搭配使用上可能不尽合理，在人事组合上可能不够科学，这些都将直接或间接地影响到安全工作的进展，甚至可能出现问题。对此，每一个成员必须主动提醒新任班组长，为其补台，提示他想不到的，查补他疏漏的，在替新任班组长思考安全问题时要立足长远而不能只顾眼前，更不应投其所好。

（2）要始终立足于利于安全工作而不是利于个人融洽情感　人和人之间都是讲感情的，班组成员想与班组长尤其是新任班组长建立良好的个人感情的想法较为正常，但如果出发点不正确，甚至怀有某种不便公开的企图，便会使这种感情变味。在现实的班组工作中，有些成员通常会有这样几种不正常的表现：一是与新上任的班组长不熟悉，于是通过亲朋好友、同事同学、战友、老搭档等架桥牵线，展现自己，拐弯抹角地把特殊"关系"建立起来。二是充分运用业已存在的关系，有的班组成员早就与新任班组长存在有某种关系，但凡形成这种新的关系后，便对已有的关系进行充分运用，有的甚至借此造势、唬人。三是研究掌握新任班组长的某些嗜好，有目的地投其所好，以此建立特殊的感情等。因为有了这些特殊的目的和想法，自然地就弱化了安全生产工作的动力，冲淡了主动干好安全生产工作的思想意识，极容易使班组安全工作成为成员与新任班组长之间沟通的"身外之物"，使成员产生安全工作干好干坏一个样，只要能与新任班组长建立特殊关系就行的不良心理。这样既不利于新任班组长超脱地开展安全工作，迅速打开安全生产新局面，又不利于成员自己的健康成长，时间长了还会影响到整个班组的安全生产工作和团结。因此，班组每个成员都应以干好安全工作为"红线"，与新任班组长建立正常的上下级关系。过去与新任班组长不认识的，要以扎实的安全工作作为取得新任班组长认可的唯一条件，在安全生产工作中增进感情。过去与新任班组长存在某种关系的，要主动把这些业已存在的感情化为替新任班组长担担子、分责任的思想意识，化为干好安全生产工作的责任感和坚强毅力，自觉地为新任班组长创造一个潇洒自如地施展个人才华的环境和秩序。

（3）要以正确的态度对待新任班组长的新招而不能抱有偏见　新任班组长到任后，对其成员有一个一边了解、一边使用的过程，其间会受到多种因素的影响。一是自身业已形成的安全思想观念会左右自己认识成员的思维。二是自身业已形成的脾气、性格和过去安全工作中形成的作风、习惯使自己容易对"同类"人产生好的感觉和印象。三是对成员过去的安全工作缺乏系统的了解，这在某种程度上会影响到对成员的使用。在这种情况下，有的成员就会对新任班组长产生这样那样的看法。对新任班组长产生一些不好的想法甚至偏见是不应该的，于安全生产工作也是无益的，改变这种局面主要还是靠成员自己。一是要多从正面去认识新任班组长，毕竟他的站位与成员不一样，其考虑的是班组的全局，而成员考虑的只是自身；毕竟新任班组长对自己的了解需要一个过程，退一步讲，新任班组长也非完人，受主、客观条件的限制，有时表现出不能尽如人意的地方也是可以理解的。二是要多从自身找毛病。新任班组长对自己有看法，表明自己还有做得不对，需要改进的地方，即使过去做得不错，也要看看是不是自己产生了傲气，对早已存在的问题不能自察等。三是要加强与新任班组长之间的思想沟通，经常把自己的安全工作想法向新任班组长汇报，多听新任班组长的意见。这样既能开阔自己看问题的视野，又可觉察和反思自己在安全生产工作中的不足，同时还可取得新任班组长的信任。

88. 新任班组长履新先"理心"

新班组长在履新后，只有及时调整自己的心态，重新进行自我剖析和定位，才能适应新环境和新岗位的要求，才能胜任新的工作。下面，笔者结合自身的工作实践，谈谈一己之见。

在知识不断更新的当今社会，在专业化程度越来越高、越来越深、越来越细的现代安全管理中，新任班组长不可能面面俱到地掌握和精通所有的安全专业知识，甚至可以说对大部分的具体安全专业工作是不甚了解的。但是，作为班组长，你又要时时刻刻面对那些精通某一项具体安全专业的工人和技术人员，如果真的对安全生产业务表现的一无所知，对下属的安全工作无从指导的话，久而久之，下属就会认为你不学无术，你在他们心目中的形象也会大打折扣，威信自然无从谈起，这样肯定对你的工作不利。如何避免这种情况呢？不妨从以下几个方面做起。

（1）加强自身安全学习，提高综合安全素质　对于自己领导一个班组范围内的安全生产工作情况，一定要有一个较为全面的了解，对于那些主要生产岗位的安全工作要求要尽量做到精通。只有这样，才能避免"外行领导内行"，树立自己的安全工作能力威信。

（2）善于归纳总结，予以宏观指导　新任班组长对下属的具体安全工作应该是把握大的原则，尽量不对具体的细节和过程加以干涉，而是在其实施的过程中进行宏观指导。这样，既可以充分发挥下属的安全主观能动性，又可以避免使自己陷入繁杂的事务性安全工作之中，进而暴露出自己安全专业不精的缺陷，甚至闹出大笑话，正所谓"出力不讨好"。

（3）博采众人之长，巧妙为己所用　当下属为某一项具体安全工作向你请示，而你恰好对此又不甚了解，无法做出准确的判断时，不妨把你无法下定论的东西集中起来，作为问题向另一位或多位下属提出，然后再将下属们的这些结论进行总结归纳，结合班组全局安全工作做出较为全面的定论。如此，既防止了主观臆断，又可以成功地避免乱拍板所带来的尴尬。

履新后的班组长只有使下属乐于接纳自己，乐于接受自己的情感、态度和观点，心悦诚服地听从自己的指挥，才能使安全生产工作得以顺利开展，并取得佳绩。新任班组长要使下属乐于接纳自己，还需要做到以下几个方面。

（1）公道正派，使人觉得可以信赖　新任班组长良好的安全思想、安全道德修养和良好的安全工作作风，是使下属乐于接纳自己的基石。新任班组长应具备正直、善良、高尚的品质，敢于承担责任，具备为下属排忧解难的能力，关键时刻敢说硬话，危急时刻能力挽狂澜。这样，下属有困难需要帮助时，就会首先想到你，相信在你那里可以讨得公道、找到依靠。

（2）善于交往，使人觉得可以为伴　有效增进下属对自己的了解是增强新任班组长个人能力的前提。因此，新任班组长必须经常与下属交流感情，交换对安全生产的态度和看法。在交往中，要向下属表明"我乐于与你为友"、"我是真诚地喜欢你"等态度；要适当地向下属展示自己的知识、才能以及与大家相同或相近的生活行为方式，使下属消除对自己的敬畏感，从而真正地尊重和亲近自己；要注意自己言行的细节，比如一个不经意的微笑、一句温馨的话语等，都可以有效地拉近与下属的心理距离，促使下属从感情上接纳自己。

（3）入乡随俗，使人觉得可以为伍　面对不同的对象，新任班组长要学会入乡随俗。面对班组的生活习俗、工作习惯和思维习惯，就得具有下属们的朴实。面对视野较为开阔。独立精神较强的下属，则必须充分尊重他们的主人翁精神，体谅他们的辛劳与苦衷；面对知识渊博，学有专长且自尊心较强的下属，则应该特别表现出对他们的信任和尊敬，注意维护其尊严。

（4）言行得体，使人觉得可以悦情　给人以美感，使人体验到美的享受，是班组长人格魅力的内在素质的体现。在这方面，新任班组长应区分场合，合理强化自己在不同场合下的角色意识。正式场合下要"像个领导"，办事果断、责任心强、思路清晰、目光远大、顾全大局、坚持原则；非正式场合下要"像个群众"，平易近人、不摆架子、不打官腔、善于倾听、灵活处事。

（5）学会赞扬，使人觉得可为知音　人各有长短。班组的事业，班组的安全生产工作，最需要的是最大限度地发扬每个人的优点。新任班组长在安全工作中，多看下属的优点，善于发现下属的优点，用其所长，并真诚地赞扬下属的优点，能有效地帮助下属扬长避短，同时也会无意中加强班组长与下属之间的联系。优秀的班组长会用赞扬给人以成功的喜悦，用赞扬消除下属安全作业后的疲惫，用赞扬激发下属安全工作成败得失的反思，进而靠赞扬树立起自己的威信，使别人乐于接纳自己。

89. 新任班组长履新宜"慎"

良好的开端是成功的一半。新任班组长初始上任如何开局，对于今后安全生产工作的开展、个人威信的树立具有至关重要的作用，必须慎之又慎。

（1）慎于行，不随便"烧火"　"新官上任三把火"已经成为一种规律。新任班组长如何抓住老大难、选准切入点。烧好头三把火，确实能起到振奋精神、凝聚人心的作用，但头三把火必须慎烧。一是要弄清情况，不烧"急火"。安全生产问题是班组的老大难问题。老大难问题大都情况复杂，一定要找准症结，弄清根源。不要仅凭表面现象或一面之词就拍板。"急火"容易做出"夹生饭"，"急火"相攻之下，可能从表面上看安全问题是解决了、情况是好转了，但留下的隐患可能更大了。二是选准目标，不烧"空火"。烧火前要制定出切实可行的安全生产目标，言必信，行必果。如果不顾客观条件、实际情况，不管"锅"内有没有"米"，就点火猛烧，只能是放空炮、假热闹。表面上轰轰烈烈，却无任何实际效果。三是端正心态，不烧"邪火"。烧火的目的是解决安全老大难问题，开展扎扎实实的安全工作，如果仅为个人权威，就可能出现置安全工作连续性于不顾，标新立异搞形式主义、形象工程的现象，这样的"火"烧得越多，新任班组长的威信就越低。

（2）慎于言，不随便表态　新任班组长到任后，要深入生产现场、生产岗位、深入员工，多听、多转、多看。要在听中思考安全问题，在转中考虑安全问题，在看中发现安全问题，尽快熟悉班组情况。切忌走一路说一路，看一路评一路。新任班组长不随便表态，主要表现在几个方面。第一，当有人通过非正常渠道请示问题时，要报以"我才来，不了解情况，需要观察"的态度，不乱许愿，乱拍板。第二，不对前任班组长作评价、下结论。前任的功过是非，上级自有定论，员工自由公论，现任班组长不能靠否定、贬低前任来显示、抬高自己。正确对待前任是有修养、有水平的表现。第三，对下一步要采取的安全措施、解决安全问题的办法不能轻易表态。不随便表态，一是防止别有用心的人利用；二是班组长一旦有了倾向性意见，定了调子，集体研究时，其他人可能会随声附和，导致听不到真正有价值的安全工作意见。

（3）慎于止，不悄无声息　我们讲慎于行、慎于言，绝不是讲上任之初就无所作为。有些班组长上任日久，仍然提不出安全工作纲领，拿不出安全生产措施，闭门不出，还自以为是"以不变应万变"、"每临大事有静气"，这对开展班组安全工作、树立威信极为不利。一般来讲，新任班组长上任后，员工会有一种期待心理，希望班组有新变化，希望个人能有施展才能的机会。如果新任班组长上任"清风徐来，水波不兴"，大家就会感到失望。新任班组长上任长时间不作为，或是因为自信心不强，怕出乱子，畏首畏尾不敢开展工作；或是在不安全状态下缺乏应变能力，面对新环境无从下手；或是对新岗位不满意，自以为大材小用，以不作为来应付。无论是出于何种心态，停滞不前都是对工作、对个人的不负责任，这样做只能给安全生产带来被动，给个人制造麻烦。因此，新任班组长要树立自信心、增强事业心，虚心向员工学习、提高安全素质，选准安全工作突破口，迅速打开安全生产工作局面。

（4）慎于用人，不搞大换岗　人的问题是最敏感的问题，班组长新到一地，员工最关心的是他怎样用人、用怎样的人。从搞好安全工作角度讲，新任班组长上任后选精兵、配强将、培养干才是必要的，但必须慎重，不能搞大换班。大规模的岗位变动不利于保持安全工作的连续性，容易引发动荡和不安。更重要的是，上任之初情况不熟悉，人员不了解，重用的不外乎有以下几种人：原来就有交往、有关系、有感情的；上任之初有人"打招呼"的；工作岗位特殊，与新班组长接触多，留下好印象的。凭感情、凭关系、凭印象向来是用人之大忌，如果形成这样的用人导向，对以后安全生产工作的开展极为不利。新任班组长正确的做法是，暂时保持人员稳定，在安全工作中观察，在安全生产中体验，在员工中听取意见，了解、发现人才，在安全生产实践中构建适合安全工作需要的员工队伍。

总之，新任班组长履新宜"慎"，不随便"烧火"，不随便表态，不悄无声息，不搞大换岗。这些都有利于班组安全生产工作的连续性和稳定性，有利于班组安全生产工作的正常进行。新任班组长靠对安全工作的真挚感情，靠安全生产的真理和人格，靠安全事业的优异成绩来说话。这就更具有说服力，新任班组长自然而然开创了新局面，必将取得新成就，推动班组乃至企业的安全发展又好又快地进行。

90. 新任班组长如何尽快改变班组落后面貌

如何将一个事故多发、问题多多、困难重重、人心涣散的班组建设好，尽快走出低谷，步入先进，往往是一个新任班组长重点去思考、重点想办法解决的问题。笔者感到应着重把握好以下几点。

（1）要抓好班子　班组的领导班子是领导核心。它的群体优化程度高低，直接关系到班组安全建设质量的高低。班组安全建设没有搞好，大多数是因为班组领导班子战斗力不强。因此，必须先从班组领导班子抓起。首先，要和原班组长配合好。新任班组长初来乍到。所要面对的是和一个在班组有一定政绩、有一定群众基础、有一定影响力的"老坐地户"合作。新任班组长要想把自己的想法尽快让对方听进去，而且能接受，处理与这个"老坐地户"的关系要有高风亮节，善于接纳人的宽阔胸怀外，尤其重要的是新任班组长自己要有高超的工作艺术，在尊重、关心、帮助搭档中，以看和学的方法赢得主动，做到有权不争权，揽中有放、用中有商。对过去的安全工作不一概否定，不处处显示自己的权力、自己的能力，尤其在阐述自己的想法和主张时，不要强加于人，甚至用过去和某些上级领导相对走的近一点来突出自己的地位，以此压人。新任班组长要做到在先听取搭档的看法主张后，针对安全工作的不妥之处，用有力的事实，用真挚的感情，用谦虚的为人，把理说清，把事说明，把情说到，做到两人相辅相依。这样不仅会得到对方的理解和支持，更容易树立威信，也会事半功倍地落实自己的安全工作想法。其次，要充分发挥副职作用。俗话说："一个篱笆三个桩，一个好汉三个帮"。在班组的领导班子中，副职充当的角色重要而特殊，既是参与决策的领导者，又是落实决策的被领导者；既是鼎力完成分管安全工作的主角，又是辅弼正职抓好全局的配角，在班组安全建设上起着承上启下的关键作用。新任班组长面对的有些副职在班组也是"老同志"，甚至有的比自己年龄还大，资历深，群众威信高。要想得到他们的支持配合，新任班组长应该在用权中把副职的安全生产积极性和主动性调动起来，不怕副职争权，而要主动向副职靠拢，多与他们商量，勤于他们沟通，及时向他们征求意见，甚至在某些安全工作上主动把他们突显出来，放在自己的前面，给足他们面子。新任班组长切忌摆架子，在地位上搞得泾渭分明，非得要突出自己的地位。在一个班组，班组长是主角，这是固然的，但只有主角而没有配角，没有跑龙套的，戏是唱不好的。无论副班组长能力高低，贡献大小，甚至过去出现过一些问题，作为新来的班组长，都要敞开胸怀主动接近。要在多尊重、多理解的基础上，审慎行事，进退有度，把握好分寸，做到于无声中听惊雷，在细节中见真知，使副班组长充分发挥分管安全工作熟悉、经验丰富，能独当一面的特有优势，让他们在心情愉快中自觉当好助手。

再次，要调动起其他成员。在一个班组的领导班子中，除副职外，还有班组几大员。这些人往往很少说想法、很少谈建议，从他们那里听到的往往是悦耳的附和声、动听的赞美词，但这些人也往往是最好领导、最容易接近的。作为新任班组长，要仔细捕捉他们的特点，细心发现他们的长处，看清他们在安全生产中的作用，虚心听取他们对安全工作的意见，真心接受他们的建议，实实在在地帮助他们排除个人的困难，这样就能真正走入他们之中，从他们那里获得最真实、最直接的安全信息，他们也会不辜负领导的真诚和信任而主动出击，热情工作。

（2）要解决问题　一个安全工作落后的班组往往是老问题迟迟得不到解决，新问题又接连不断；大问题套着小问题，小问题牵着大问题。作为新任班组长，无论是从任前车间领导的嘱托，还是根据自己对这个班组过去安全生产情况的掌握，都会对班组的安全工作有所了解，是带着解决问题的雄心有备而来的。解决好这些安全问题，是打开安全工作局面必须渡过的一关。首先，要扑下身子真抓实干。新任班组长要充分认识到，高高在上，总在屋子里听汇报是听不到真言、掌握不到实情、拿不出管用招法的。因此，必须扑下身子，弯得下腰，甚至低得下头，深入生产岗位、作业现场，扎到最终端，下到困难最多、最棘手的地方，下到别人最不愿去的地方，做别人最不想做的事，解别人最不想解的难题。只有做到"零距离"接触，亲眼观察，亲身体验，反复思考，与员工心与心交流，情与情碰撞，才能真正发现问题。在一些安全生产工作任务的完成上，除了有部署、有安排外，有时还得亲力亲为带头干，通过自己细致的筹划、高效的工作为大家树立标准。其次，要注重科学方法。科学的方法是干好安全工作的基础，是安全问题得到解决的最佳途径。对班组出现的安全问题，要急在心上，暗地有思考，默默想对策，千万不能急在嘴上，更不能看这也不对，看那也不行，见啥都火冒三丈，瞅啥都不顺眼，急于烧三把火，忙于出政策。要善于从不对中发现闪光点，从不行中寻求可取之处，积极宣扬主流，大力宣扬好的东西，要永远记住，问题再多的班组，如果细心去找，总会有一些值得学习、值得宣扬的东西，新任班组长要善于把这些东西利用好，用身边典型的一言一行、一举一动，感动和带动整个班组，用亮点鼓舞士气，凝聚人心，展示成就。再次，要从突出的安全生产重点热点入手。一个安全工作落后的班组，往往是被领导班子核心作用不突出，工作标准不高等一连串的问题影响的结果。作为新任班组长，一定要在短时间内把需要重点突破的安全问题找准，把需要尽快解决的热点安全问题摸清，始终从全班组着眼，紧密联系班组历史、人员、任务实际，拿出敢为人先的勇气，拿在短时间内能解决、见成效的安全问题开刀，做到干了一件事就是一个精品，做了一项工作就是一个亮点。这样不但树立了自己的威信，而且也给解决其他安全问题奠定了基础，让班组员工看到希望、增添信心。新任班组长履新最忌讳的是眉毛胡子一把抓，这个也想干，那个也想改，想的是样样都尝试，结果是样样都没有改彻底，事事没有新面貌，导致老的安全问题没解决，新的安全问题又不断出现。

（3）要当好样板　新任班组长是班组员工关注的焦点。因此，必须谨慎行事，当好样板，用良好的行动赢得好口碑。首先，要清除私心杂念。新任班组长在做每件事都要坚持公心、公道、公平，心中始终想着肩上的安全生产责任，记着车间领导的嘱托，珍惜岗位、珍惜事业，树立正确的人生观、价值观；加强自我教育，提高自我管理标准，守住道德底线；说老实话，办老实事，做老实人，做到胸怀坦荡。作风正派，言行一致，表里如一。其次，要虚心好学。作为班组的领头雁，无论怎样忙，事情怎么多，都不能在学习上懒惰，俗话说"剃了光头并不就是和尚"，当了班组长并不代表个人能力就达到了一定的水准，能力就有了提升，而是要学、要想，要做的事情比别人更多了。特别是作为一个刚刚上任的新班组长，又到了一个安全问题较多的班组来任职，对学习更不能懒惰，更不能懈怠，要不断在安全生产的实践中有所悟、有所得，不断理清思路，升华积累的知识，激发自身的潜能。再次，要勤快。新任班组长工作要勤快，率先垂范，但并不是要求其事必躬亲，但该想的安全问题一定要深入去想，该做的安全工作要带头高标准去做，而且要有个人独当一面的见解，能科学统筹、粗中有细、放中有控，切实担当好班组安全生产工作的"设计师"、"调度长"。

91. 新任班组长的心理定位

新任班组长走上新的工作岗位，良好的心理定位开端是成功的一半。正确调整好心态，使自己尽快进入角色，顺利打开工作局面。那么，新任班组长如何进行个人的心理定位呢？笔者认为：

（1）忌骄，以下位心理重学　所谓下位心理，是指降低自己的心理定位，扩大心理视线仰角，以虚心、主动的意识去增强学习新知识、适应新环境、求得新平衡的紧迫感。新任班组长是员工队伍中的优秀人才，应当具有自信心、荣誉感和成就感。但刚履新后必须清醒地认识到：过去的业绩只能说明过去，新的工作平台需要自己新的实绩塑造新的威望；在过去的岗位上自己是能者和内行，工作轻车熟路，但职位变了，环境变了，自己应当按新的职位要求进行自我完善，即使还是在同一班组，也应看到时代是发展变化的，尤其要清楚，职位的升迁有自己拼搏的结果，也具有机遇性和偶然性，身边的同事、工友，包括自己的下属，也有值得自己学习的地方。因此，以下位心理虚心学习，是对新任班组长履新后的必然要求。履新后的学习，重要的是抓紧学习新职位所必备的安全生产政策、安全法律法规，学习前任好的安全工作方法，学习班组领导成员的优点和长处。

（2）忌急，以平位心理重干　在安全工作中，保持平位心理，就是注重自己心态的平和稳健，遇事保持既积极又稳妥的心理状态。新任班组长履新后，安全工作热情高、干劲大，希望能在较短的时间内干出新成绩，这是值得肯定的。但是，积极不等于急躁，如果操之过急，一味追求"新官上任三把火"，就会造成许多不良后果：一是在没有摸清情况的前提下容易导致盲目安全决策，给下属员工留下"嘴上无毛，办事不牢"的不好印象；二是在没有与班组其他领导成员沟通的前提下贸然拍板，容易引起大家的反感，得不到有效的支持；三是"烧新火"容易"灭旧火"，不利于保持安全工作的连续性。因此，新任班组长履新后，在加强学习的同时，应当立足于"慎说多学"、"慎断多干"。首先，要把前任决定了的、正在实施中的安全大事抓紧干好，保持安全工作的连续性。其次，要带头苦干、实干，尤其要勇于承担大事、难事、苦差事。再次，要善于集中班组领导成员和下属的正确意见和建议，依靠大家的智慧和力量干事、干成事。

（3）忌虚，以上位心理重断　上位心理是指抬高自己的心理基点，扩大心理负视角，以增强自己的自信心。处于上位心理时，有利于激活创造性思维，充分展示自己的才能和智慧，有效提升安全工作锐气。新任班组长履新后应当明白，谦虚不等于自贬，慎断不等于不断。新任班组长履新后也容易走向另一面，就是"怕"字当道，"虚"字当头，处处担心。一是担心自己资历浅，别人不买账；二是担心得罪人，不便于今后的安全工作和相处；三是担心新岗位排外，给自己带来尴尬；四是担心说错话、办错事，别人看不起。因此，处处小心，放不开手脚。这同样不利于安全工作的开展，不利于尽快打开安全工作局面。应该看到，自己虽然资历浅，但自己是同龄人中的优秀者，自己在过去的岗位上做出过较好的成绩，组织上信任自己也一定会支持自己，只要自己是一心一意干工作，即使一时不被人理解，但终将会有理解的那一天。因此，新任班组长履新后，该自己安全决策的事，必须大胆决策，看准了的，必须及时决策，尤其是面对情况复杂、矛盾尖锐、时机紧迫的安全生产问题，一定不能该断不断，优柔寡断。

（4）忌滥，以常位心理重规　常位心理类似于评位心理。其特点是，是自己的心路历程遵循常规、常义和常礼，而又不滥情、滥义、滥礼。新任班组长履新后思想活跃、善交朋友、感情丰富，本是好事，但也很容易感情用事，超越工作纪律的"雷池"。因此，新任班组长履新后，一定要保持一颗平常心，忌滥重规。一忌滥交友。多交朋友本来是好事，但如果只讲义气不讲原则，滥交朋友，很容易被人利用。二忌滥报恩。新任班组长能有较快的进步，除了自己努力工作外，肯定离不开企业的培养，同事的支持。但需要明确的是，对老领导、老同事的最好报答，应当是进一步干好自己的工作，成就自己的事业。如果走上新的岗位后搞无原则的知恩报恩，既是对党和人民的安全事业不负责任，也是对自己以及关心自己的企业、领导和朋友的不负责任。三忌滥用权。权力是员工给的，员工给的权力只能用来为员工谋利益。知道这一点的人很多，但真正做到很不容易，尤其是新任班组长。四忌滥表态。新到一个班组履职，在安全生产情况不完全清楚前，或者在没有思考成熟前，特别是在新的下属和班子成员面前，表态一定要慎重，决不能信口开河随意乱表态，否则，一旦乱了原则，以后再纠正就十分被动了。

92. 新任班组长如何应对下属出的难题

班组长与下属，可以说既是一个矛盾体的组合，又是一个统一体的组合。关系融洽，就是一个统一体；关系不融洽，就是一个矛盾体。相对来说，矛盾与统一的主要方面是班组长，主动权也在班组长。作为班组长尤其是新任班组长，只有敢于应对下属的挑战，善于解答下属给自己出的难题，自己的地位和威望才能树立并巩固。

（1）应对下属出的难题，班组长首先要敢于面对　这是考验一个新任班组长是不是具备相应能力的问题。通常情况下，这种考验是下属有心而为之，也是由少数能力强的下属操纵的，其目的是要新任班组长重视他们，把他们放在心中。其心理通常是："你班长也好，组长也好，要想把班组安全生产做好，就要听我的，不然你就是一个受罪的领导"。面对这样的难题，新任班组长必须敢于面对，要靠自己的实力去打消下属的这种不良心态。尤其是刚上任不久的班组长，千万不能让下属出的难题给考下去了。如果你不敢面对，或者低头认输，以后你在安全生产中的指令就没有人愿意听，你的威信就无法树立起来，你的领导意图就无法实现。面对下属出的难题，新任班组长应对的最终结局不外乎以下四种：第一种是光有外表的"空壳子"，图有一个班组长的虚名，没有追随者和响应者，人人看似尊重你，实际上处处看不起你。第二种是受下属左右。名义上是班组长，其实仅仅是一些强势下属的代言人，让下属牵着走，做任何事情都得这些下属点头或认可，不然就难以实施。

第三种是自主体系，形成两个圈子。一个以少数强势下属为首的权力之外的圈子，一个则是自己不得已自拉山头而成立的圈子。两个圈子相互对抗，相互掣肘。第四种是靠实力震住下属。那就是从容应对，在工作中争取主动，充分展示自己的实力，让下属刮目相看，不得不屈服、信服、佩服。作为新任班组长，能否做到这一点是非常重要的。因此，任何一个班组长，其领导能力是优先实施领导行为的主体，不具备这样的能力，是当不好班组长的。

（2）应对下属出的难题，班组长要善于应变　这是考验一个班组长尤其是新任班组长是不是具有相当阅历和权变能力的问题。这种考验也是少数下属心存侥幸，不甘于受人领导而设计的。这些下属给新任班组长出的难题，往往来得突然，来的奇特，其目的是看热闹、看笑话，纯粹是恶作剧。作为一个明智、有能力的班组长，面对这样的难题，必须做到三条。一是接"招"要快。要有迅速反应的能力和心理准备。特别是对安全生产工作上有重大事情的安排，要"留一手"，多一个心眼儿，不要等事情发生了才来考虑。要时刻注意少数下属的动向，只有知己知彼，才能百战百胜。二是接"招"要稳。能够迅速处理这种人为的突发"事端"，不让事态继续发展。三是出"招"要狠。迅速扭转局面，从气势和心理上把搞恶作剧的下属压倒。新任班组长的这种应变能力，实际上是自身素质和工作阅历的体现，更是领导能力"技压群雄"、巩固地位的关键。

（3）应对下属出的难题，班组长要注意策略　这是考验一个班组长是否具备一定的领导方法和艺术的问题。面对下属出的难题，新任班组长不仅要靠自己的能力顺利解决，而且要让"肇事"的下属从中反思、醒悟，不敢再轻易有所动作，从而显现出自己独特的领导才能和领导风范。通常情况下，给新任班组长出难题的少数下属结果有三种：一是被班组领导打入"冷宫"，坐"冷板凳"，不被使用，心中有怨气却无处发泄；二是虽被使用却始终得不到重用，只能碌碌度日；三是对自己的错误有所认识，变不服、捣蛋为信服、支持，得到班组长的宽容与谅解，成了新任班组长的左膀右臂。当然，前两种情况也是新任班组长不愿看到的。其实，任何一个班组长都不希望在上任伊始，在自己最需要支持的时候被下属出难题，但是，事情既然发生了，就必须敢于面对。要通过各种手段，使事情尽可能得到顺利、平稳的解决。新任班组长在解决下属出的难题的过程中，要注重策略。第一，要让下属知趣，使下属懂得任何事情都有一个度，不可一而再、再而三，自觉自愿全身而退。第二，要尽可能团结转化下属，为自己所用。任何人都不可能不犯错误，只要真心悔改，应该给予对方和别人一样的发展机会。第三，要做到心中有数，尽可能做到矛盾不外露，给下属留面子。如果撕破了脸皮，要再合作共事就难了，而这样对于自己以后开展安全工作有害无益。

总之，新任班组长在安全生产工作中，如何应对下属出的难题是有讲究的。首先要敢于面对；其次要善于应变；再次要注意策略。如果把这三条做好了，那么，班组的安全工作就能步入正常轨道。

93. 新任班组长安全工作应善于洞烛先机

"凡事预则立，不预则废"。这里的"预"指的是预见性、感知力。新任班组长由于其所处的特殊位置和承担的安全工作责任，必须时刻保持清醒的头脑，具有高度的敏锐性和洞察力，善于洞烛先机。

（1）洞烛先机是新任班组长应具备的一种基本能力　洞烛先机，是指对未来事物的预见和洞察。未来的事物因为没有发生和出现，具有很大的不确定性和可变性，很难预知和把握。智者之所以成为智者，就在于其比一般人看得远一两步，所以掌握了主动权。新任班组长安全工作的成功与否，最大的竞争在于洞烛先机上，洞烛先机是新任班组长应具有的一种基本功。

洞烛先机可应对复杂多变的安全生产形势。班组安全生产形势有复杂和多变两重性，令人捉摸不定，但是也有其发展变化的内在规律。洞烛先机就是准确捕捉安全信息，了解生产动态趋势，把握未来发展变化，把所掌握了解的安全生产状况作为重要的安全决策参数，不至于迷茫和游移，只有准确估计安全生产形势，及时提出安全工作问题，才能科学制定安全对策，化被动为主动。

洞烛先机方可减少安全决策失误，降低管理成本。班组安全生产决策失误的主要原因是对形势的判断错误，获取的安全信息失真，缺乏安全战略视角和安全发展眼光，静止地看问题，盲目安全决策或者凭经验办事等。因此，如果在对未来充分预知的基础上去作安全决策，则会把不可预见因素考虑进去，相对会更有把握一些，更符合实际一些。

洞烛先机方可抢占"制高点"，掌握安全生产主动权。现在是充满激烈竞争的时代，机遇无处不在，但稍纵即逝。谁领先一步，谁就会抓住机遇；谁稍有波动，则会丧失机遇，追悔莫及。对班组安全发展而言，洞烛先机就是有强烈的机遇意识。

（2）洞烛先机的种种表现　能够洞烛先机的新任班组长，往往有着不俗的表现。

① 有准确的判断力。新任班组长对所面临的人和事要及时作出准确的判断和权衡，以决定取舍。准确的判断在于去伪存真、由表及里、由此及彼，不是孤立地、片面地看待，而是发展地、动态地、全面地去考虑，在于对人和事深入地、辩证地看待和认识。

② 有敏锐的辨别力。出现在新任班组长面前的人和事，由于多方面的原因，往往鱼龙混杂，真假难辨。如果是出于某个不纯的目的时，往往隐藏更深，辨识更难。敏锐的辨别力在于从比较中辨别、从分析中辨别、从区别中辨别，能透过现象看本质，抓主流、抓关键，不人云亦云，不随波逐流，坚持个人主见。安全信息灵，思想脑子活。

③ 有精到的预见力。能够预见到未来，就能做到：察势则明察秋毫，胸有成竹；处势则从容应对，运筹帷幄；用势则乘势而上，一鼓作气。在商场，预见就是财富；在官场，预见就是主动，在生产，预见就是安全。

④ 有自如的控制力。正因为对将来可能发生的事有思想准备，

不管发生什么都在意料之中，所以，新任班组长能够表现出临危不乱、临忙不乱的大度，能够在班组的安全工作中进退自如。

（3）获得洞烛先机能力的途径　洞烛先机的能力不是先天就有的，而在于后天的培育。那么，新任班组长如何做到这一点呢？

①从观察思维中获得。万事万物都有着自己的表现形式，有着重重的先兆和迹象，只要观察，就能了解事物的发展变化。在班组安全工作中，首先是观察要细。不但要观察表象，而且要观察实质。其次是观察要全。多方位、多角度、多层面进行，切忌抓住一点，不及其余，犯"盲人摸象"的错误。再次是观察要真。要真心实意，带着问题，带着思考上阵，进入角色观察，不能应付敷衍，自欺欺人。

②从比较分析中获得。有比较才能鉴别，有鉴别才有启迪。囫囵吞枣，必然消化不良，难有收获。新任班组长在安全工作中，经过比较分析，能知真假、识高低、辨深浅；能从另一个角度切入，把握内涵；能掌握发现事物的规律性、倾向性，从而进入"自由"王国。驾轻就熟。

③从总结提炼中获得。事物的消与长、潜在与显现、弱与强都有内在规律，只要总结提炼就会有新的发现。新任班组长在安全工作中，总结要有自我总结，以吸取经验教训，完善自我；要有借鉴总结，他山之石，可以攻玉；要有事前总结，分析得失，以利再战。经验正是在不断的反复的总结中成熟的，阅历正是在不断的反复的总结中丰富的。总结是使人进步的一大法宝。运用之妙，存乎一心。善于总结的新任班组长，是最聪明的班组长，是不断成熟进步的班组长，同时也是洞烛先机的班组长。

94. 新任班组长注意化解下属的离心力

新任班组长与下属之间的关系，应该是和谐的；新任班组长的话，在下属的面前应该是有号召力的。在新任班组长与下属关系和谐的环境中，工作有干头、顺心；心结有人解，顺气；任务有人领、顺意。这样的上下级关系，应该是比较好的。但是，在现实班组安全工作中往往不是这样。有的新任班组长与下属之间非但没有向心力和凝聚力，反而产生了很大的离心力，关系很别扭；下属不愿见新任班组长，不肯听话，不想做事，甚至避而远之。下属在安全工作中一旦产生了离心力，负面效应是显而易见的。作者认为，作为新任班组长，不妨从以下"六心"入手，化解下属的离心力。

(1) 双向沟通多交心　有些下属之所以与新任班组长产生离心力，主要缘于新任班组长不注意、不善于与下属沟通思想，从而导致上下级之间感情不够融洽。新任班组长不注意与下属沟通，有些话没有及时摆在桌面上，下属就会闷在心里，得不到化解，自然就会形成心理障碍，天长日久，下属就会逐渐与新任班组长产生离心力。由于性格、能力、方法上的差异，班组长与下属对事物理解的角度和深度不尽相同，安全工作中难免产生分歧和矛盾。这就需要新任班组长经常与下属进行思想感情交流，交换意见，沟通认识，及时消除各种误解和偏见，不断密切上下级之间的合作共事关系，使大家工作起来心情舒畅。作为新任班组长，要时刻注意下属的思想倾向，对于那些闹情绪或对安全生产工作感到压力过大而抱怨的下属，要及时单独与其谈心，交换思想，帮助其解开思想上的疙瘩，敞开心扉，尽量让下属把心里话、牢骚话尽情地倾诉出来，以缩短与下属的心理距离。只要把话说开了，及时进行解释沟通，离心力自然也就会被化解。

(2) 工作信任多放心　新任班组长的信任最能赢得下属的向心力。在安全工作中，新任班组长应注意三个方面：首先是安全生产中关心下属，充分理解下属，要将心比心，让下属在干工作时舒心。在工作中，下属有可能与新任班组长意见不一致，有时可能不乐意接受新任班组长所分派的任务，有时也可能对新任班组长分派的任务完成不好。此时，作为新任班组长必须把情况了解清楚后再行定夺，要充分信任下属，理解下属的苦衷，千万不可一遇下属"抵触"就大光其火。其次是对下属在安全工作中的失误不能抓住不放。金无足赤，人无完人，谁能没有过失呢？对下属的缺点、错误,新任班组长要有一个正确的看法,既不能不管不问,也不能小题大做,抓住不放,甚至无限上纲。再次是在安全生产中充分放手,要让下属充分施展才华,让他们挑担子,给他们压担子,鼓励他们大胆负责,充分激发他们的创造性,让其在各自的工作岗位上大显身手。作为一名新上任的班组长,要冲破繁杂事务的包围,不越俎代庖,事必躬亲,不将本属于下属的权力收归己有,削弱下属职权,而应充分信任和依靠下属,使之有职、有权、有责,自主地、大胆地处理分内工作。切忌给下属头上套一个紧箍咒,处处要下属请示,时时要下属当班组长的传话筒。如果扭下属的"胳膊",拉下属的"后腿",不但会压抑下属的安全工作积极性、主动性和创造性,使他们的聪明才智无法发挥出来,还会使新任班组长陷入琐碎的事务之中。

(3)画龙点睛多尽心　在车间领导面前举荐下属和适当的表扬,是激发下属安全生产积极性,增强其向心力的有效的工作方法和领导艺术。一方面要多举荐下属。作为新任班组长,对下属就要从工作上、个人发展上多尽些心,多向上级领导推荐人才,在关键时刻起到画龙点睛的作用,这样下属就会多一些向心力。有的新任班组长,下属之所以对他产生离心力,很大程度上因为他漠视下属的成绩,吝啬推荐人才,不大喜欢、不大善于推荐下属,下属干出的成绩往往被其据为己有,怕下属成绩多了大了,自己面子上不好看,怕下属得到提拔,高出自己一头,使自己难堪。有些班组,甚至多年没有一个人得到提拔和重用,好像一潭死水。如此没有活力看不到希望的班组,下属自然要产生离心力。另一方面要多表扬下属。新任班组长的表扬,是一种导向和肯定。从某种意义上讲,表扬是对下属的最大奖赏。每一个下属都希望自己进步,希望经常得到领导的注意和表扬,这是一种有上进心的表现。恰到好处地表扬,会起到表扬一个人,激励一大片的作用。在班组安全工作中,新任班组长善于表扬和鼓励,能够激发下属强烈的进取心,有时会收到意想不到的效果。那些平时不被领导注意的下属,当他们出现积极进取的安全工作行为、做出一些成绩时,非常渴望得到承认。

及时的表扬能够使这种行为稳定下来，并使其热情得到更大的激发。若对下属的成绩熟视无睹，甚至表现冷漠，则只能使下属感到灰心失望，以至于消极应对工作。长此下去，下属必定会产生离心力。

（4）送去温暖多关心　"感人心者，莫先乎于情"。情感赢得向心力。没有下属的支持，即使一个有能力的领导，也将成为孤家寡人，终将一事无成。而新任班组长要想获得下属的支持，增强下属的向心力，就必须对他们亲切关怀、体贴入微。新任班组长要多从生活上关心下属，对下属在婚姻、家庭、子女等生活上的困难和问题，要在不违背原则的前提下，力所能及地帮助解决，使他们感受到班组的温暖，领导的关怀，心情舒畅地投入工作。新任班组长要当好下属的挚友、诤友。"良言一句三冬暖"，哪怕是一句简单的问候，也能拉近与下属的距离。同时，在平时的交往中，要去掉官气，关心下属。官味十足，高高在上，对下属的生活漠不关心的班组长，是很难赢得人心的。只有放下架子，平易近人，关心下属，乐意倾听下属的要求和呼声的班组长，才能得到下属的爱戴和支持。要学会"换位思考"，有意识地站在下属的位置上考虑、分析问题，设身处地地感受下属的所思所想，力求使自己站在下属之中，为下属所拥护。

（5）大度能容多宽心　"海纳百川，有容乃大"。新任班组长在安全工作中，对下属多一些宽容，多一些大度，动之以情，宽以待人，是化解下属离心力的有效手段。古有"宰相肚里能撑船，将军额上能跑马"的为官格言，作为新任班组长，不可因下属对自己在有的地方偶尔表现出来的不尊重而闷闷不乐、耿耿于怀，更不可寻机报复，给下属"穿小鞋"。要能宽容下属在安全工作中的失误和过错，特别是对那些勇于创新、敢担风险，想干一番事业的下属，应多宽容、多理解、多抚慰、多支持、多爱护。宽容，能消除下属前进中的障碍，化解下属胸中的小结。对下属宽容大度，要既能容他人之短，也能容他人之长；既能容他人之过，也能容他人之功；既能听顺耳之言，也能听逆耳之言；既能容亲近之人，也能容异己之士。这样才能给下属以冬夜围火炉般的温暖，下属才会主动地、心悦诚服地靠近班组长，服从班组长。

（6）审视自我多剖心 在班组安全工作中，当下属有了明显的离心力时，新任班组长就应及时地多从主观上找原因。看是下属对自己有个人成见，还是下属性格怪僻所致；看是下属恃才自傲、心智不成熟，还是下属发现自己在工作中不坚持原则或领导无方所致；看是因为对下属要求太高，使下属力所难及，还是自己关心下属不够所致；看是自己没有做到言必信、行必果，还是下属不求上进所致。对于下属在安全工作中的缺点、错误，新任班组长要一清二楚；对于自己的缺点、弱项，新任班组长更需要有一个正确的看法。当发现下属产生了离心力，新任班组长要多从自身找原因，多审视自我，剖析自我，检讨自我。切不可有了成绩是自己的，有了失误是下属的。如此，只能凉了下属的心，使更多的下属与自己拉开距离，产生离心力。

总之，新任班组长初来乍到，一定要防止下属对自己产生离心力。采取双向沟通多交心、工作信任多放心、画龙点睛多尽心、送去温暖多关心、大度能容多宽心、审视自我多剖心的"六心"工作法，就能消除离心力，增加向心力，使班组安全工作趋向稳定，使新任班组长走向成功。这是班组安全建设的需要，也是班组安全发展的需要。

① 新任班组长如何打开安全工作局面是重要课题。

② 安全工作开局以后怎么办是个重要挑战。

③ 新任班组长履新先"理心"是重要心理准备。

④ 新任班组长履新宜"慎"是重要工作方法。

⑤ 新任班组长如何尽快改变班组落后面貌是工作动力。

⑥ 新任班组长如何应对下属出的难题是对其素质的考验。

第五章　班组安全教育

　　班组安全教育是安全工作的重要组成部分，可以说是班组整个安全管理的"半壁江山"。通过班组安全教育起到学习安全知识、掌握安全技能、了解安全状况、通报安全信息、吸取事故教训、总结安全经验等效果。通过安全教育，取得安全上岗资质，使员工在生产中的作业是合法的。2010年5月，《特种作业人员安全技术培训考核管理规定》（国家安监总局第30号令）中，特种作业目录里列出了16中危险化学品作业的特殊工种，可以说已经囊括了现阶段危险化学品作业的所有工种。这就说明了安全教育的重要性和紧迫性。

　　班组安全教育是一项长期的战略任务。班组要安全发展，必须有安全保障，而安全保障的主要因素是人，以人为本才能促进班组安全发展。人的思想、行为、动机、素质等无不与接受教育的程度有关。从这个意义上讲，班组要安全发展，安全教育必须先行。班组安全教育总的要求是形式上要活，效果上要实。因此，灵活多样、丰富多彩、生动活泼是班组安全教育方法的主流。

　　在本章中，作者给出了14个安全教育方法，对班组安全教育进行了一定的归纳总结，其目的是引导班组长们在安全教育活动中，走出新路子，创出新方法，取得新成果，巩固班组安全生产的"半壁江山"。使员工在安全工作中，学到知识，掌握技能，开拓思维，走出新路。

95. 班组安全思想教育不容忽视

　　班组是企业的细胞，企业在安全工作中，加强班组安全思想教育，是培育"四有"队伍的迫切需要，也是摆在每一位班组长面前的一项长期的战略任务。但在市场经济、多元经济的背景下，班组忽视安全思想教育工作的问题比较突出，主要表现为以下几个方面。

（1）部分班组长在认识上存在偏差　安全思想教育工作是一门理论性和实践性都很强的系统工程，但在实际操作中，部分班组长对加强安全思想教育工作却出现了认识上的偏差。一是认为"无用"。认为发展中国特色的市场经济，调动员工的安全生产积极性主要靠经济手段或行政手段，安全思想教育作用不大，甚至是出力不讨好。二是认为"无为"。认为企业生产正常，物质文明上去了，精神文明自然就会跟上，"安全思想教育磨破嘴皮，不如多多发放票子"。忽视思想工作的作用。三是认为"无关"。部分班组长在处理问题时，习惯于用行政手段、经济手段，不习惯做思想工作，认为安全教育是上级部门的事，在班组是安全员的事，与己无关。

（2）少数班组长理想信念弱化　少数班组长对进行安全思想教育的热情低落，不愿参加学习，不愿做思想教育工作，认为"在市场经济条件下，金钱是主要的，讲思想、讲教育是空对空"。个别班组长对人生的理想信念淡化，把实现个人价值利益视为高于一切，"不管走什么路，不管谁领导，只要个人有好处就行"。认为安全工作只要不出事故或不出大事故就过得去，只要不在本班组出事故就是好样的，把安全思想教育工作完全丢在脑后。

（3）一些班组长安全工作方法单一　一是形式单一。只注重读报纸、出板报，"一人生病，全班吃药"，不注重灵活多样，安全思想教育缺乏层次性、趣味性；二是手段单一。只注重行政手段、经济处罚，不注重疏通引导，不因人制宜做耐心细致的思想工作，使安全思想教育缺乏针对性、权威性；三是方法单一。只讲大道理，不讲小道理，使安全思想教育工作缺乏有效性、实用性。

为此，根据班组安全工作需要，笔者结合企业深化班组安全发展的具体做法，提出如下做法。

（1）坚强教育，摆正位置　一定要引导班组长们充分认识做好班组安全思想教育工作是自己的"分内事"，是推动班组安全发展、经济发展的内动力。企业各级领导要坚持不懈地对班组长进行安全思想工作的再教育、再宣传。要放"权"让"利"，把安全思想教育工作纳入企业生产经营的管理之中，确保人员、时间、经费、阵地的落实。要摆正位置，确保班组安全思想教育工作在推动企业转型发展、跨越发展、安全发展、低碳发展中的重要地位，变"不愿做"为"乐意做"，变"不去做"为"主动做"，变"与己无关"为"分内之事"。这样班组的安全思想教育工作才能真正起到应有的作用。

（2）活化载体，改进方法　加强班组安全思想教育工作必须不断创新，在教育手段上，要采取现代化的宣传工具和宣传手段，拓宽教育面，提高教育质量；在教育方法上，采取寓教于乐、喜闻乐见的方法，紧密结合本班组的安全工作，开展座谈研讨、演讲竞赛等活动，使班组整个安全思想教育工作有声有色，丰富多彩。

（3）完善制度，狠抓落实　要建立和完善跟踪教育，定期回访、检查考核制度，使每位班组长做安全思想教育工作的多少、好坏与个人利益挂起钩来，做到有标准、有约束。要不断细化、量化，调整考核标准，加大考核力度，督促他们按具体分工主动做好班组安全思想教育工作。对未按规定完成指标的，应同未完成其他任务指标一样实行严格的考核和奖励，以此来调动班组长做好安全思想教育工作的积极性。

总之，班组安全生产工作，主要是人的工作，人的安全思想决定着班组安全生产工作的水平，加强班组安全思想教育工作，是企业安全生产的基础工作，只有从思想上认识安全工作的重要性，才能在工作中坚持"安全第一、预防为主、综合治理"的原则，才能使安全生产工作扎实有效。因此，班组安全思想教育工作绝不能忽视。

96. 五项系列活动促进班组安全教育

山西天脊煤化工集团股份公司开展五项系列活动，有力地促进了班组安全教育工作，取得了较好的效果，其具体内容如下。

（1）事故案例教育评比活动　班组开展事故案例教育活动，是有的放矢地预防事故发生的好方法。该公司在进行此项工作中，开展评比活动，看哪个班组案例选得准、针对性强、教育效果好，通过评比活动，进一步促使班组安全教育工作细化、深化、适用、有效。实践证明它是班组安全教育的有效载体。

(2) 安全教育联系点活动　该公司安全监管部门，针对有些班组在生产过程中危险因素多，易发生事故的实际情况，责成专人建立安全教育联系点，着重解决危险预知、危险辨识、方案制订、措施落实、消除办法等确保安全生产的手段。实践证明：教育班组成员群策群力，最大限度地发挥班组的安全潜力，也是带动班组整体安全的关键环节。

(3) 班组长带头讲安全活动　班组安全生产的成败，在某种意义上讲，取决于与班组长的安全思想、安全技能、安全文化、安全管理水平。该公司首先分期分批地组织全体班组长进行专题安全培训，培训结业后由他们回到班组，带头讲安全，这样更具实践性、更具亲切感、更易被接受，效果不一般。实践证明：班组长带头讲安全促进了班组安全工作规范有序和长效发展。

(4) 班组安全教育调研活动　因人们对班组安全教育认识不一，有时往往出现时紧时松、时抓时停的被动状况。如何才能步入经常化、制度化、规范化的轨道。该公司认为开展班组安全教育调研活动是有效方法之一。该公司安全监管部门将专职人员分片、切块、包干，深入各个班组开展调研活动，看安全教育是否走了过场，是否有针对性，是否有操作性，然后对症下药，提出解决方法。实践证明：开展班组安全教育调研活动，也是班组安全建设的重要举措。

(5) 安全教育纳入重点活动　班组安全教育是班组整个安全工作的重要组成部分，某种程度上左右着班组安全活动质量。基于这种认识，公司把班组安全教育工作纳入安全重点活动，规定每周每个班组至少开展一次安全教育活动，教育形式根据情况自定或案例教育、或规程教育、或交谈体会、或经验交流等。实践证明：把班组安全教育纳入班组安全重点工作，便于加强监督和管理，便于发挥约束和激励作用，为班组安全工作注入了生机和活力。

总之，五项系列活动促进了班组安全教育，反过来安全教育又促进了班组的安全发展，这种良性循环的活动，对班组、对车间、对企业都是有百利而无一害的。对此，应该发扬和创新。

97. 班组安全教育三题

班组安全教育是班组安全管理工作的有力支柱。它能使员工树立安全观念、增长安全知识、增强自我防范意识、遵守安全法律法规、提高安全文化素养、吸取事故教训、提高预防事故能力、总结安全生产经验等。因此，班组安全教育是班组安全工作的灵魂。班组安全教育的形式、内容、方法、手段也因班组的生产性质不同、人员结构不同、文化水准不同而不尽相同，但共性的东西也存在，如有的班组除有针对性地开展自己特色的安全教育外，还普遍进行了如下共性的安全教育活动。

(1) 岗位练兵教育　岗位练兵是班组员工安全技能最直观、最易接受、也最见效的一种方法。如针对化工生产特点，组织员工进行岗位灭火演习，讲明火灾特点，示范灭火器材操作要领，发现火险如何报警，如何选用灭火器，如何逃生等。再如进行岗位防毒演练，讲明毒气性质，示范防毒器具操作方法，急救知识，选用对路的防毒面具，使岗位的所有员工均具备防毒器具的使用和防毒知识。又如员工之间的互考互问，针对生产中的某个安全问题，员工相互之间以问答的方式进行安全教育，对普及安全生产知识起到了一人答题、众人受益，通俗易懂、简明实用的效果。

(2) 每周一题教育　在班组每个作业岗位的操作间的墙壁上挂上壁斗，插入安全教育卡片，用教育卡的形式，对本岗位安全注意事项，安全工作要求、主要危险源点、重要操作步骤等，每周出一题，让员工在工作之余，答出这一题的正确答案。这样可加深印象，在头脑中扎根。若本岗位的安全问题答完，也可有针对性地在有关安全技术方面、安全法律法规方面、安全文化建设方面适当地出题。这样一年52道题，每题人人精通，坚持数年，员工的安全素质必然大为增强。那么，班组的安全生产就有了可靠的保障。

（3）典型案例教育　对班组进行安全教育一定要抓住典型事故案例教育不放。分析本企业发生的事故使员工铭刻在心；剖析同类企业发生的事故使员工触目惊心；开展国内外同行业的典型事故案例教育，使员工警钟长鸣。通过典型事故案例教育，班组成员达到了听其言、查其因、铭其心、长其智的效果，对班组安全生产极为有利。

总之，班组安全教育涉及方方面面，手段方法也多种多样，没有统一的模式，但通过岗位练兵教育、每周一题教育、典型案例教育能收到较好的安全生产效果。

98. 正确运用"寓教于乐"的安全教育形式

健康有益的安全文化娱乐活动，作为班组经常性安全教育工作的一种形式，是员工所喜闻乐见的，对于增强一个班组的安全工作影响力，鼓舞安全生产士气，有着不可忽视的作用。但是，不能片面强调用文化娱乐活动完全代替安全教育工作。

比如，企业的安全技术规程、安全管理制度、安全工作标准就不是"歌舞升平"中所能解决的了。对于安全技术方面的要求、规定，安全法律方面的规章、规范，不仅需要在安全生产实践中的检验，而且还需要研读有关著作，还要经过灌输式的教育，系统地了解其理论体系。要做到这一点，没有专门的时间投入，没有必要的培训学习是不行的。

又比如，安全思想、安全道德、安全哲学、安全经济学、安全技能等一系列的安全教育，是引导班组成员追求真、善、美，树立正确的安全观、人生观、价值观所不能缺少的，虽然可以通过一定的安全文化娱乐活动，诸如看电影、电视、参观访问、知识竞赛等增强安全教育效果，但是真正要使班组员工产生安全意识的深化、安全思想的升华、安全道德的提高，就远不是那么简单的了。如有的班组安全知识问答，员工先问给多少奖金或奖品，这种现象明显违背了组织者的初衷。因此，班组的安全教育，也是一门学科，必须具有周密的计划、规范的设施办法，才能达到预定的教育目的。

此外，班组成员由于所处的地位、环境不同，遇到的安全问题是千差万别的，安全思想也是各不相同的。因此，班组安全教育工作如果忽视了客体的个性差异，而一味地企图通过娱乐活动来统一安全思想，调动安全生产积极性，不仅实现不了既定目标，而且可能使"形式主义"之风盛行。以个人为核心的班组安全教育工作，是需要用"一把钥匙开一把锁"的方法，靠"群体性"活动是难尽全功的。

当然，我们不是说在班组的安全教育工作中"寓教于乐"的形式不可取，而是强调要正确运用这种形式。如有的班组针对某项重要的作业内容，先播放一起国内外同类作业所发生事故的案例录像，使大家警惕可能引发事故的因素，加深印象，进而在工作中扬长避短，保证作业安全；还有的班组针对企业新、改、扩工程后，工艺流程变了，产品结构变了，安全操作技术变了的实际，班组成员之间采取互提问题，互背安规的方法，使大家在潜移默化中达到掌握安全知识，改变操作方法的目的；还有的班组节日期间组织安全灯谜竞猜、安全歌曲演唱等，保证了节日期间的安全生产，这些"寓教于乐"的安全教育方式都是可取、可行的。

总之，"寓教于乐"作为一种班组安全教育的辅助手段，如果运用适当，不失为加强班组安全教育工作的一种有效方法，但并非唯一方法，不能以此代替班组整个安全教育工作。只有把两者有机地结合起来，才能收到理想效果。

99. 班组安全教育要做到"四个结合"

安全生产是班组工作的重要内容，而安全教育又是班组安全生产的重要组成部分。把班组安全教育贯穿于企业安全发展和经济建设的全过程，实现安全生产与经济建设的最佳结合，关键在于把班组安全教育的规律自觉地运用到班组实践中去。

要抓好班组安全教育工作，笔者结合工作实践，认为要实现以下四个结合，能够取得好的效果。

（1）在整体行为与个体行为的结合上求统一　企业精神只有体现为整体行为才能发挥强大作用，而整体行为又由个体行为所组成。班组安全教育工作必须着眼于整体与个体的统一。要采取多种途径和方法，把各部门、各单位、各岗位乃至每个人的安全思想、安全行为与本企业精神联系起来，才能提高企业安全生产整体行为的水平。

（2）在共性与个性的结合上求深化　班组安全教育的着眼点必须突出地放在解决一些共性问题上，但绝不能忽视个性问题。班组安全教育工作的具体化和深入化，都要求在解决共性问题和个性问题的结合上下功夫。非常重要的一点，就是不能讲一套大道理，不分层次，不分对象，笼而统之传达。要注重针对性，注重可操作性，分层次，分对象，层层分解，落实到人，使安全生产思想在不同层面得到不断深化，取得明显效果。

（3）在事与理的结合上求提高　班组安全教育工作之所以有效，就是注重以事明理，从根本上提高人的安全思想觉悟。要把具体的安全问题，组织员工进行讨论，以不断统一员工的安全思想，使员工明确应该怎样，不应该怎样，既讲安全大道理，又讲安全小道理，用大道理统领小道理，使员工提高坚持正确安全行为的自觉性。

（4）在破与立的结合上求力度　班组安全教育工作与企业生产效益的结合中，不仅呼唤时代需要的、正确的安全思想和行为，还必须旗帜鲜明地抵制和破除一切错误的、有害的思想和行为。为此，要通过班组安全教育工作中的种种有效方式，既注重树立正面典型，又注重发挥反面教材的作用，弘扬正气，打击邪风，使班组安全生产走上健康的轨道。

总之，班组安全教育工作关系到班组安全工作的成败，又影响着企业的整体安全生产水平。在进行班组安全教育工作中，注重整体行为与个体行为的结合，注重共性与个性的结合，注重事与理的结合，注重破与立的结合，就能使班组安全教育成功而有效。

100. 如何针对青年员工特点开展班组安全教育

新中国成立 30 多年来成长起来的青年员工，具有鲜明的时代特征，一是上进心强，求知欲望盛；二是讲究实际，注重效率高；三是勤于思考，不轻信盲从；四是活泼好动，兴趣爱好广；五是争强好胜，易自满自大；六是接受能力强，明辨是非差；七是个性能力强，自控能力弱。针对以上特点，笔者根据多年的青年员工安全工作实践，认为在班组采取以下方法做好青年员工的安全教育比较有效。

（1）动之以情，以情感人　就是要求班组长以宽广的胸怀，炽热的诚心，细致周到的关怀，去感化教育青年员工。要在安全生产中想着青年员工，理解青年员工；既不放任自流，又不简单粗暴，松紧有度，严爱结合，并且模范带头，以身作则；班组长要为青年员工排忧解难，了解并想方设法解决一些实际问题，如冷暖疾苦，荣誉进步，后顾之忧等。

（2）晓之以理，以理服人　就是要求班组长运用语言、文字等手段进行有效的安全工作说服教育，首先要情理交融，既需要理直气壮地讲安全生产大道理，又要满腔热情地授之以处世之道、立身之本，要设身处地地为青年员工着想，以心换心，将心比心，以理服人。在说安全道理时，讲究艺术性，处理安全问题时，要认真调查，妥善处理，切忌以感情代替理智。要引导青年员工自我安全教育，辨别是非，分清美丑。

（3）取之以诚，以诚待人　真诚是一个班组长或施教者必须具备的思想品德。安全工作中和青年员工谈话，首先要平等待人，启发引导。要使谈话有成效，必须做到“三戒”。一戒架子。切忌以领导者自居，盛气凌人，摆出训人的架子；二忌空话。实事求是，有针对性，切忌漫无边际乱扯；三忌急躁。解决安全思想问题，不可急于求成，要有耐心，不怕麻烦，不怕反复，循循善诱，不能压服。

（4）尊之以法，以规律人　包括严格遵守国家的安全生产法律法规，认真执行企业内部各项安全管理制度、安全工作纪律、安全生产要求等。正确实施安全工作奖惩制度，青年员工，由于年纪轻，社会阅历短，实际安全工作经历欠缺，在遇到特殊情况时不够成熟，安全生产整体观念、执行安全纪律观念还不很严格，甚至有的还存在模糊认识。所以，加强安全法制教育，提高青年员工的安全法律意识，用安全制度来约束青工的行为，都显得十分必要。

（5）导之以行，以行召人　就是把青年员工的爱党爱国爱社会主义的热情，引导到自己的实际工作当中，在班组安全工作中，班组长要引导青工始终保持正确的方向和饱满的安全生产热情，发挥最佳的专业技术水平。"导"字上的功夫主要有三个方面：①把握时机，因势利导。如得到安全荣誉时，受到事故刺激时，碰到工作困难时等，都是实施"导"的最佳时机，这时的青工需要也最容易接受安全教育和影响。②因人制宜，耐心疏导。人的思想变化往往有一个由量变到质变、由渐变到突变的过程，同时，人各有异，疏导工作必须从个性出发，根据不同的情况，采取不同的方法，及时耐心地引导。③审时度势，及时疏导。青年员工的思想活动多变，具有多重性，要采取多种形式，切实掌握思想脉搏，有针对性地做好安全思想教育工作。

（6）联之以利，以利激人　人们对社会的贡献，靠的是社会对人们的一定报酬来体现。奖勤罚懒，扬优抑劣仍是一项行之有效的安全管理方法。调动青年员工的安全生产积极性和安全工作责任心，除了靠正面宣传，典型引路外，还要联之以利益来激发。班组长要掌握这一特点，采用"工效挂钩"的办法来实施安全教育管理，既要在安全教育上引导，"君子爱财，取之有道"的正确生财途径，又要在报酬上实现各尽所能，多劳多得，使他们从内心感到自己劳动价值的意义，才能激发他们在事业上焕发更旺的激情，在安全生产中发挥出更大的效力，在群体里引发出更强的竞争力。

总之，青工是班组的骨干力量，是班组安全生产的生力军，班组长在青工中开展安全教育，只有做到以情感人，发挥青工安全工作的特长；以理服人，调动青工的安全生产积极性；以诚待人，激励青工安全技术的创造性；以规律人，规范青工安全行为的自觉性；以行召人，引导青年员工安全活动的责任性；以利激人，焕发青工安全第一的竞争性。只有这样，才能使青工承担起安全生产的重任，夯实班组安全生产基础，将班组永远处于安全的境地。

101. 把安全理论送进班组

安全理论是在安全生产的实践中得来的。它是将无数次安全生产工作中失误的教训和无数次成功的经验，运用辩证唯物主义的认识论和方法论，加以概括、积淀、提取出来，用以指导安全生产工作的原理、手段和方法。安全理论一旦被从业人员所掌握，就会变成巨大的安全生产力。

把安全理论送进班组，旨在让班组成员尽快掌握安全工作的原理、手段和方法，去指导实际安全工作，去规范具体安全工作行为，预防各类事故的发生。如安全系统工程理论，安全需要层次理论，事故致因理论，安全法制建设理论，安全文化理论等，均是班组成员应该掌握的基本安全理论。

没有安全工作理论，就没有安全工作行动。多年的安全生产实践证明，班组处在企业生产的第一线，平时都是些琐碎的重复性的事情，班组长和各级管理干部强调工作中注意安全，不能发生事故，并严格事故考核，对发生事故的人和事进行重罚重处，究其原因，主要是班组长和班组成员凭着一股子朴素的感情抓安全工作。没有将安全理论融入工作中，良好的愿望得不到美好的回报，这就是缺乏安全理论指导的结果。

安全工作理论并不是主观臆造和凭空想象的，它是在生产实践中，经过数不清的血的教训和巨大的财产损失换来的。在某种意义上说，安全理论的获得比其他科学理论的取得更为艰难。因此，班组成员更应珍惜安全理论的来之不易，必须努力学习，努力实践，努力创新。

安全工作理论送进了班组，将为班组安全工作注入新的活力，班组成员一旦掌握并运用安全理论，就会迸发出极大的安全生产积极性，就会把安全工作搞得得心应手，就会顺利地解决生产中遇到的安全问题，进而将班组安全工作搞得扎扎实实，这是朴素的感

237

情、良好的愿望所无法比拟的。因此，把安全理论送进班组，用安全理论指导安全实践，用安全实践创新安全理论，是班组安全建设、安全发展的又一重要途径。

102. 提高班组安全教育说服效果的四个结合

企业的安全教育工作，实际上是团结动员全体职工实现安全生产这个共同目标的过程。在这个过程中，安全教育工作者需要选用说服的方法来统一职工的安全思想、凝聚职工的安全力量，从而促进企业安全生产目标的顺利实现。多种安全教育说服方法并举，对于提高安全宣传教育的效果具有重要意义。

（1）诉诸理性与诉诸感情相结合　在安全教育的说服过程中，以什么样的方式打动对方非常重要。笔者认为，打动对方可以采用两种方式，诉诸两种力量：一种是通过摆事实、讲道理的方式，运用理性或逻辑的力量来说服对方；另一种是通过营造某种气氛或使用感情色彩强烈的言辞，运用感情的力量来感染对方。现实中每个职工的性格、经历、文化水平不同，其行动受理性和感情支配的程度有明显的差异，有些人易于接受道理的说服，而另一些人则更容易受情绪或气氛的感染，因此，这两种方法的有效性因人、因事、因时而异，但若把这两种方法结合起来综合使用，则能够取得更好的效果。故人云："感人心者，莫先乎情"，"情动于中而形于外"。一般来说，在安全教育说服前应提前创设一个有利的情境，说服开始后先采取诉诸情感的方法，努力引导对方进入预设情境，打动对方，消除其抵触情绪后，再采用诉诸理性的方法进行引导，做到动之以情、晓之以理、寓情于理、情理交融，综合运用理性和感性两种力量达到促使对方态度和行为改变的目的。

（2）激励说服和警示说服相结合　安全教育的激励说服是指用表扬、鼓励、肯定等方法，通过强化内在动机引导说服对象改变态度和行为。这种方法往往不能引起说服对象足够的重视和注意，一般只能形成暂时的表层效果，难以从根本上使说服对象有所改变。研究表明，有一定威胁强度的说服往往更加有效。因此，在实际安全教育的说服工作中需要经常使用带有警示性的说服方式，通过"敲警钟"的方法唤起说服对象的危机意识和紧张心理，促使他们的态度和行为迅速向预定方向变化。警示说服通过对事物利害关系的强调，能最大限度地唤起说服对象的注意，并造成紧迫感促使他们采取相应行动，这样做往往能够收到较为明显的效果。但由于这种方法是通过刺激说服对象的恐惧心理来追求特定效果的，往往会给对方带来一些心理不适，导致对方产生自发的防卫性反应。因此，在实际工作中需要将其与激励说服有机结合起来，一方面要通过正面引导和激励强化内在动力，另一方面要通过警示引导和督促施加外在压力。这两种力量相结合能形成更强大的说服力，有利于促进说服对象的态度和行为发生改变。

（3）明示观点和暗示观点现结合　明示观点，顾名思义就是说服者鲜明地提出自己的安全生产观点和要求。这种方法便于说服对象理解说服者的立场、意图和观点，但由于方法过于直接而容易引起说服对象的反感。暗示观点就是不作明确结论，而将自己的安全生产观点寓于谈话之中，让对方慢慢地去品味和思考。暗示观点能够产生"余音绕梁，三日而不绝"的效果，起到"润物细无声"的作用。那么，说服的结论究竟应该明白地表现出来，还是有所保留，让被说服者自己得出来呢？这就需要根据不同的场合，不同的对象来灵活运用。一般而言，当安全生产情况比较复杂或者在时间比较紧急时，明示观点比暗示观点效果要好，容易迅速被说服对象所理解；同时，对文化水平和理解能力较低的说服对象也应该采用明示观点和方法。让说服对象自己得出答案的方法，则适用于安全生产议题简单、明确或文化水平较高、有充分理解能力的职工。

（4）单面说理和双面说理相结合　单面说理是指只向说服对象讲正面的、与安全工作有利的观点和论据，对反面的则闭口不谈。单面说理可以把安全生产观点讲的更充分，避免反面观点的负面影响，但容易给人一种居高临下、咄咄逼人的感觉，使说服对象怀疑说服者的动机和信息的可信度，从而可能产生心理抵触。双面说理就是在说服的过程中不断地进行角色变换和换位思考，在讲优点时不回避缺点，讲正面因素时也谈负面因素，讲有利于己的观点时也讲不利于己的观点，这样做可以使说服对象感到客观、全面、公正，有利于缩小说服者与被说服对象之间的感情距离，产生"共振效果"。双面说理既可能产生正效果，也可能产生负效果，如果把握不好分寸，就会降低正面说理的有效性，甚至会对说服者原有的错误态度和行为产生强化效果。从说服效果的实践过程来看，说服一般要经过从无变化、小变化、强化、结晶和改变几个阶段。在说服的开始阶段或者说服对象防范抵触心理较为严重时，应以两面说理为主，逐渐强化说服对象细微的改变和进步。随着说服对象认同感的增强，应及时转换为单面说理，引导说服对象的立场和态度发生逆转性变化。

总之，企业的安全教育实质上是一种说服工作。在说服工作中要坚持：诉诸理性与诉诸感情相结合；激励说服与警示说服相结合；明示观点和暗示观点相结合；单面说理和双面说理相结合。使安全教育说服多法并举，这样既可以提高安全教育的说服效果，又能使企业的安全思想、安全方法深入人心。企业的安全教育就克服了走过场、应付差事的尴尬局面，而发挥出见到实效、保障安全的实绩效应。

103. 提高班组安全教育效果"六法"

班组安全教育搞了多年，而班组发生的各类事故占到企业发生事故总数的80％以上，究其原因，一个很重要的方面是班组安全教育效果不佳。如何使班组安全教育真正做到入脑、入耳、入心？根据笔者从事班组安全教育多年的体会，下列"六要"可借鉴。

（1）调频法 这里所说的"调频"，就是指根据教育对象的实际，提出不同的要求。安全教育的"音频"的高低，是直接关系到其能否入耳的首要问题。"音频"过高，调子调得很高，发出的声音就容易失真，被教育者听了就会感到刺耳，不乐意接受，甚至会产生逆反心理；"音频"过低，格调低下，只能暂时满足部分人的低层次心理需要，即使入了他们的耳，也不能入脑、入心，同样不能达到安全教育的目的。因此，在班组安全教育过程中，必须根据班组的实际情况，调节安全教育的"调子"，既不能提出超越现实的过高要求，唱高八度，又不能违背基本准则，入情而背理，应以适中的"音频"求得共鸣。

目前，在班组安全教育过程中，"调子"或高或低的现象仍然存在。要克服这种现象，关键是要把安全教育的"音频"调至适中的位置，即寻找出国家、集体、个人三者利益的结合点，引导班组成员既要树立科学安全发展的观念，又要坚定奋斗安全生产的信心。具体应从以下三点去调试：一是调出班组远期目标和近期目标的会合点，激励员工坚定践行科学安全发展观的斗志。班组应在树立安全生产远大目标的前提下，脚踏实地地做好本职工作，这样才能有自己的前途。安全教育施教者必须以此引导员工，使他们由"小"看到"大"，由"近"看到"远"，激发他们为实现远大目标而从点滴做起的热情。二是调正公利和私利的平衡点，增强员工践行科学安全发展观的信心。安全教育者要善于从员工最现实、最基本，最需要的安全问题入手，不断对安全教育内容和方式进行调整，以适应员工的"饭量"，适应他们的"胃口"，这样才宜被员工消化、吸收。

（2）调幅法　振幅是指物体振动范围的幅度。这里所说的"调幅"，就是要调节科学安全发展观教育的范围、模式和层次。一是要适应班组员工的要求，扩大安全教育范围。改革浪潮的冲击，使员工的思想观念、心理需求、思维方式等都发生了较大的变化，思维方式从单向的求同模式向主体的、求异的方式发展。生活中，他们既习惯于古今纵向对比，更喜欢内外横向比较；既想听听正面的道理，又想听听反面的评价。这些新情况、新变化，客观上要求我们在科学安全发展观的教育中，注意走出狭小的封闭圈，安全教育的思路要宽，安全教育的内容要丰富，安全教育的形式要灵活。二是要适应时代特点，改变安全教育模式。班组安全教育者要搞好科学安全发展观教育，就要善于因人、因地、适时地调节"波幅"。

在充分理解科学安全发展观深刻内涵的基础上，编写出符合班组成员实际和特点、体现自己独立思维的教案来和大家共同交流。这样，他们就会感到你不是在简单地说教，而是在交流安全思想，才会有兴趣倾听你的讲述和评论。三是要分清层次，分类施教。在班组安全教育中，要区分班组干部和一般工程技术人员，骨干员工和普通员工等不同层次，根据不同的安全教育对象，相应调出"短波"、"中波"、"长波"等不同的波段，切忌"一本经"念到底。

（3）调阻法　物理学中欧姆定律告诉我们，可调电阻的作用就在于它能控制电流量的大小，如果把电阻调到最低值，就能保证所通过的电流达到最大值。这个欧姆定律对科学安全发展观教育也同样适用。教育者的阻力干扰越小，班组安全教育的效果越好。因此，要搞好班组安全教育，"调阻"工作也是不可缺少的一个重要方面。

影响班组安全教育成效的因素是多方面的，但主要来自于社会、家庭和单位本身这三个方面。社会大气候的风风雨雨，亲朋好友的一封书信，单位的一件不平之事，很可能使班组安全教育者用千言万语获得的效果付之东流。如何通过"调阻"来增强班组安全教育效果呢？作者认为，第一，提高"导体"质量，增强对抗力。就是帮助班组成员树立观察、分析事物的正确观点和立场，特别是科学安全发展观的思维方式，不仅要告诉他们是什么，更要告诉他们为什么；不能满足于给大伙"几条鱼"，更要教会他们"抓捕鱼"的方法，提高他们的识别能力，使他们的肌体具有很强的免疫力。第二，加大"电流"强度，增强穿透力。就是要加强正面教育，不断地向班组员工灌输科学安全发展观思想，传播科学安全发展理论，提高他们穿透干扰层的冲击力。第三，借助"电压"之力，减少外阻力。就是要利用单位、班组以外的社会、家庭、亲朋、好友的积极力量，形成安全工作合力，以此来改变安全正面教育和反面干扰的比差，增强班组安全教育效果。

（4）分支法　要使科学安全发展观的大道理有实体感，一般来说，还要采取分支法。一是把安全发展的大道理分支化实，以点带面，触类旁通，引申扩张，收到一滴水反映太阳之光辉的功效。讲安全生产大道理，必须善于将所要讲的课题进行分支，化大为小，化抽象为具体，然后根据安全教育的目的，从最有针对性的具体道理讲起，通过对具体道理的逐一理解，形成对所讲课题的系统印象。二是赋予安全生产大道理以时代内容。党和政府的安全发展基本理念蕴含着丰富的时代内容，具有鲜明的时代感，决不能将班组安全教育搞成几十年一贯制。一方面，要努力发掘，把过去讲片面了的安全内容讲全面；另一方面，要及时丰富，把在安全生产实践中证明了是正确的东西填充进去，丰富它的内涵。把安全工作的老道理讲出新内容、新道理，讲出时代性，大家就会觉得更真实、更具体、更生动。当然，无论是分支还是赋新，都必须建立在对安全工作大道理的深刻、全面、正确理解的基础上，都必须符合安全工作大道理的基本精神，那种为了赶时髦而扭曲党和政府安全发展根本理论的不良倾向必须予以防止。

(5) 求实法　用安全科学理论分析说明现实安全生产问题，帮助班组成员解扣子，把员工的思想统一到党和政府安全发展的方针政策上来，正是科学安全发展观教育的出发点和落脚点。解扣子的数量多少、程度如何，应是衡量班组安全教育效果的重要尺度。

要把科学安全发展观所蕴涵的道理讲到班组员工的心坎上，要把扣子真正解开，要注意做到：第一，明确立足点，不搪塞敷衍。第二，注重调查研究，不闭门造车。要利用各种渠道深入班组调查研究，了解员工的安全需求，准确地把握其安全思想脉搏，努力把安全道理讲到大家心理。第三，要勇于涉险，不回避难题。现在班组有一种倾向，就是只讲上了本本，定了调调的问题，对新的、敏感的，也就是安全工作中的焦点、热点、难点问题则瞻前顾后，畏首畏尾，尽量绕着走。事实上，在班组安全教育中，大家最希望解决的正是这些问题。安全教育者应该丢掉顾虑、鼓足勇气，去探索、去研究，不能只吃现成饭。第四，要摆正位置，不以教育者自居。教育者只要实事求是，动之以情、晓之以理，就有说服力，就能解开班组成员思想上的扣子。

（6）联想法　讲科学安全发展最忌照本宣科，干巴巴的几条，如清水煮白菜，吊不起胃口。只要善于由此及彼、由表及里的联系，多角度、多层面地讲安全问题，才能使科学安全发展观所蕴涵的大道理给员工留下深刻的印象，深入员工的心灵，进而规范员工的行为。

班组安全教育"联想"的方法是多种多样的，归纳起来主要有以下几种：一是追根溯源法。就是查出处、查背景，讲清来龙去脉。二是顺藤摸瓜法。就是要把与主题有关的事和理顺手牵来，通过一系列的联系把概念具体化，使道理通俗化，达到寓理于事的目的。三是类比联想法。就是通过类似的小道理来说明大道理，这样往往可以收到良好的效果。四是假想联想法。班组安全教育从正反两方面假设种种情况，启发大家的思路。五是随机联想法。就是根据班组安全教育的气氛和环境的变化，随时增加安全的话题。

需要指出的是，班组安全教育方法无定式，实践之树常青，广大安全教育者应在实践中注重科学的安全教育方法的研究和应用，不断增强班组安全教育的时代性、针对性，切实提高实效性。

104. 班组学好用好安全理论的途径

具体才能深入，细化才能深化。党中央、国务院提出安全发展理论作为来源于群众、来源于实践的科学理论，要将其深深植根于广大员工群众的脑海，不能大而化之、空泛地学，而要紧密联系班组安全生产的实际，运用有效的招法，使对其的运用不断深化，以此来指导班组的安全生产工作。

（1）联系热点焦点，拉远为近地学　要把安全发展这一相对宏观的理论联系到解答热点、焦点问题上，使之变成看得见、摸得着的东西。在班组具体安全工作中，要运用好三种方法：其一，诵读宣讲切入。要解答好热点、焦点问题，掌握安全发展基本理论知识是前提。而这又要从通读入手，从背记开始。要采取员工自读、班组长领读、请专家解读、分小组议读等方法。比如，对安全生产

"五要素"的学习，要一个一个段落读，一个一个观点记，做到读中学观点，背中思要义，记中悟精髓。其二，互动交流启发。要在"议热点、释疑点"中深化学习理解，采取主题演讲、实话实说、正反辩论等形式，主动把个人观点亮出来，把不同意见摆出来，把内心想法讲出来，用简单明了的道理解析那些抽象具体的理论。其三，班组长要带头。班组长要把安全生产意识推进到安全发展理论体系宣传普及中，努力做到学在前、用在前。要打头阵、先发言，带着班组文化程度低、理论基础弱的员工一起学，切实当好谈论交流的引导员，解疑释惑的辅导员。

（2）把握整体脉络，破大为小地学　学习安全发展理论，口子要尽量开的小，不能指望"一口吃个胖子"。可以采取"三双一"的办法：其一，"学一个专题研究一个问题"。按照安全发展理论的形成脉络，将基本理论、基本观点和基本要求分解成若干个专题，逐个进行学习研究。比如，组织学习"如何把事故降下来"这个专题时，可以将其标准活化为"五个一点"，即安全教育深一点，隐患整改快一点，安全投入多一点，岗位巡检细一点，安全记录准一点。其二，"学一个观点解一个扣子"。要把学习安全发展理论观点与提高安全思想认识统一起来，联系安全工作中经常遇到的疑难问题，运用安全科学理论蕴涵的立场、观点、方法进行讨论辨析，在解决安全问题中提高能力。其三，"搞一次活动深化一次认识"。通过在班组组织安全活动，如结合重大节日，搞好"安全在我心中演讲"活动，搞好"安全知识竞赛"活动，让安全发展理论闪耀出艺术的光芒，让员工在艺术中领略真理的魅力，对安全发展理论的学习理解，用员工自己独特的形式和方法表现出来，让安全发展理论回归朴素、回归自然。

（3）紧贴身边实际，变虚为实地学　创新安全发展理论进入员工思想、进入安全工作的过程，就是把安全发展理论变虚为实的过程。要善于联系身边具体的人和事来学，让安全发展理论从"天上"走到"地下"。学习中，应把握好"三个多"：其一，多想想身边的事。从新闻报道，媒体网络，工作生活中找事例，用身边的事诠释理论观点、映证学习内容，解决好内容抽象不好理解、学习过后印象不深的问题。其二，多看看身边的人。在班组安全生产实践中，广泛开展学先进评先进活动，将安全理论学习情况纳入班组评先和个人成长进步的标准之中，切实营造"做有标准，学有甜头，干有动力"的浓厚氛围。其三，多说说心里话。发动员工群众联系个人生活、本职岗位、具体工作说、学、用安全生产理论的经验体会，把个人的认识变成大家的共识，把个人的经验变成大家的财富；用自己的话来"翻译"安全理论观点，把安全发展理论用通俗易懂、深入浅出的鲜活语言表达出来，就像在唠家常中把道理析透。

总之，对党和政府的安全发展理论，在学习、理解的过程中，联系热点焦点，拉远为近地学；把握整体脉络，破大为小地学；紧贴身边实际，变虚为实地学。就能对班组安全生产工作起到理论联系实际、理论为实际服务的作用。

105. 正确认识班组安全学习中的辩证法

安全学习是班组提高安全素质的基本途径。在新的历史时期，班组员工只有不断进行安全学习，才能加强安全知识的积累，实现安全生产能力的提高。作者就班组如何把握好安全学习的强制性和自觉性、学习的阶段性和持久性、读有字之书和无字之书三个方面的关系，谈几点粗浅的认识。

（1）自觉性与强制性相结合　安全学习对班组员工来说，首先是一种责任、是一项义务、是一个政治问题。班组员工的安全学习绝不仅仅是个人的兴趣爱好，绝不是可学不可学、想学什么就学什么、想不学什么就不学什么的问题。因此，对班组员工的安全学习要求带有一定的刚性。从大的方面来讲，这是安全生产形势所迫，是为了从根本上避免企业员工出现安全知识恐慌问题。从现实的层面来讲，在工作和学习矛盾未能得到很好处理的情况下，一些班组员工往往容易重工轻学，强调所谓的工作繁忙而将安全学习搁在一边。另外，安全学习毕竟不是一件容易的事，乐在其中、学如甘饴、如饥似渴地进行学习，目前还没有成为一种常态。一些班组员工在应酬和玩乐面前往往会"乐而忘学"。因此，对班组成员的安全学习提出一定的刚性要求是十分必要的。

班组员工仅靠组织规定的实践来进行安全学习显然是不够的，还要有相当的自觉性。爱因斯坦有句名言："人的差异往往在于业余时间，业余时间生产着人才，也生产着懒汉、酒鬼、牌迷、赌徒。由此不仅使工作业绩有别，也区分出高低优劣的人生境界。"班组员工安全学习要学有所成，就要有所节制，减少不必要的应酬和交往，保证有充足的时间和精力来进行学习和思考。安全学习要持之以恒、循序渐进。陶渊明曾说过："勤学如春起之苗，不见其增，日有所长；辍学如磨刀之石，不见其损，日有所亏。"这段话提醒我们，安全知识也是靠点滴的积累才能不断增长，学习一旦隔断，所学知识也会慢慢遗忘。班组员工在工作繁忙之余，是将有限的业余时间用于家务交往，还是主要用于安全学习，是检验其是否具有安全生产意识，务实的安全工作作风和扎实的安全知识学风的重要标准。因此，班组员工在安全知识、安全技能的学习上一定要有相当的自觉性，将安全学习培养成一种习惯、一种追求和一种常态，使其成为生活的一部分。

（2）阶段性和持久性相结合　班组员工的安全学习不是为学而学，在相当程度上是为了安全生产工作，为了安全事业，为了更好地履职。这就往往注定了班组员工的安全学习应有明确的目标指向。有些班组成员把安全知识学习的"实用主义"作为一个问题来进行自我批评，对此要辩证地看。如果仅仅是把安全学习停留在"实用"的阶段上，这当然是不够的，有的甚至出于一种"功利"的目的来学习，恐怕是错误的。但安全学习如果连"实用"也不讲了，那就成为一种安全学习的"虚无主义"了，同样是要不得的。因此，班组员工安全学习的阶段性目标，就是要按照"需要什么学什么"，"缺什么补什么"的原则，多学与本行业、本专业、本岗位相关的安全知识、安全技术，尽量使自己在较短的时间内掌握必要的专业知识，跟上形势和时代的步伐，成为自己所从事领域的行家里手。阶段性安全学习要求班组成员尽最大的努力学以致用，在学习中带着课题学，带着问题学，带着思考学，通过安全学习，寻找解决具体安全问题的办法，这样，才能提高安全知识、安全技能、安全技术学习的针对性和实效性。

针对某一项安全工作或遇到的安全专业问题进行阶段性学习当然是正确的，但是，班组员工的安全学习如果仅仅着眼于解决一些眼前的实际安全问题是不够的。所以，在强调班组员工安全学习要有明确阶段性目标的同时，还要注意安全学习的持久性。持久性安全学习要解决什么问题呢？一是积累问题。安全学习是一个潜移默化的过程，如果阶段性安全学习是一种立竿见影的学习行为，那么持久性安全学习就是一个长期积累的过程。因为不管是阅读习惯的养成、安全知识的积淀还是思维能力的提高，很多时候都不是立竿见影的。与持久性安全学习相比，阶段性安全学习储备起来的知识只是冰山一角。为什么一些班组成员"书到用时方恨少"，而另外一些班组成员在关键时刻却能脱颖而出？这与他们的平时阅读、思考、积累是密不可分的。二是学识问题。今天的社会和企业要求班组员工成为复合型人才，只有知识面广，思路才能宽。因此，班组员工在安全学习上需要进一步追求量的扩充，注重扩大认知的领域，具备综合思维和系统思考能力。三是修养问题。持久性安全学习由于非功利性，本身是快乐的，除了学以致用之外，还能学以怡情，是提高班组员工文化品位的基本途径，这就是更高层次的精神追求了，是一种人生的修炼。

（3）有字之书与无字之书相结合　要读有字之书是指班组成员对一些重要的、基本的、必修的安全知识，要做到烂熟于胸。首先，要读好安全法制书，安全法制是搞好安全生产的基础和保障，在学习安全法制的同时，用安全发展观武装头脑，运用马克思主义的立场、观点、方法科学地分析和判断安全问题。其次，要读好各类安全文件政策之书，作为企业员工，必须了解熟悉乃至精通党和国家的安全工作路线、方针、政策、上级机关的安全工作指导性和政策性文件及指示，要成为安全生产政策法规的解读者。再次，还要读好安全经济、安全管理、安全技术、安全文化之书。要善于运用现代安全经济学的基本知识提高驾驭市场经济的能力，善于运用安全科学管理知识提高应对复杂局面的能力，善于运用现代安全技术提高解决繁杂安全问题的能力。这些系统的安全管理理论、安全经济理论、安全技术理论、安全文化理论，如果不能静下心来学，不求甚解，就容易一知半解，甚至"以其昏昏，使人昭昭"。

如果说有字之书是在课堂中学、网络里学的话，那么，对班组员工而言，更重要的是还要读好无字之书——在安全生产实践中学、到员工群众中学、向身边同事学。可以借鉴安全工作经验，吸取安全事故教训，还可以举一反三、触类旁通，达到"有心之人处处皆课堂"的境界。一是要勤于实践。实践是安全学习的一条基本途径，在实践中蹲下去、沉下去、解剖麻雀，掌握第一手安全工作材料。二是要尊重首创。班组员工中蕴藏着无穷无尽的安全工作创新源泉，安全工作问计于员工，是安全学习的一个基本方法。三是要善于总结。总结的过程也是重新进行安全学习的过程，通过回顾总结，可以让安全生产中成功的非常之举成为经常方法，让有效的安全工作措施成为长效机制，并不断地巩固它、完善它、深化它。

总之，安全生产实践是班组员工提高安全知识水平，增长安全技能的大课堂，只有投身实践，问计于员工，才能取到真经，不断增强安全生产工作的本领和能力。

106. 对班组构建安全教育"自主培训"模式的思考

在一个企业，因为各个班组的工作性质不同，工作内容不同，所以安全教育的内容和针对性也不同。现阶段，各个班组都在积极探索，明确了全方位、多层次、多途径对班组员工进行安全教育培训，能大幅度提高班组员工的整体安全素质，能有力地推动企业的经济、生产全面发展。但是，有的班组长认为，安全培训教育仅仅是工作的一种形式，走走过场就行了。安全学习的自觉性、积极性不足，参加安全学习培训往往是被动地接受，使这项工作走了过场；有的班组长以为自身文化素质较高，从而自动放弃了自主培训和自我教育。另外，车间、企业没有完全把班组安全教育培训与选拔任用干部有机结合起来，使不少班组长产生了学与不学、训与不训对提拔重用都没有多大帮助的错误认识，导致不少班组长和骨干对安全学习培训的自觉性不够，学习热情锐减，从而影响了自身安全素质的提高，最终受影响的是企业安全生产大业、企业经济的发展、企业员工的福祉。因此，必须积极探索和构建"自主培训"的班组安全教育模式，以解决班组安全教育培训自主性不强、质量不高、效果不明显的问题。

（1）班组安全教育"自主培训"的模块 一是班组长们的自主性学习。这一模块包括：由企业安全生产监督管理部门、车间、工段定期定时准备丰富的课程资源，并开列安全培训菜单，由受训班组长们根据需要自主选择培训；班组长们坚持常规性的自主读书、读报、读杂志；班组长们利用网络和现代信息技术资源自学；班组长们坚持自主性做读书笔记、撰写心得体会等。二是班组长们的自主性研究。这一模块主要包括：班组长们自主发现安全问题、调查安全问题、分析安全问题、研究安全问题、解决安全问题的行为。班组长们通过在持续不断的自主性研究中掌握安全生产情况、精熟安全工作业务，养成勤奋、科学的习惯和态度，形成新的安全理念，形成新的安全思维方式，掌握解决安全问题的新方法。这个模块可以界定为按时、按质、按量地完成相应的安全工作调研报告、课题研究和理论文章等。三是班组长们的自主性岗位实践。这一模块主要解决班组长们学以致用、研以致用的问题，倡导广大班组长们敢于和善于将自己在安全生产实践中学习和研究的东西用于指导安全工作、开展安全工作、拓展安全工作内容、创新安全工作方式、提高安全工作效能等。这一模块可以通过对班组长们的履职及所从事的工作的绩效考核作为定性和定量的鉴定。四是班组长们的自主反思。这一模块的主要目的是培养班组长们了解自我、分析自我、研究自我、完善自我的能力和素养。可规定班组长们在一年或一个时段内必须完成自我的学习反思、做人反思、工作反思，并形成物化的东西作为考核与鉴定的依据。

（2）实现班组长安全教育"自主培训"的保障　一是组织领导保障。要建立强有力的班组安全教育"自主培训"领导制度，建立组织保障体系。首先，要成立以企业厂长（经理）为组长，相关部门领导为成员的"班组安全自主培训"工作领导小组。负责全厂（公司）班组的安全"自主培训"工作规划、计划的制订和落实，并对班组长的安全自主培训情况进行检查、评估和通报；其次，安全监管部门、教育管理部门可成立相应的班组安全"自主培训"业务指导组，负责指导、组织班组的安全自主培训工作；再次，班组所在车间要成立班组安全自主学习小组，负责本车间班组安全自主学习、自主研究、自主培训等工作。二是政策制度保障。建立制度出台班组安全"自主培训"相关规定，规定所有班组必须全员参与安全"自主培训"，规定班组长必须自主选择由安全监管部门或有相应资质的安全培训基地所举行的"菜单式"安全培训的学时数；规定班组长必须参加企业内请进来培训的学时数；规定班组长每年必须达到读书的数量、读书笔记和心得体会的数量；规定每位班组长每年撰写安全生产调研报告、课题研究的数量和质量；规定每位班组长每年必须撰写的安全工作自主性反思的数量和质量；规定每位班组长每年必须获得相应学分，并将之计入考核结果；建立班组及班组长安全"自主培训"的监督制度，不断加强对班组及班组长安全"自主培训"的过程监督和质量效益管理。三是激励机制保障。建立科学规范的安全"自主培训"激励机制，不断强化对班组及班组长安全"自主培训"结果的运用，实际培训学分与班组长履职考核和职级升降相挂钩的办法，对完成安全"自主培训"任务较好、安全素质提升较快的班组长，要给予提拔重用，从而有效调动和激发班组长学习、研究安全生产的主动性和积极性。四是时间经费保障。企业每年制订全年工作计划时要预留时间和空间，让班组成员及班组长适时自主参加走出去和请进来的安全教育培训，预留出时间让班组长自学、调研和搞课题研究。同时，要为他们提供固定足够的经费，年初预算安排班组成员及班组长进行安全"自主培训"的专款，保障班组成员及班组长走出去或参与请进来的有偿培训，保障班组有购置安全书籍和学具的费用，保障班组有调查和研究安全生产课题的经费等。

总之，对班组及班组长安全"自主培训"机制的建立，可能是解决班组及班组长安全教育培训积极性、主动性不够、参训面不广、实效性不强的好办法。同时，更是全面提高班组全员安全素质的有效方法，但具体的实施办法还需要企业的安全生产监管部门在实践中不断探索和完善。

107. 事故案例教育是实现班组安全的有效途径

事故案例教育是指把已经发生的事故，作为一个个案例来开展安全教育的一种方法。用此种教育方法，其目的是通对事故案例的剖析研究，吸取教训，总结经验，进而改进工作方法，避免重复性事故的发生。它是搞好班组安全生产的有效途径之一。

（1）警醒员工，铭刻在心　班组通过事故案例教育，使员工对已发生事故有一个全面的了解，特别是发生在自己身边的事故，印象最深，最具感染力，最有说服力，甚至终生难忘，永远铭刻在心。这种教育最直观，它能强化安全生产意识，能启迪安全生产思想，能产生对事故影响的反思，所收到的效果是书本教育或说服教育所无法收到的。对纠正人的不安全行为起到潜移默化的作用。

（2）分析案例，改进方法　班组通过事故案例教育，使员工对已发事故进行深入细致的分析，从中发现哪些地方违反了安全规程，哪些环节违背了安全制度，哪些方面歪曲了安全标准，进而在头脑中加深对安全规程、制度、标准的理解，在今后的工作中，避免违章作业，改进工艺工序，使其方法可行、安全可靠。这种教育，能改善工作方法，提高操作技能，优化作业程序，使安全规程更完善，安全制度更健全，安全标准更科学。

（3）细化检查，消除缺陷　班组通过事故案例教育，使员工对原来的安全检查项目来个回头看，从中发现还有哪些不到位，还有哪些漏项漏洞，还有哪些需要强化，从而细化了安全检查标准，对消除隐患、缺陷，特别是一些死角以及新的危险源点有了更加明确的认识。对今后的安全操作、安全检修打下了良好的基础，对消除生产作业过程中的不安全状态起到了深化细化作用。

（4）研究对策，确保安全　班组通过事故案例教育，为班组管理者，特别是班组长，研究今后安全生产工作提供决策依据。沉痛的事故教训，使人们变得聪明起来，班组长在指挥生产过程中，首先想到的是以往曾发生过什么事故，是因为何种原因发生的，现在在工作中要注意什么，要加强什么，要改进什么，从而确保生产作业过程中的安全，避免重复性事故的发生。

总之，班组通过事故案例教育，能够警醒员工、改进方法、细化检查、研究对策，从而确保班组安全生产。它不失为班组开展安全教育的有效方法，不失为保障班组安全生产的有效途径，不失为推进班组安全发展的有效选择。

① 安全思想教育绝不能忽视。

② 丰富的安全活动能促进班组安全教育。

③ "寓教于乐"的安全教育形式是班组员工愿意接受的。

④ 班组安全教育是班组安全建设的基础。

⑤ 如何针对青工特点开展班组安全教育是一个新课题。

⑥ 把安全理论送进班组才能提高员工的安全素质。

⑦ 提高班组安全教育说服效果就是安全教育的有效途径。

⑧ 提高班组安全教育效果的方法多种多样，必须灵活应用。

⑨ 班组学好用好安全理论是班组安全生产的基础。

⑩ 正确认识班组安全学习中的辩证法才能推进安全教育工作。

第六章 班组安全文化建设

安全文化是指人们为了安全生产和安全生活所创造的文化。在企业的生产作业中，常常出现操作者违章作业，违章指挥，违反劳动纪律的现象。这种"三违现象"，导致诸多事故的发生，通常指出造成"三违现象"的产生是从业人员遵章守纪的自觉性不高。自觉性又是人的意志品质，是人能意识到自己行为目的和意义程度的大小。由于对行为后果的认识不同，人们即使面临同一个环境也会采取不同的行为方式。这种支配行为方式能力的形成，取决于人的文化素质。

安全文化是人的安全价值观和安全行为准则的总和。安全文化作用于班组每个成员，是他们对安全生产的态度、安全工作的思维程度、采取的安全行为方式等的总和。因此，大力发展班组安全文化建设，用文化的渗透力去控制每个人的行为，使生产作业能够高效、有序、安全地进行，这是安全文化的最基本功能。

本章共给出了6个班组安全文化建设的方法。从如何营造班组安全文化建设氛围、如何夯实班组安全文化建设基础、到班组安全文化建设的途径，以及建设过程中存在的问题和对策，作了一定的研究和探索。另外，对班组长如何做一个文化型的班组长也进行了一定的阐述。旨在通过这几个方法的引导，使更多的企业班组能够创造出更多更有效的安全文化建设方法。

108. 做一个文化型的班组长

文化是企业在长期的运作中自觉形成的，并使企业员工恪守的行为宗旨、价值观念和道德行为的综合反映。班组安全文化在人的思想深处影响着人对事物的认识与判断，决定了人们在班组安全工作中的行为方式和活动的价值取向，以及人们之间安全行为的协调性。具有强烈的创新精神、团队精神的班组安全文化会使全体成员对班组高度认同，对班组安全生产目标高度理解，使班组成员团结协作、形成合力，使班组功能充分发挥。所以，班组长应通过形成组织信念、团队精神等良好的班组安全文化来进行安全生产组织领导，使自己成为一个文化型的领导者。

· （1）形成班组特有的安全价值观 安全价值观是构成班组安全文化的核心。班组中的成员在合作与交流的过程中，形成了一套在本班组内部适用的认识和衡量事物的准则体系，该体系作为安全思想和行为的出发点深深地植根于每一个人的头脑中，形成了共同的安全价值观，班组中的成员将以此为核心，形成一系列特有的认识安全事务、处理安全问题的思维方式、行为习惯等。

文化型的班组长之所以对班组成员有较强的出于自然而非强迫的约束力，对班组成员有较大的凝聚作用，就是因为班组成员有共同的安全价值观，并由此形成彼此之间认同的安全工作作风、安全行为方式，使班组成员感情融洽、精神愉快地积极为班组安全目标的实现而努力。这也说明，文化型的班组长能够大大减轻安全管理带来的压力，能有效地解决班组成员之间的矛盾和冲突。

（2）构建班组的安全道德情结 班组安全文化建设的目的是在班组中形成一种安全道德行为准则，这种准则可以通过安全道德情结使班组成员形成团体安全生产尽责的共识。安全道德情结的主要标志是安全道德契约的建立。

安全道德契约界定了班组长和成员各自的安全道德角色、角色责任、角色期望等，使班组成员均成为安全道德情结网络上的一环，了解自己在网上的位置，也明白自己为团体安全生产尽责的内容。从安全道德契约的内容来看，它既表达了契约者要尽的安全责任，又反映契约者对他人的安全希望。尽责的班组长有较强的服务意识，既能很好地完成班组任务，充分实现班组安全生产目标，又能极大地满足班组成员的安全需要，能较好地完成班组的各项安全生产任务。除了有班组成员如何尽责的承诺以外，还有与尽责相对应的班组成员希望获得的其他成员的支持与帮助。这与传统的安全规章制度有很大不同。传统的安全规章制度只讲职责，不反映受规章制度约束者的希望，而安全道德契约是尽责与希望之间双向呼应的。安全道德契约下的尽责不是在安全制度严格控制下的尽责，而是一种安全道德尽责。契约前，契约者不仅要了解自己的安全责任，而且要关心其他角色对自己的希望和要求，以此加深各角色之间的互相了解。契约者在确认自己能够并愿意履行契约时，才会签署。当然，安全道德契约是没有法律或行为约束力的。签署者表达了一种意愿，表示了一种决心。安全道德契约不应有太抽象、太原则的语言，每一角色的安全责任和安全希望之下，均应有若干条具体内容。这些内容与传统的安全规章条文也很不相同。传统的安全规章条文往往是对不同角色最起码、最基本的要求，而安全道德契约是对每个角色的高标准、高要求，需要各角色尽最大努力实践其诺言。同时，安全契约的内容应能反映出班组的基本安全理念。

安全道德情结下的班组安全准则不仅仅是约束班组成员的条条框框，而是一种能将班组成员情结在一起的安全价值观和安全信念体系；安全奖惩也不仅仅是一种具体的物质呈现，而是班组成员对安全工作意义上的认识，对自己努力工作的结果进行评估的内在的安全道德力量，班组安全生产理想不再是一种嘴上说说、墙上挂挂的东西，而是一种班组全体成员努力追求的安全奋斗目标。

安全道德契约的建立使班组人际关系中的排他性减少，积极的同事关系促使班组成员以更加愉快、积极的态度投入安全生产工作，在自我管理、自我约束、自我控制的过程中互相支持和互相帮助。在这种情况下，班组长摆脱了大量的具体的事务性管理，能够有更多的精力去思考更高层次的班组安全发展问题。

（3）以权威作为班组安全活动的基础　班组长的权力根据其来源，可分为职权和权威。职权是履行法定的职务权力，是行使权力的条件，具有强制性和威慑性。权威是由于班组长自身具有使人信服的力量和威望，自然而然地赢得班组成员的敬重和信任，班组成员从心理上愿意接受其影响而获得的权力。

权威对班组成员的影响力很大。班组长的权威高，在班组成员心目中会产生一种敬仰感，这种敬仰感具有一种特殊的凝聚力和感召作用，使班组成员信服、听从。相反，班组长的权威低，班组成员在心目中则会产生一种失信感，这种失信感会有一种削弱班组长影响力的作用。班组长的权威在班组的安全生产中自然而然地产生了一种班组安全文化，这种班组安全文化对班组成员心理的影响是自然的、不可抗拒的，由它带来的安全行为动力也是自然的、积极的。班组长的权威取决于其自身的安全道德品质和安全知识素养等。

① 安全道德品质。班组长在言行中表现出的安全思想、品行等都会带来巨大的影响，从而使班组成员产生尊重感。班组长具有良好的安全思想品质、安全工作作风和安全道德等，会在与班组成员相处中自然而然地深深地植根于每个人的头脑中，吸引班组成员去效仿，长期下去便形成了该班组特有的安全价值观、安全思维方式、安全行为习惯等。在我国的企业中，班组成员对班组长的安全道德品质尤为重视，若他有高尚的安全道德情操，深得班组成员的爱戴，即使其因能力与知识欠缺致使某项安全工作做得不妥，也能得到谅解。相反，班组长虽然有能力、有知识，但是安全道德差，也会失去班组成员对他的信任。因此，班组长的安全道德品质是班组安全文化形成的重要条件。所以，做一个文化型的班组长应具有高度的责任感、强烈的事业心和无私的奉献精神。

② 安全知识素养。班组安全文化的形成需要借助广博的安全知识去认识和衡量事物，从而形成班组的安全文化准则体系。所以，班组长应具有相应的安全知识水平。班组长必须勤奋学习、勇于进取，在安全生产实践中增长知识和才干，具备较广泛的自然科学和社会科学两方面的基本知识，以及较高的安全理论水平和政策水平。这样，就具备了一个文化型班组长的条件了。

总之，做一个文化型的班组长，形成班组特有的安全价值观，构建班组的安全道德情结，以此作为班组安全活动的基础。就能使班组成员在共同的安全价值观的指导下，在共同的安全道德情结的影响下，班组长的安全工作权威树立起来，班组的安全建设就无往而不胜。

109. 学会营造优良的班组安全文化

班组安全文化是指一个班组在长期的生存和发展中形成的，为多数成员所共同遵循的基本安全信念、安全标准和安全行为规范。在当前市场经济日趋成熟，经济全球化日益明显的大背景下，优良的班组安全文化对于企业的经济发展，对于企业在市场经济的大潮中站稳脚跟，对企业安全生产的作用越来越重要。班组员工对此要有充分的认识，学会营造优良的班组安全文化，以适应安全发展的需求。

营造优良的班组安全文化，班组长首先要正确认识班组安全文化的积极作用，从而树立科学的班组安全文化态度。优良的班组安全文化能够在班组集体内产生一种尊重人、关心人、培养人的良好氛围，产生一种安全精神振奋、朝气蓬勃、开拓进取的良好风气，激发班组成员的安全工作创造热情，形成一种强有力的安全工作激励环境和激励机制。这种环境和机制在某种程度上胜过任何行政指挥和命令，它可以有效地解决班组安全生产目标与个人目标的分歧、领导者与被领导者之间的矛盾。具体来讲，优良的班组安全文化对班组安全管理工作有以下几方面的作用。

（1）安全规范作用　一个班组的安全规章制度可以构成对成员的硬约束，而安全道德、安全信念和安全风气则构成对成员的软约束。这种软约束以群体安全价值观作为基础，一旦在班组成员心理深层形成一种定式，只要班组层面上诱导信号发生，即可得到积极的响应，并迅速转化为预期的行为，从而使班组成员的安全行为趋于和谐、一致。

（2）安全凝聚作用　文化具有极强的凝聚力量。班组安全文化是班组员工的黏合剂，可以把班组各个方面、各个层次的人都团结在班组安全生产目标的旗帜下，使个人的安全思想感情和命运与班组的命运紧密联系起来，激发个人产生深刻的认同感，使个人与班组、企业同甘苦、共命运。

（3）安全激励作用　班组安全文化的核心是确定班组内部的安全价值观。在这种群体安全价值观指导下发生的一切行为，又都是班组所期望的行为，这就带来了班组安全利益和个人安全行为的一致，班组安全目标与个人安全目标的结合。在物质需要满足的同时，班组内部崇高的群体安全价值观所带来的集体安全成就感和安全荣誉感，能够使班组成员的安全精神需要获得满足，从而产生深刻持久的安全激励作用。

班组长不仅要认识到班组安全文化的重要性，更重要的是还要学会营造优良的班组安全文化。一般来讲，营造优良的班组安全文化应遵循相应的心理规律来进行，以收到事半功倍的效果。以下几个方面是应加以注意的。

（1）运用心理定式　人的心理活动具有定式规律，即"先入为主"的规律。前面一个比较强烈的安全心理活动，对于随后进行的安全心理活动具有明显的影响。在班组内，新成员的心理定式十分重要。班组在提倡什么、反对什么，成员应该具备什么样的安全思想、感情和作风，作为班组长，一定要注意及时地对他们进行介绍、说明乃至培训，使新成员在这些基本问题上形成符合班组安全意志的心理定式，对其今后的安全行为发挥正确的指导和制约作用。

（2）重视心理强化　人的信念是动态的，要使某一安全信息形成定式，必须不停地给予强化。这种心理机制运用到班组安全文化建设上，就是及时表扬和奖励与班组安全文化相一致的安全意识和安全行为，及时批评和惩罚与班组安全文化相背离的安全思想和言行。班组长要注意使安全奖励和安全惩罚成为班组安全文化的载体，使班组安全文化变成可见的、可感的现实因素。

（3）利用从众心理　通常来讲，受群体影响或群体压力，少数人会放弃自己的意愿而与大家保持一致。在班组安全文化建设中，班组长要主动利用这种从众心理，大力宣传班组安全目标、安全道德、安全精神，促成本班组成员安全认识上、行动上的一致。这种一致的局面一旦形成，就会对个别后进成员构成一种心理压力，促使他们改变初衷，与大多数成员融为一体，进而实现优良班组安全文化建设所需要的舆论与行动的良性循环。同时，对于班组安全生产中存在的不正之风、不正确的舆论，班组长应积极采取措施坚决制止，防止消极从众心理的产生。

（4）培养认同心理　认同是指个体将自己和另一个对象视为等同，引为同类，从而产生彼此密不可分的整体性感觉。为了营造优良的班组安全文化，班组长取得全体成员的认同是十分必要的。这就要求班组长办事公正、真诚、坦率、关心成员、善于沟通、具有民主精神和奉献精神。只有这样做了，成员才会把班组长视为良师益友，视为信得过、靠得住的"自家人"。成员对班组长的认同感一旦产生，就会心甘情愿地将班组长所倡导的安全价值观念、安全行为规范当作自己的安全价值观念、安全行为规范，从而形成班组所期望的安全文化。

（5）激发模仿心理　人们在受到外部现象刺激后，常会产生一种按照别人行为的相似方式进行活动的倾向。不言而喻，这种模仿倾向是形成良好班组安全文化的一个重要心理机制。激发模仿心理重在榜样，榜样是模仿的前提和依据。因此，班组长应身先士卒，以自己的模范言行倡导优良的班组安全文化；同时，要大力表彰安全明星、安全先进工作者、避免事故有功人员，使他们的安全工作先进事迹及其体现的安全生产精神深入人心，在班组内掀起学先进、赶先进、超先进的热潮。

（6）化解挫折心理　在班组安全生产工作中，班组内部不可避免地会出现一些摩擦，尤其是班组长与班组成员之间总会产生一些矛盾和冲突。从个人来讲，在安全工作中常常会遇到一些困难或坎坷。所有这些都会使人产生挫折心理。这种消极的心理状态不利于个人安全生产积极性的提高，不利于优良班组安全文化的形成。所以，营造优良的班组安全文化，应特别注意化解班组内部成员出现的挫折心理。班组长要为成员创造一种宽松的安全工作环境，使有挫折心理的成员能够畅所欲言，有适当的渠道发泄不满，有"安全阀"、"放气孔"可以随时"减压",从而使挫折心理得到化解。

总之,班组安全文化是企业安全文化的基础,班组安全文化是班组安全生产价值标准和行为规范的体现,企业中每个班组均营造优良的班组安全文化,那么,企业的安全文化事业就会健康地发展。在营造优良的班组安全文化中,班组长们要明白它的作用,在明白作用的基础上,注意运用好班组成员的心理规律,这样,优良的班组安全文化就一定能营造好。

110. 夯实班组安全文化建设基础

生产作业过程是人、物、环境的直接交叉点,伤亡及事故及职业危害多数都发生在班组,发生在生产作业过程中。而班组是生产作业的基本单位,是企业完成各项经营目标的主要承担者和实现者。班组安全生产的管理水平是企业综合管理水平的重要体现。班组能否长期保持安全生产的局面,左右着企业整体的安全生产水平。由此可见,班组的安全文化建设是企业实现长周期安全稳定运行的基础。

(1) **班组安全文化建设的状况**　根据有关调查,90%以上的事故发生在生产班组,80%以上的事故的直接原因,是在班组生产过程中由于违章指挥,违章作业或者各种隐患没有及时被发现和消除造成的。这个事实说明防止作业者的不安全行为,消除物的不安全状态,必须从班组做起,一切安全生产的措施方法、手段只有在班组真正发挥作用,才能有效地避免事故的发生。长期以来班组的安全文化建设未能受到足够的重视,安全管理基础工作薄弱,导致了班组员工安全意识淡薄,安全素质低下,自我保护能力不够,形成了事故高发、多发的主要群体。班组安全工作往往是一般号召的多,具体措施落实的少,浮在上面的活动多,深入实际解决问题的少;说嘴的多,干活的少,被动应付的多,主动预防的少。总之是不严、不实、不深、不细、不到位,没有把有效的安全管理工作真正落实到班组这个最基本的环节上。因此,只有夯实班组安全文化建设基础,才能把伤亡事故大幅度降下来。

（2）几点建议　要夯实班组安全文化建设基础，笔者提出如下几点建议。

① 搞好班组长和班组安全员的选拔和培训工作是中心环节。班组长是班组的核心，他们既是生产者又是管理者，既是战斗员又是指挥员。建立一支好的班组长队伍是班组安全文化建设的中心环节。因而要抓好两点：首先搞好班组长和安全员的选拔。选拔条件主要是"九有"即有一定的文化和技术基础；有过硬的实际操作本领；有强烈的安全意识；有科学的管理水平，遵守纪律、不违章指挥、不冒险蛮干；有一定的安全管理意识；有一定的组织领导能力；有良好的思想和工作作风；有较高的威信；有安全工作事业心和责任感。其次对预选对象进行系统安全教育和培训，使他们明确班组长和安全员的安全生产职责，而后经过群众选举产生（每个工班配一名兼职安全员）。

② 贯彻落实安全生产法规和安全生产规章制度是根本保证。要以党和国家安全法规为基础，认真贯彻落实安全生产法，建立健全岗位安全生产责任制为核心的各项安全生产制度。要实现安全目标管理，把安全生产责任制转化为具体的安全目标，实行安全承包制，个人保班组，班组保项目。严格考评和奖惩，达到目标的要奖，违章违纪发生事故的受罚，把安全生产责任和经济利益挂钩起来。个人及班组都必须与车间或企业签订安全生产包保责任书。

③ 搞好岗位安全教育和培训是夯实基础的关键所在。要严格按照制度的要求抓好集中教育培训（新工人"三级教育"、班组长年度轮训教育、特种作业教育等）通过教育培训进一步培养班组成员"我要安全"理念，提高"我会安全"技能，强化"我懂安全"素质。在此基础上按有关要求办理安全作业"平安卡"安全操作证，做到持证上岗。

④ 积极推进科学的安全管理方法和制度是重要手段。目前最行之有效的好的方法和制度是：班前会、系统安全分析和危险性评价、安全检查、整改通知单、标准化作业、确认制、互检制、三检

262

制、三工制以及建立健全安全档案等。应着重抓好以下几点：一是开好班前会。开好班前会是搞好班组安全管理重要手段之一，作用极大。班前会必须做到："三交一清"即：交工作任务、交工作环境、交安全措施，清楚本班组职工思想身体状况。二是坚持"三检制"即：班组自检、职工互检、班组之间交接检。三是坚持"三工制"即：工前动员、工中检查、工后讲评。四是互保制，即班组成员两两结对，互相监督，互相保护，协调配合，做到"四不伤害"，即：不伤害自己、不伤害别人、不被别人伤害、保护别人不受伤害。

⑤ 开展创建安全文化班组活动是有力措施。根据班组安全发展建设各方面要求，制定文明班组标准，进一步打造"知识型、技能型、管理型、安全型、创新型、和谐型"的班组，年终进行评比表彰。获先进班组称号的，除颁发奖状外并给予物质奖励。

总之，只有夯实班组安全文化建设基础，才能遏制事故发生，才能全面提升企业安全文化建设水平，才能促进班组安全发展。

111. 班组安全文化建设的途径

作为企业的班组，特别是班组长，应充分认识班组安全文化建设的重要地位和作用，自觉抓好安全文化建设。以此来规范员工的行为，形成良好的安全文化氛围，使安全文化成为每个员工的自觉行动。

（1）班组安全文化建设中存在的错误思想　①认为班组只要按照上级的要求，抓好日常安全管理工作就行了，抓安全文化建设是多此一举，班组搞安全文化没有多大必要。这种认识是没有看到安全文化建设对班组日常安全管理工作的指导作用。因为，通过班组安全文化建设，可以营造安全氛围，宣传和传播安全知识，增强职工的安全观念，把安全作为生活与生产的第一需要，自觉地保护自己和他人；通过班组安全文化建设，可以牢固掌握应知应会的安全科学知识，学会安全技能；通过班组安全文化建设，可以实践、开发和创新班组日常安全管理工作。由此可见，加强安全文化建设与抓好班组日常安全管理工作是一致的。②认为抓安全文化建设是上级领导和机关的事，与班组关系不大。这也是一种错误的认识。显然，在企业安全文化建设中，上级领导和机关负有重大的责任，但这不等于说班组应该负有的责任可以放弃或减轻了。因为企业安全文化建设的基本要求，归根到底要落实到班组，落实到每个员工，只有班组的安全文化建设加强了，整个企业的安全文化建设才会有牢固的基础。更何况安全文化建设具有层次性的要求，只有破除"上下一般粗"的做法，形成各自的特色，才能保持企业安全文化的生机与活力。③认为班组安全文化建设只是抓虚的，不是抓实的，是物质条件不足用精神来弥补。这也是一种错误认识的表现。安全文化即人类安全活动所创造的安全生产和安全生活的观念、行为、物态的总和，它包括安全精神文化和安全物质文化。作为班组必须坚持两手抓，两手都要硬。一手要抓安全精神文明建设，向职工灌输安全理论，增强他们的安全观念，组织员工学习安全技术知识和安全规章制度，提高员工的自我防护能力，规范员工的安全行为；另一手要抓安全物质文化建设，配齐从业人员的劳动防护用品、安全工器具，完善各种安全防护设施，改善从业人员作业环境。可见，加强班组安全文化建设，不仅要务虚，而且要务实，应使安全精神文化与安全物质文化共同进步，协调发展。④认为班组安全文化建设这个题目太大，应达到什么标准不好把握。实际上加强安全文化建设的标准与日常安全管理工作的标准是一致的。比如，在安全目标上，应实现控制未遂和异常事故发生，实现事故零目标；在安全教育上，应实现教育内容、时间、人员和效果的四落实；在安全防护上，应做到安全防护实施、劳动防护用品、用具齐全；在作业环境上，应构建和谐、文明、卫生的作业条件，应实现隐患和危险处于受控状态。同时，要坚持班组安全文化建设的改革和创新，不断总结经验，努力探索加强班组安全文化建设的新做法。

（2）班组安全文化建设的主要内容　班组安全文化建设的内容如下：①安全生产方针政策。就是认真贯彻落实党和国家制定的

"安全第一、预防为主、综合治理"的方针，认真贯彻落实科学发展观，促进企业的安全发展。②安全法律法规。这是安全法制问题，一切行为都要在安全法律的规定下进行，也是最根本的安全措施。③安全规程制度。是党和国家安全生产方针政策在企业的细化，也是班组员工安全工作的行为准则。④现代安全管理。现代安全管理理念在不断深化，管理方法在逐步提高，建设班组安全文化必须和现代安全管理相结合。⑤安全教育。安全教育就是班组安全文化的重要载体，通过安全教育提升安全意识，掌握安全技能，扩大安全视野，才能给班组安全文化建设注入活力。⑥安全措施。安全措施是班组安全文化建设的落脚点，员工的文化素质提高了，在工作中想办法采取安全措施，把可能发生的事故消灭在萌芽之中。⑦安全减灾。在员工中树立强烈的安全意识，把防灾减灾工作放在一切工作的首位，以此来开展安全生产工作，就有了可靠的保障。⑧安全效益。安全生产工作是有巨大的经济效益的，虽然是隐形的，但减少或杜绝了事故的发生，企业的经济效益就一定能提高。⑨安全道德。道德是班组安全文化建设的重要内容，在文化的渗透下，在文化的熏陶下，员工的安全意识不断提高，道德规范不断加深，通过"文化力"的作用，班组的安全生产就能顺理成章。⑩安全环境。就是在班组营造浓厚的安全生产氛围，在这个大环境下，安全生产也就是自然而然的事了。

(3) 班组安全文化建设的主要途径　①发动员工制定加强班组安全文化建设的规划。加强班组文化建设是一项长期的任务，应从现在抓起，做出艰苦的努力。因此，班组要结合具体实际制定长期建设规划和短期打算。重点内容的确定应有针对性，应注意加强班组安全管理工作的弱项。②要把安全文化建设与日常安全管理工作有机结合起来。班组安全文化建设，绝不是离开班组日常安全管理工作另抓一套，而应该找准切入点和结合处。应从基础抓起，让职工了解什么是现代安全文化，什么是班组安全文化建设及企业现代安全文化包括哪些内容，怎样加强这方面的建设。③在班组安全文化建设中应防止出现两种偏向：一种是因循守旧，认为传统的安全文化一切都好，因而拒绝接纳现代安全文化；另一种是彻底否定传统安全文化，认为传统安全文化都不行了，必须以现代安全文化取而代之。实际上，传统的安全文化与现代安全文化之间是有内在联系的，强调加强班组现代安全文化建设，并不否定对优秀传统安全文化的借鉴。④通过教育培训，让员工了解安全文化的内涵及作用，使广大员工成为安全文化的传承者和开拓者，从而将他们的安全素质提到更高的层次。

112. 班组安全文化建设的思路

随着我国现代化建设步伐不断加快，企业为了追求利益最大化，从而忽略了企业安全文化的营建，致使各类事故不断发生，严重影响到经济建设，也影响到企业的安全发展，使企业各项生产活动受到制约。每个企业都有着浓厚的企业文化理念，经过其不断发展、壮大而形成了其特有的企业文化氛围，而安全文化建设是企业文化建设中不可缺失的一个关键要素，是企业文化的一个子系统。面对严峻安全生产形势，企业文化建设是一个契机，如何利用企业文化建设来营建安全文化建设，如何利用安全文化建设来有效提升企业员工的安全意识，提高企业的安全形象，已成为企业最好的抉择。

安全文化是企业文化建设的重要子系统。所谓安全文化，是企业在安全生产实践中，经过长期积淀，不断总结、提炼形成的为全体员工所认同的安全价值观和行为准则。它能使企业领导和员工都纳入集体安全情绪的环境氛围中，产生有约束力的安全控制机制，使企业成为有共同价值观的、有共同追求的、有凝聚力的团体。如果把安全比作企业发展的生命线，那么安全文化就是生命线中给养的血液，是实现安全发展的灵魂。

安全文化是尊重人的生命权利，实现人的价值的文化，是"以人为本"的科学发展观理念的根本体现。班组是企业生存与发展的支柱，是企业各项生产要素的有效载体，是企业有机组成中活的灵魂，是一切生产要素实体中最活跃的细胞。因此，企业的安全文化建设要以营建班组活的安全文化为基础。

班组建设作为企业建设的有机组成，是一切安全生产活动的有效载体，是安全文化的实施者，在企业文化建设当中要有效利用细胞分解的原则加以巩固和提高。班组安全文化建设有利于促进企业文化建设的有效开展，体现以人为本的价值观，从而加强企业安全管理，有利于促进可持续发展，体现企业文化的渗透，把握企业活的灵魂。

（1）要以坚持强化现场管理为基础　企业的一切工作是否安全可靠，首先表现在生产作业现场，现场管理是安全管理的出发点和落脚点。员工在企业生产过程中不仅要同自然环境和机械设备等作斗争，而且还要同自己的不良行为作斗争。因此，必须加强现场管理，搞好环境建设，确保机械设备安全运行。同时要加强员工的行为控制，健全安全监督检查机制，使员工在安全、良好的作业环境和严密的监督、监控管理中，没有违章的条件，杜绝人为因素发生。为此，要搞好现场文明生产、文明施工、文明检修的标准化工作，保证作业环境整洁、安全。规范岗位作业标准化，预防"人"的不安全因素，使员工干标准活、放心活、完美活，这是班组安全文化建设的重要内容。

（2）坚持安全管理规范化　人的行为的养成，一靠教育，二靠约束。约束就必须有标准，有制度，建立健全一整套安全管理制度，是搞好企业安全生产的有效途径。首先要健全安全管理法规，让员工明白什么是对的，什么是错的；应该做什么，不应该做什么，违反规定应该受到什么样的惩罚，使安全管理有法可依，有据可查。对管理人员、操作人员，特别是关键岗位、特殊工种人员，要进行强制性的安全意识教育和安全技能培训，使员工真正懂得违章的危害及严重的后果，提高员工的安全意识和技术素质。严格各项管理制度，严明奖罚，营建个人的安全价值观，健康的职业道德观，形成良好的价值取向。

（3）坚持提高员工整体素质　人是企业财富的创造者，是企业发展的动力和源泉。只有高素质的人才、高质量的管理、切合企业实际的经营战略，才能在激烈的市场竞争中立于不败之地。因此，班组安全文化建设，要在提高人的安全素质上下工夫。纵观近几年来，企业发生的各类事故，大多数是员工处于侥幸、盲目、盲从、习惯性违章等造成的。这就需要从思想上、心态上去宣传、教育、引导，使员工树立正确的安全价值观，这是一个微妙而缓慢的心理过程，需要做艰苦细致的教育工作。提高员工安全文化素质的最根本途径就是根据企业的特点，进行安全知识和技能教育、安全文化教育，加强安全宣传，以期创造和建立保护员工身心安全的安全文化氛围为首要条件，增强员工的安全行为意识，形成人人重视安全，人人为安全尽责的良好氛围。

（4）坚持开展丰富多彩的安全文化活动　企业要增强凝聚力，当然要靠经营上的高效益和职工生活水平的提高，但心灵的认可、感情的交融、共同的价值取向也必不可少。开展丰富多彩的安全文化活动，是增强员工凝聚力，培养安全意识的一种好形式。因此，要广泛地开展认同性活动、娱乐活动、激励性活动、教育活动；如张贴安全标语、提安全合理化建议；举办安全论文研讨、安全知识竞赛、安全演讲活动、事故案例展览；建立安全光荣榜、违章人员曝光台；评选安全最佳班组、安全先进个人；开展安全竞赛活动，实行安全绩效考核，安全一票否决制。通过各种活动方式向员工灌输和渗透企业安全观，取得广大员工的认同感和荣辱感，形成统一的安全意识和行为。

（5）要坚持树立大安全观　安全就是最大的效益。企业发生事故，绝大部分是职工的安全意识淡薄造成的，因此，以预防人的不安全行为为目的，从安全文化的角度要求人们建立安全新观念。班组安全文化建设就是为预防人的不安全行为把好第一关，坚决杜绝一切不安全行为和不安全事件的发生。

总之，班组安全文化建设是一个契机，是企业追求效益最大化的基石，是企业文化建设中的不可缺少的要素，是一切生产、生活活动的基础。如果把企业比作人，班组安全文化建设就是人身的血液与灵魂。血液和灵魂的作用是不言而喻的。

113. 班组安全文化建设的首要任务

通过对安全文化的研究和认知，作者认为，建设班组安全文化，是一项庞大而复杂的系统工程。但首要的任务是先做好如下工作。在此基础上再拓展班组安全文化建设的深度和广度。

(1) 建设安全思想文化　一是把安全思想工作贯穿于安全生产全过程。安全工作的复杂性和艰巨性赋予了安全思想工作以深刻内涵和重要使命，也使之成为开展班组安全文化建设的力量源泉。在充分利用安全思想工作推进整个班组安全文化建设的过程中，要坚持将解决安全思想问题同实际问题、解决个性问题与共性问题，并贯穿于班组各项安全生产工作的始终，认真地分析和掌握员工思想动态，充分运用调动员工安全工作积极性的"听诊器"和"手术刀"，坚持班前、班中、班后不断线，因人、因地、因时地跟进，党政工团齐抓共管，力求实效，共同构筑牢固的安全生产思想防护体系，为班组安全文化创建提供强有力的思想保证和精神动力。二是突出"以人为本"的安全文化理念。安全文化是一个潜移默化的过程，它既是员工安全意识、安全思想和安全素质的结合，也是其行为方式的选择和行为结果的统一。安全文化建设，离不开员工的认知和努力，要想抓好班组安全文化建设，首先就要从"人本之治"开始，要着重培养班组群体的安全价值观和安全生产的主人翁意识。通过在班组、岗位等地建立安全警示牌、安全标语、流动宣传栏板等方式，营造良好的安全氛围，使"安全是职工的最大福利"的思想深入人心。另外，要注重在班组中构筑了全方位、宽领域、多层次的安全学习培训体系，通过使用培训、轮训、复训、安全报告会等系统教育和安全例会、安全知识竞赛、安全理论研讨、安全帮教等自我教育，树立班组安全管理的创新观念，使班组安全文化建设活动更具科学性、操作性、针对性和时代性。

(2) 建设安全管理文化　一要着力提高班组成员的业务素质和管理水平。班组长作为班组的管理者，其自身素质和管理技能在很大程度上决定了企业的安全生产态势，也直接影响着企业安全文化的趋势。因此，班组长的选拔和培养是班组安全文化建设的关键。

首先是"选"。通过公开竞争和择优选聘等方式进行班组长的选拔；其次是"育"。采用定期和不定期的方式建立班组长长效教育机制，从多角度、多层面入手，重点培养班组长自觉执行安全规章制度的能力，在紧急、危险、关键时刻能够正确处置的能力，在各项工作中对影响安全因素的预见能力以及在规章制度无明确规定的情况下，做出有利于安全生产的决策能力。二要给予班组安全管理更大的自主权。尊重员工的民主权利和创新精神，最大限度地调动广大员工的安全生产积极性，是班组安全文化建设的不竭动力。它主要体现在两个方面：为班组安全文化建设奠定坚实的物质基础。安全管理不能做"无米之炊"，也不能做"少米之炊"，要持之以恒地加大对班组安全装备和文化设施的投入，切实把改善工作安全环境、维护职工安全健康放在首位，并因地制宜地开展各种培训教育和文娱活动，为提高员工实践技能、业务素质和思想基础服好务；处理好班组管理中的权、责相统一的问题。班组安全管理基础不扎实，是导致管理乱、事故频发的重要原因。因此，将安全绩效考核、事故处罚权限以及相关责任分解，逐步纳入到班组管理的工作范畴。通过将安全管理关口前移，重心下移，充分发挥班组的主观能动性，使安全责任真正落实到人头，从而有效减少企业安全监管的投入，提高安全生产效率。

（3）建设安全制度文化　一要切合实际地建立优秀的安全机制。安全机制是探索和实施班组安全文化建设措施的基础，为深化班组安全管理提供了必要的组织保障。在建立安全机制的过程中，要不断改进和完善班组安全管理的科学指标，制订和实施一系列旨在提高员工安全生产积极性的制度措施。一是强化安全监督机制，建立了以党政工团齐抓、部门联动、人人监督、纵到底、横到边的安全网络体系；二是实行标本兼治，建立安全教育培训和激励机制，从而形成行为有规范、考核有依据、奖惩有标准的制度体系；三是建立安全风险共担机制，形成"逐级负责、分工负责、系统负责、岗位负责"的安全责任体系；四是超前控制，健全安全检查评比机制，将安全一票否决制和量化考核指标同劳动报酬、奖励等福利待遇挂钩；五是弘扬先进、鞭策后进，建立安全驱动机制，做好思想观念、职业道德等价值取向的"破"与"立"，做好典型带路和整体推进。二要建立健全班组安全活动制度。班组安全活动是创建安全文化的有效载体。结合当前班组安全活动多样化的发展趋势，要在活动的实效上下工夫，在深度和广度上做文章，不断增强班组成员间的团结协作意识。党政工团各方面要根据班组的不同工种、不同岗位、不同心理特点，从各自工作角度，设计好活动载体，围绕企业安全生产创一流，开展各具特色、富有成效安全文化活动，如各个时期的安全竞赛，安全月、安全周的竞赛，党政领导的安全嘱咐，亲人的安全劝导，共青团的安全岗位和工会的安全监督等，为班组安全文化创建提供完备的软硬件环境，使班组安全活动逐步实现制度化、科学化、大众化。

（4）注重"三个结合" 一是做好企业和班组安全文化相融合。企业在几十年的发展中形成了独具特色的安全文化。要努力、善于结合实际学习先进的安全文化，逐步形成独有的本班组安全文化。二是在进行班组文化建设过程中，要以企业、本班组的安全制度、标准相结合。结合本班组实际，开展推动企业、本班组的安全制度、标准执行的活动，只有当这些制度、标准执行好后，才有可能进一步拓宽班组安全文化建设的视野。三是注重与企业各类安全活动、五星班组建设、星级员工评选、劳动保护监督等工作相结合。对各类安全文化活动、五星班组建设和星级员工评选有一个正确的认识，这些工作实际上是促进班组安全文化建设的，它们间存在着紧密的内在联系，各类安全活动是促进员工安全意识提升的有效办法；五星班组建设是为班组整体能力建设、包括安全能力建设的有效方法；而星级员工评选是为个体员工量身打造、提升能力、素质的一项活动；当这些工作有机地结合在一起时，班组安全文化就能显现出强大的功效。

总之，班组安全文化建设不是立竿见影的，而是需要长期文化熏陶，同时要讲究科学性、普及性和可操作性，在实施途径上要做到日有行动、月有安排、季有打算、年有筹划，同时在实施过程中要立足于班组安全文化建设的规范化、完整性和实用性，通过持续不断地进行改进，班组安全文化建设一定会在安全发展中发挥巨大作用。

① 做一个文化型的班组长对班组安全文化建设大有好处。

② 学会营造优良的班组安全文化是班组安全生产的基础。

③ 努力营造班组安全文化建设氛围是建设班组安全文化的催化剂。

④ 班组安全文化建设的途径是多种多样的，也是丰富多彩的。

⑤ 对班组安全文化建设存在的问题及对策要有充分的了解和掌握。

参 考 文 献

[1] 崔政斌. 班组安全建设方法 100 例. 北京：化学工业出版社，2004.

[2] 崔政斌. 班组安全建设方法 100 例新编. 北京：化学工业出版社，2007.

[3] 崔政斌. 班组安全建设系列讲座（第一讲）班组长安全工作须重"五要". 现代职业安全，2007（1）：97.

[4] 崔政斌. 班组安全建设系到讲座（第二讲）班组安全工作谋势"三法". 现代职业安全，2007（2）：99.

[5] 崔政斌. 一线工人是企业安全管理的依靠. 现代职业安全，2007（3）：91.

[6] 崔政斌. 班组安全建设系列讲座（第四讲）班组安全建设的"五个创新"，现代职业安全，2007（4）：86-87.

[7] 崔政斌. 岗位安全责任制是班组安全之魂. 劳动安全与健康，2000（2）：38.

[8] 崔政斌. 推行班组安全目标管理应注重的几个环节. 劳动安全与健康，2000（3）：38.

[9] 崔政斌. 班组安全管理的重点在现场. 劳动安全与健康，2000（4）：33.

[10] 崔政斌. 企业安全建设与安全文化意识. 劳动安全与健康，2000（4）：37-38.

[11] 崔政斌. 班组安全思想教育不容忽视. 劳动安全与健康，2000（5）：40.

[12] 崔政斌. 班组安全管理是个动态过程. 劳动安全与健康，2000（7）：40.

[13] 崔政斌. 对安全奖罚的辩证思考. 劳动安全与健康，2001（6）：39.

[14] 崔政斌，吴进成. 提高职工安全素质的途径. 化工管理，1997（7）：36-37.